뽑기 게임에서 살아남는 법

임제열 퓨전 판타지 장편소설

WISHBOOKS FUSION FANTASY STORY

뽑기 게임에서 살아남는 법 6

임제열 퓨전 판타지 장편소설

초판 1쇄 찍은 날 | 2021년 1월 15일
초판 1쇄 펴낸 날 | 2021년 1월 22일

지은이 | 임제열
펴낸이 | 권태완 우천제

기획 | 위시북스
편집책임 | 한준만
편집 | 위시북스

펴낸곳 | ㈜케이더블유북스
등록번호 | 제25100-2015-43호
등록일자 | 2015. 5. 4
KFN | 제2-69호

주소 | 서울시 구로구 디지털로31길 38-9, 401호
전화 | 070-8892-7937 팩스 | 02-866-4627
E-mail | fantasy@kwbooks.co.kr

ISBN 979-11-293-7210-9 04810
979-11-293-6632-0 (set)

※ 이 도서의 국립중앙도서관 출판시도서목록(CIP)은 서지정보유통지원시스템 홈페이지(http://seoji.nl.go.kr)와 국가자료공동목록시스템(http://www.nl.go.kr/kolisnet)에서 이용하실 수 있습니다.

Wish Books
임제열 퓨전 판타지 장편소설
WISHBOOKS FUSION FANTASY STORY
6
뽑기 게임에서 살아남는 법

뽑기 게임에서
살아남는 법

CONTENTS

Chapter 1

[조심하십시오! 근처에 ‘금지’(禁地)로 지정된 ‘벼락의 땅’이 있습니다. ‘벼락 마을‘에 도착합니다. 이곳은 벨제붑 휘하의 영지입니다.]

그들이 이끌고 가고 있는 곳은 작은 마을이었다. 가축과 농사를 짓고, 가벼운 울타리로 둘러진 소규모 마을. 산기슭에서 바라본 그곳은 확실히 시골의 냄새가 났다.

주르륵, 주르륵.

콰가강 쾅!

비가 내리기 시작했다. 천둥소리가 울렸고, 번개도 하얗게 번쩍였다.

“너무 놀라지 마십시오. 이곳은 사시사철 천둥이 친답니다. 참 살기 팍팍하죠.”

한스가 쓰게 웃으며 말했다.

나와 서은채는 굳이 대꾸하지 않았다.

마을 입성은 쉬웠다. 자경대원들과 함께하니 별다른 경계들은 하지 않았다. 나는 낮은 목소리로 서은채에게 말했다.

"방심하지 마."

"……알고 있어요."

이해가 가지 않았다. '코리안 모드'라고 겁을 줬던 히든 피스에 이토록 약한 자들이 거주하고 있는 마을이라니.

'이들을 지키는 임무라도 주어지는 걸까?'

그런 류만 아니었으면 좋겠다. 원래 사냥보다 보호가 더 어려운 법이니까.

"조금만 더 가면 나옵니다."

한스란 자가 말했다. 약 5분 정도 걸었을까, 판잣집 하나가 나왔다. 마을 중앙쯤이었다.

"촌장님! 계십니까!"

곧이어 문이 열렸고 촌장이 나왔다. 지팡이를 짚고 있는 늙은 노인이었다. 굵은 수염에 가려져 표정을 알 수 없는 노인.

"……한스로군. 무슨 일인가."

"촌장님이 말씀하셨던 거 지키러 왔습니다."

"내가 무슨 말을 했었지?"

"근처에 얼쩡거리던 오우거 있지 않습니까. 그놈을 잡았다 주장하시는 분들입니다."

"오."

노인의 눈썹이 아래로 휘었다.

그리고 우리를 힐끔 살펴봤다. 오우거 피로 범벅된 옷과 거의 걸레짝이 된 옷을 보며 미간을 찌푸리는 것 같기도 했다.

"많이 초췌해 보이는군. 일단, 비 맞지 말고 들어오시오. 자네들은 고생했네. 여기서부터는 내 알아서 하지."

"알겠습니다. 촌장님."

노인이 자경대원들을 보냈다. 그리고 나와 서은채를 둘러봤다.

"궁금한 게 많을 텐데, 우선 씻고 식사부터 하지 않겠나? 옷은 내어다 드리지."

거절할 이유는 없었다. 안 그래도 그동안 탑 안에서 휴식 없이 찌들어 있었기에.

판잣집의 상태는 좋지 않았다. 비가 많이 내려서인지 습기가 가득했고 구석구석엔 벌레가 들끓었다.

그래도 나름 고풍스러웠다. 은은하게 내부를 비추는 등불. 한쪽에 거치된 포도향 가득한 오크통.

우리는 샤워실에서 간단히 몸을 씻었다. 적당히 뜨거운 물에 몸이 나른해졌다. 곧이어 노인이 내어주는 갈색빛의 옷을 입었다.

"켈피 말고 제대로 씻는 건 진짜 오랜만이네요."

서은채가 축축하게 젖은 머리를 털었다. 디자인 하나 없는 갈색 옷임에도 나름 어울렸다.

"어떤 임무가 떨어질진 모르겠지만, 샤워나 식사 같은 건 할 수 있을 때 해두자."

"넵, 근데 식사도 주려나요?"

"냄새 맡아봐."

"아."

방 밖에서 고기 삶은 냄새가 흘러나왔다. 절로 군침이 도는 향이었다. 이게 얼마 만에 맡아보는 냄새인지.

"우리한테 왜 이렇게 잘해주는 걸까요?"

"나야 모르지."

"제가 소싯적 판타지를 즐겨봤거든요? 근데 꼭 이런 곳에 암수나 함정이 있더라고요."

그녀가 의심했다.

"걱정하지 마라. 저들이 어떤 짓을 해도 우릴 해치진 못해."

눈 감고도 다 파악할 수 있는데 뭘 할 수 있을까.

"음식이나 술에 독을 타면요?"

"그럼 개이득 아니냐?"

"네?"

"애초에 독 저항 때문에 통하지도 않을뿐더러, 만약 통하는 독이라 해도 저항 숙련도를 쌓는 데 큰 도움이 되겠지."

"허- 발상이 되게 특이하시네요."

경계는 했지만, 너무 예민하게 굴진 않았다. 넓게 퍼진 기감에 위험 요소가 걸려들지 않았기 때문이다. NPC들의 수준도 생각보다 낮았고. 노인이 우릴 찾은 이유는 곧 들어보면 알 일이다.

"다 준비됐으면 나가자."

"넵!"

방을 나왔다. 식사는 노인과 함께했다. 마을 촌장이라는 자는 나름 넓은 이 집에서 혼자 거주하는 듯했다.

"폭군 오우거를 잡았다 들었네."

노인이 닭요리 수프를 휘적거리며 말했다.

이제 시작인가?

나는 고개를 끄덕이며 답했다.

"그렇습니다."

"감사하네. 이로써 반년은 좀 풍족하게 살겠어. 자네들은 우리 마을의 은인이야. 놈 때문에 숲 밖으로 나가지를 못했었는데 고맙게 됐네."

마을의 은인이라…….

신기하게도 노인은 우리의 주장을 곧이곧대로 믿고 있었다. 우리가 오우거를 잡았는지 제대로 확인도 하지 않아놓고선.

'뭐 신경 쓸 건 없지.'

꿍꿍이가 있다면 기다리면 될 일이다.

아, 그전에 물어볼 건 물어봐야겠지.

"어르신, 뭐 하나 물어도 됩니까?"

"은인에게 뭔들 못 대답할까. 편히 말해보게."

그것도 단도직입적으로.

"당신들은 '벨제붑'과 무슨 관계입니까? 그리고 이 마을, 이 공간은 어떤 곳입니까?"

['벼락 마을 촌장'(★★★★)]

정보에 뜨는 간단한 설명. 그런데도 노인에게는 뭔가 모를 무게감이 있었다. 주름진 피부 때문일까, 분명히 신체조건은 약했지만 범상치 않은 삶의 풍파를 견뎌온 느낌이었다.

"……자네들."

내 질문을 들은 노인의 눈에 이채가 띄었다.

"정말 평범한 사람들이 아니었군?"

나와 서은채는 침묵을 지켰다.

그러자 노인이 말을 이었다.

"솔직히 놀랐네. 이곳 땅에 올 수 있는 자는 한정적이거든. 한스에게 폭군 오우거를 잡은 사람을 데려오라 한 것도, 그대들을 겨냥한 말은 아니었고."

"그렇군요."

나는 고개를 끄덕였다. 아마 우리가 알지 못하는 노인만의 사연이 있을 거다.

"……조심하게, 이 땅에서 태어나고 자라왔다면 '벨제붑' 님과 무슨 관계냐 물을 수 없다네."

"왜 그렇죠?"

옆에 있던 서은채가 물었다. 그러자 노인이 눈을 감았다.

"이곳 세상, 모든 생물들은 '벨제붑' 님의 통치 아래 이루어져 있기 때문일세. 물론, 그분은 신과 같은 존재. 그 누구도 실제로 뵌 적이 없을 게야. 하지만 다들 그렇게 교육받아왔고 그런 줄 알고 살고 있지."

이곳 세상이라……. 정말 이곳이 탑 71~80층 사이 어딘가라도 된단 말인가? 지금까지 상황으로 봤을 땐, 그럴 가능성이 농후하다.

"아마 내 추측이 맞다면, 자네들은 다른 세상에서 왔을 거야. 지금 우리 세계와 전쟁 중인 다른 차원의 틈에서 흘러나왔을 가능성이 크겠군."

이거, 뭔가 마을 촌장이 할 법한 이야기는 아닌데. 일단, 솔직하게 말해보자. 이 노인. 생각보다 정보의 바다인 것 같으니까.

"다른 세상에서 온 건 맞지만, 전쟁 이야기는 전혀 모릅니다. 궁금하군요."

설명해 달라는 말이다. 일단, '히든 피스'를 클리어하려면, 이곳 세계부터 이해해야 할 것 같았다.

"으음…… 잠깐."

"……?"

"그전에 혹시 약속 하나만 해줄 수 있겠는가."

이곳 정보를 파악하려는 내 의도를 눈치챘을까, 노인이 조심스레 말했다.

"약속이요?"

"사실, 내 자네들을 이렇게 대접하는 데는 이유가 있네."

그래, 그것도 궁금했어.

순수한 호의로 먹을 것과 공간을 제공해 주진 않았을 테니까.

"폭군 오우거를 잡았다는 말은, 벼락의 땅에 존재하는 용을 보러 갈 수 있을 만한 최소한의 전투력을 지녔다는 말. 내 부탁을 들어준다면, 자네들이 이곳에서 이루고자 하는 일을 성심성의껏 돕겠네. 내 이래 봬도 이곳 세상에 대해 누구보다 잘 안다고 자부하니까."

오, 드디어 퀘스트의 시작인가? 따로 메시지는 뜨지 않았지만, 노인이 부탁을 말했다. 문제는, 내가 이곳에서 이루고자 하는 일이 뭔지를 모른다는 것.

"용이요?"

서은채가 다시 질문한 것은 그때였다.

'아, 그러고 보니…….'

문득, 실베론이 떠올랐다.

실베론이 했던 말. 그리고 벼락의 땅. 실버드래곤은 뇌(雷)속성 마법을 다룬다. 근데 하필 벼락에 땅에 용이 존재한다고? 뭔가 공교롭지 않은가.

"그렇네. 이곳 땅 가장 험준하고 깊숙한 곳에 존재하는 용에게 나를 안내해 줬으면 하네. 가능하겠는가?"

설마, 그 용이 실베론인가? 느낌이 싸했다.

일단, 노인의 제안은 수락했다. 내심 벼락의 땅에 대해 알아보고 싶기도 했고, 그것 말고는 딱히 할 임무도 없었으니까. 노인은 우리에게 이 세계에 대해서 간략적으로 설명했다.

먼저, 이곳의 땅은 넓었다. 그리고 '폭군 오우거'와 같은 기상천외한 몬스터들이 사방에 분포되어 있다고 한다.

아마, 탑 71~79층 사이에 만났던 몬스터들일 거다. 노인의 설명을 들어보니 대강 맞는 듯했다.

"1년 전부터 이곳에 있는 모든 왕국과 몬스터들에게 '벨제붑' 님의 명령이 하달됐었네. 그게 전쟁의 시작이었지. 우리들도 그때 알았다네. 이 세상 말고 다른 세상이 존재한다는 사실을 말일세. 외계의 통수권자를 '벨제붑' 님께서는 '네르갈'이라 표현했다네. 놈들이 우리 세계를 침범하고 있고, 그걸 막기 위해 모든 왕국에게 힘을 합치라 전달했었지."

노인의 설명은 계속됐다. 설명을 들으면 들을수록, 나는 하나의 가설을 세울 수밖에 없었다.

'일단, 이곳이 정말 탑 70층대라고 가정한다면.'

「몬스터즈」 때처럼, 층과 층으로 나뉜 게 아닐 수도 있다.

'80층의 악마 '벨제붑'이 통치하는 세계가 있고.'

71층~80층이 하나의 세계.

'네르갈 쪽도 마찬가지겠지.'

61층~70층이 또 하나의 세계.

생각해 보니, '크로셀'의 지하 수로도 그랬었다. 비록 시스템으로 층을 구분해놨었지만, 결국은 보스 방까지 이어진 하나의 커다란 수로였다.

'메피스토의 미궁도 마찬가지였고.'

근데 의문이 가는 점이 있다.

'둘이 전쟁하면, 당연히 벨제붑이 이기지 않나?'

당연했다. 훨씬 고층의 악마고 지닌 몬스터들의 난이도도 차원이 다르게 높아지니까.

'아니, 그전에 서로 전쟁을 왜 하지?'

사실, 그게 제일 의문이다. 둘 다 결국은 '사이버'의 부하들

아닌가? 서로 전력 낭비해 봐야 좋을 게 없을 텐데.

어쨌든, 노인의 설명은 끝났다. 간만에 맛있는 식사도 했고 숙소도 제공받았다. 벼락의 땅 이동은 내일 하기로 했다.

숙소에 입장한 나는 우선 실베론을 소환했다.

"안 주무시게요?"

게스트룸에는 낡은 침대가 두 개 배치되어 있었다. 어떤 일이 벌어질지 알 수 없는 곳이기에, 2인실을 만든 것이다. 남녀라는 이유로 떨어져 있어야 한다는 고리타분한 생각은 서로 하지 않았다.

"숙련도랑 교감 좀 쌓으려고."

"아, 저도 그래야겠어요!"

잠은 3시간 정도만 자면 된다. 이제부터는 훈련의 강도를 높일 생각이다.

벼락의 땅. 좋지 않은 예감이 들었으니까.

'폭군 오우거' 따위는 우습게 여길 만큼 거대한 위험이 있을 것 같은 느낌. 철저히 준비해서 나쁠 건 없었다.

다음 날 아침.

"준비 됐나?"

"가시죠."

채비를 갖추고 밖으로 나왔다. 비는 멈췄지만 천둥·번개는 계속 치고 있었다. 구름이 많아 날도 어두웠다.

자경대원들은 함께하지 않았다. 노인도 아는 거다. 벼락의 땅에 입장할 때, 저들은 없으니만 못하다는 걸.

"벼락의 땅으로 가려면 버려진 숲을 통해야 하네. 그동안은 폭군 오우거가 있어서 가지 못했지. 놈은 벨제붑 님께서 반년마다 한 번씩 풀어놓는 괴물이야."

노인은 이동하면서 어제 못했던 설명들을 지속했다. 그건 편했다. 마치, 새로운 세상의 가이드를 만난 느낌.

"물론, 오우거가 없다 해도 혼자 가진 못했을 걸세. 벼락의 땅은 그야말로 미지의 공간. 기록에도 고사에도 알려진 바가 없으니까."

"벼락의 땅에 살고 있다는 용에 대해서는 얼마나 아시나요?"

서은채는 궁금한 것들을 적극적으로 물었다. 그런 그녀를 보아하니, 학창시절에 공부 좀 했을 거 같았다. 선생님들 좀 괴롭혀 봤을 것 같은 느낌. 물론, 이건 순전히 내 예측이다.

"용이란 존재들은 태초부터 이 세계를 수호해 왔다고 알려져 있다네. '벨제붑' 님 휘하 괴물들이긴 하지만, 그분도 딱히 건들지 않았다고 전해지지. 다루기가 굉장히 까다로웠다나? 그리고 이 벼락의 땅에 사는 용은 그런 용 중에서도 최강을 다퉜던 존재로 알려져 있네."

기억이 난다. 골드드래곤 로드 골베론과 실버드래곤 로드 실베론. 용족 중에서도 최상위 티어의 두 존재.

'엄청나겠네.'

이곳의 오우거가 그 정도면, 드래곤은 어떠할까. 상상만 해도 끔찍할 지경이다.

하지만 가야 했다. 하필, '벼락의 땅'에 떨어진 데는 분명히 이유가 있을 테니까. 게다가 만약 실베론이 그 힘을 얻을 수 있다면, 엄청난 전력이 되어줄 거다.

"혹시, 용의 이름을 아시나요?"

그렇지. 잘한다, 서은채.

나도 그게 제일 궁금했다.

"허허, 용의 이름을 아는 인간들이 얼마나 있겠나. 혹여 알았다 해도 이 세상에 없겠지. 기록에 따르면, 용은 인간을 하찮은 벌레 정도로 여긴다니까."

"아하……. 그럼, 할아버지는 왜 용을 만나려 하는 거예요? 죽을 수도 있는데."

"으음, 그건……."

촌장이 말끝을 흐렸다.

"나중에 기회가 되면 말해주겠네."

"그래요, 뭐."

우리는 계속 이동했다. 30분쯤 이동했을까, 기감에 어떤 기척이 느껴졌다.

"잠깐! 멈추세요."

나는 손을 들어 일행들을 멈춰 세웠다.

'세 명이야.'

저번처럼 인간의 형태였다.

'그리고 기운은…….'

눈을 감고 기감을 더 활성화했다.

"제길, 전투 준비!"

나는 급하게 외쳤다. 놈들 역시 우리가 있는 곳을 알아챈 듯, 엄청난 속도로 붙고 있었으니까. 게다가 놈들의 기운이 범상치 않다.

"네, 아저씨!"

"무, 무슨 일인가!"

"나중에요! 뿔하피, 실베론 나와!"

전투 준비는 빨랐다. 서은채는 후방에서 할아버지를 보호하며 버프를 넣었고, 나와 소환수들은 전방에서 대기했다.

후우웅!

묵빛 창을 꺼내 들었다. 자세를 낮추고 기수식을 취했다.

[주인, 선공해도 되겠나.]

실베론 역시 불안한 듯 물어왔다. 다가오는 놈들의 살기에 대기가 떨렸다.

분명히 느껴지는 적의.

"그래라."

장담할 수 없는 상대다. 괜히 허투루 상대하다가는 큰 화를 당할 수 있다. 느껴지는 기운들만 봐도 '폭군 오우거' 이상이니까.

'역시 괴물들 천지군. 이곳은.'

곧이어 놈들이 달라붙었다. 세 명 모두, 창과 판금 갑옷을 입은 인간이었다.

'기사족인가?'

놈들이 달라붙자, 뿔하피가 날개를 떨쳤다.

[깃털 폭파! 유도!]

슈슈슛!

깃털이 전방으로 비산했다. 거센 화염 폭풍과 함께 날아가는 깃털은 정확히 다가오는 놈들에게 적중했다.

파즈즉!

실베론도 가만히 있지 않았다. 간단한 손짓에 전격 마법의 폭풍이 전방을 휩쓸었다.

콰가가강!

엄청난 폭발이 몰아쳤다. 후폭풍만으로 산천초목이 꺾일 정도였다.

"크읏!"

거센 바람이 불었다. 서은채가 뒤에서 머리카락을 정리했다. 노인은 '요정왕 오베론'의 나무 장막으로 지켜지고 있었다.

'……소용없어.'

곧이어 폭풍이 걷혔다. 서은채가 눈을 크게 떴다. 강인해 보이는 기사족 세 명이 아무렇지도 않다는 듯 걸어 나왔기 때문이다.

'강하다.'

나는 눈을 가늘게 떴다. 저들이 왜 공격을 가해오는지는 모른다. 하지만 싸움에 앞서 놈들의 정보를 파악해둬야 한다.

['심연의 눈동자'(EX급)이 활성화됩니다.]

[몬스터:'알렉산드로 드 베르트랑'(★★★★★★)]

-로자임 왕국 엘리트 기사단장.

-스피어 마스터.

-고위 귀족.

-처치 시 경험치 +2,000,000exp

[몬스터:'고메스 드 베르트랑'(★★★★★)]

-로자임 왕국 엘리트 기사단원.

-스피어 익스퍼트 중급.

-고위 귀족.

-처치 시 경험치 +1,000,000exp

"뭣?"

나는 깜짝 놀랄 수밖에 없었다. 뭔가 익숙한 이름. 저들의 성이 전부 '베르트랑'이었기 때문이다.

놈들 셋이 창을 들고 저돌적으로 접근해 왔다.

익숙한 자세. 역시, 아델에게 배웠던 '베르트랑 스피어'가 분명했다. 다만 조금 다른 점은…….

'오라를 품고 있어.'

다들 창에 섬뜩한 기운을 담고 있었다. '무명'(無名)이 내 마음에 동조하듯 진동했다.

'그래, 걱정 마라.'

베르트랑 스피어는 패도적인 창술. 마음부터 지고 들어가면, 제대로 발휘될 수가 없다. 상대가 누구든 깨부술 거라는 자신감이 필요했다. '무명'(無名)은 마치 자아가 있는 것처럼 그것을 다시 한번 각인시켜 줬다.

'……오라든 뭐든, 싸워볼 테니까.'

베르트랑 창술이라면 나도 어디 가서 밀리지 않는다. 나는 먼저 시야를 집중했다.

'먼저 눈앞에 있는 놈.'

알렉산드로 드 베르트랑. 스피어 마스터라는 녀석이 달려들었다. 아델의 여동생이 달성했다던 그 경지다.

'목각 상태였던 여동생보다는 강해 보이지만.'

아마, 영혼 상태와 본신일 때의 차이일 거다.

"와라!"

나는 기합을 넣었다. 놈들이 왜 적의를 가지고 있는진 모르겠지만, 일단은 상대해야만 했다. 그냥 목을 내어줄 수는 없는 법이니.

까앙!

창과 창이 부딪혔다. 손가락이 부서질 듯한 충격이 느껴졌다. 과연, 창에 담겨 있는 기운은 엄청났다. 역시, 기감으로 파악했을 때도 다른 두 놈보다 더 밀도가 짙고 강력하더라니.

"크윽."

"아저씨!"

"괜찮으니까, 집중해!"

핑!

곧바로 서은채가 볼트를 쏘았다. 한 차례 충돌 후, 잠깐 떨어진 놈에게 가하는 나름의 견제구였다.

'나이스.'

그동안 나는 자세를 잡고 시간을 벌었다.

'놈들은 총 세 명.'

저들 중 한 놈이라도 내 앞을 지나가게 해선 안 된다.

"제법들이군."

볼트를 가볍게 쳐낸 알렉산드로가 낮은 목소리로 말했다. 그러고는 아무렇지 않은 듯 창을 털었다.

'이건 확실해.'

놈은 이전에 만났던 폭군 오우거보다 훨씬 강했다. 그 때문에 절대 방심해서는 안 된다. 나는 곧바로 '광전사 모드'를 활성화했다. 지금부터 전력을 다할 예정이었다.

[광전사(狂戰士) 모드(Lv.11)를 활성화합니다.]

시야가 붉어졌다. 레벨이 높아져서 그런지 예전처럼 흥분되는 감정은 없었다. 오히려 머리가 더 차가워졌다.

"저 앞 놈들부터 걷어내라!"

알렉산드로의 명령이 떨어진 것은 그때였다.

나 역시 소리쳤다.

"우리도 맞붙는다!"

[알겠다, 주인!]

[응! 주인님!]

콰가가강!

그렇게 시작된 3:3의 근접 전투. 상황은 분명 우리에게 불리했다.

'하지만, 우리에게는 변수가 있지.'

서은채라는 힐러이자 디버퍼. 그녀가 제 역할만 해준다면 해볼 만도 했다. 어쨌든, 위험한 6성 몬스터는 한 명뿐이니까.

"가운데 놈은 나 혼자 맡을 테니, 은채는 최대한 소환수들만 도와!"

"아, 알겠습니다!"

"뿔하피, 실베론은 최대한 움직이면서 게릴라를 펼쳐! 그렇다고 물러서라는 말은 아니다! 촌장과 서은채를 지켜야 해!"

[분부 받들지, 주인.]

[걱정 마!]

뿔하피와 실베론이 캐스팅을 시작했다. 이젠 평균 숙련도 15에 달하는 스킬들이 놈들에게 난사된다. 그동안의 경험으로 근접 몬스터를 상대로도 노련하게 상대했다.

'오케이, 저기는 됐고.'

나는 '스피어 마스터'라는 놈에게만 집중했다. 놈의 표정은 확실히 여유로웠다. 눈빛에는 뭔지 모를 흥미마저 담겨 있었다.

'건방지게.'

땅을 박찼다. 그 후, 창을 꽉 쥔 상태로 놈의 면상에 창을 가볍게 찔러넣었다. 흥분해서 힘을 너무 주면 안 된다. 잘못하다가 카운터에 맞으면 손실이 너무 크다.

"호오라."

후웅!

창이 빈 허공을 갈랐다. 놈이 발을 가볍게 굴러 피해낸 것이다.

그와 동시에 창이 하체를 노리고 날아들었다. 엄청난 스피드였다.

'이런.'

퉁!

나 역시 발을 박차 허공으로 텀블링했다.

콰가강!

놈의 창이 땅을 스쳤다. 흙더미와 바위 파편이 하늘 높이 비산했다. 실로 강력한 파괴력이었다.

'……이건 사기잖아.'

창에 담겨 있는 하얀 오라. 그것이 끊길 기미가 보이지 않았다. 마치, '섬창'의 10% 정도 되는 기운을 끝도 없이 사용하는 느낌.

콰아앙! 쾅!

놈의 공격은 계속됐다. 나는 축축한 진흙 속에서 몸을 비틀고 뒤로 빠지며 계속 공격을 피해냈다. 맞붙고 싶었지만, 그렇기에는 저 속에 담긴 오라가 너무 부담스러웠다.

슈우웅! 땅!

서은채의 볼트 지원도 끊임없이 이루어졌다. 창에 눈이라도 달렸는지, 가볍게 쳐내긴 했지만.

'쯧, 소환수들만 도우라니까.'

하여간, 나랑 관련된 일이라면 드럽게 말을 안 처먹는다. 그래도 고마웠다. 덕분에 조금의 여유를 얻을 수 있었으니까.

화르르륵!

파즈즈즉!

주변을 잠깐 둘러봤다. 실베론과 뿔하피 역시 식은땀을 흘리며 열심히 싸워주고 있었다.

'버려진 숲'의 형태가 점점 변하기 시작했다. 땅이 파이고 나무가 쓰러졌다. 전투하는 인원은 소수였지만, 그 위력들은 다들 대단했다.

'슬슬, 한 방 먹여보자.'

놈은 패도적이다. 그리고 내 기술을 모른다. 단일 대상을 상대로 최강의 딜을 자랑하는 내 스킬 '섬창'(殲槍)을 말이다.

게다가 아직도 미소 짓고 있다. 이럴 때, 방심한 틈을 노려야 한다. 어차피 '광전사 모드' 지속시간 안에 쓰긴 써야 했다. 그래야 공격력 3배 효과를 온전히 누린다.

['섬창'(殲槍)을 가동합니다.]

나는 창에 기운을 집중했다. 묵빛 창과 어우러진 검푸른 오오라가 내 몸을 감쌌다.

"호오."

놈의 얼굴이 살짝 변했다. 동공이 커진 게 살짝 놀란 듯했다.

"기술만 좋은 줄 알았더니, 스피어 마스터였군."

"스피어 마스터?"

"왜 기를 다룰 수 있으면서, 여태 사용하지 않았는가."

뭔가 불안했다. 보통 '섬창'을 확인한 몬스터들의 반응은 경악이었으니까. 시련의 악마라는 놈들도 항상 그래왔다. 그런데도 놈은 그저 살짝 놀란 정도?

'기라고?'

그걸 다룰 수 있는 방법이 있어?

'일단 부딪쳐 본다.'

어차피 가동된 것. 최선을 다해 놈에게 맞춰야 한다.

절대 방심하면 안 된다. '폭군 오우거'도 '섬창' 한 방에 죽지 않았으니까. 놈 역시 뭔가 방법이 있을 가능성이 높다.

"하앗!"

진흙을 박차고 달려 나갔다.

"……스피어 마스터였다면 또 얘기가 달라지지."

놈은 피할 생각이 없는 듯했다. 나와 맞붙을 생각으로 베르트랑 찌르기 기초 자세를 취했다.

후우우우웅!

그 순간, 놈의 창에 거대한 오라 폭풍이 몰아치기 시작했다.

'……무슨.'

나는 놀랐다. 그 에너지가 내 '섬창'과 별다를 것 없이 강했기 때문이다.

'제기랄.'

난감했다. 두 거대한 에너지가 부딪히면 어찌 될지 눈에 선했기 때문이다. 그 폭발의 후폭풍에 나도 놈도 갈기갈기 찢어지겠지.

'별수 없네.'

['용맹무쌍'(勇猛無雙)을 가동합니다.]

즉시, 생존기를 사용했다. 5초의 시간이면 그나마 충격을 흘려줄 것이다. 지금 쓰기엔 도박 수였지만, 어쩔 수 없었다.

'리스크는 감당해야지.'

고오오오-

대기를 울리는 소리와 함께, 놈이 창을 힘껏 내질렀다. 나 역시 그에 맞서 '섬창'의 기운을 가볍게 던졌다.

허튼 변초는 없었다. 그저 있는 힘껏 온 힘을 다해 부딪혔다.

콰아아아아!

엄청난 폭발력이 공간 전체를 휘감았다. 5초 무적 덕분에 고통은 없었다. 다른 일행들은 멀찍이 떨어져 있어 직접적인 충격을 받지는 않았다.

'……놈은?'

눈을 감고 기운을 느꼈다.

'……?'

그리고 깜짝 놀랐다. 놈을 감싸는 모종의 기가 폭발력을 다 튕겨내고 있었기 때문이다.

'……이건 뭐, 괴물인가?'

처음으로 '섬창'이 막혔다. 지금껏, 한 번에 잡지는 못했어도 치명타 정도는 줬었는데, 이렇게 완벽하게 막힌 것은 처음이었다.

['용맹무쌍'(勇猛無雙)이 해제됩니다.]

곧이어 후폭풍이 몸을 난자했다. 나는 그 자리에서 자세를 낮추고 견뎌냈다. 고통은 무시했다. 버틸 만했기 때문이다.

"크으……."

신음이 흘러나오는 것은 별수 없었다. 곧이어 구름이 걷혔다. 놈도 타격이 없는 건 아니었다. 옷이 다 찢겨 있었고, 상처에 피 역시 흐르고 있었다.

"크으, 제법이구나."

"너도 제법이군."

우리는 서로에게 마음에도 없는 칭찬을 건넸다. 어느새 놈의 표정에도 미소가 사라졌다. 드디어 그 건방진 눈빛이 사라진 것이다. 물론 그렇다고 내 상황이 좋아진 건 아니다. 놈은 여전히 창에 하얀 오라를 두르고 있었으니까.

'빌어먹을.'

다시 자세를 잡았다. 아직 끝난 게 아니다. 한차례 폭발로 전투가 잠깐 소강 되었지만, 승부가 난 건 아니다.

'난 섬창 한 번이 더 있다고 친구.'

이번엔 내가 입가에 미소를 지어줬다. 그리고 '환기' 스킬을 '섬창'에 사용했다.

['환기'를 '섬창'에 사용하시겠습니까?]

['섬창'(殲槍)을 가동합니다.]

"기어코, 해보겠다는 거로군."

놈이 긁어진 목소리로 말했다. 폭풍의 여파로 목이 상한 듯했다.

"시작은 네놈들이 먼저 했잖냐."

"인정하지. 이 정도일 줄은 몰랐다."

"그래, 그럼 인정하고 뒈져라."

"뭔가 착각하고 있군."

놈이 웃었다.

"뭐?"

"보아하니, 기의 운용도 잘 모르는 것 같은데 참 신기하단 말이야."

놈의 창에 다시 한번 기운이 몰렸다. 아까와 같은 하얀 오라 폭풍이었다.

'미친?'

상황이 암담해졌다. 놈 역시 그 스킬을 한 번 더 사용할 수 있었던 거다.

'제기랄 이번엔 무적 스킬을 쓸 수 없는데.'

놈도 무사하지 못할 테지만, 그건 나 역시 마찬가지다.

양패구상(兩敗俱傷)의 상황. 또 한 번 부딪친다면, 놈도 나도 결국 아무것도 얻지 못한 채 자멸하게 될 거다.

'어째야 하지?'

주변을 둘러봤다. 소환수들에게도 여유가 없어 보였다.

"아까 그 여유는 어디 갔는가? 스피어 마스터 애송이."

놈이 비웃을 때였다.

[광전사(狂戰士) 모드(Lv.11)가 비활성화합니다.]

시야가 다시 정상으로 돌아왔다. 창에 담긴 기운 역시 1/3로 줄었다.

'빌어먹을.'

머리가 아파 왔다. 이러면, 승기는 놈에게로 기운다.

"호오, 기운이 약해졌군. 기를 사용하는 게 아니었어?"

"……그놈의 기."

욕지거리가 절로 나온다.

"쯧쯧, 아쉽게도 뒈지는 건 네놈이 되겠구나."

비아냥거리는 녀석. 이젠 어쩔 수 없었다. 아직 방법이 하나 남아 있다. 불지옥을 꺼낸 후, 일행들과 함께 도망가는 방법이다.

'판단은 빠르게.'

나는 창에 담긴 '섬창'의 기운을 뒤로하고 심장에 있는 정수의 기운을 활성화했다.

두근-

그렇게 에너지가 폭발적으로 증가할 때였다.

"갈! 그만들 하거라!"

누군가가 외쳤다. 힘은 없지만, 깊이가 있는 무거운 목소리.

'응?'

그 소리의 주인공은 '마을 촌장'(★★★★)이라 표시되던 노인이었다.

노인의 호통. 그것은 놀랍게도 효과가 있었다. 베르트랑 가문의 기사족들이 일제히 기세를 거뒀기 때문이다.

"로자임 왕국의 알렉산드로. 국왕 전하를 뵙습니다!"

"전 국왕 전하를 뵙습니다!"

노인 앞으로 이동한 그들은 한쪽 무릎을 굽히며 예를 차렸다.

'뭐?'

나는 벙쪘다. 갑작스러운 상황에 이해가 잘 가지 않았기 때문이다.

'촌장이 아니라 국왕 전하?'

그게 갑자기 무슨 말일까.

혹시나 해서 다시 '심연의 눈동자'를 활성화했다.

정보에는 변함이 없었다.

'뭐지?'

'현' 국왕이 아니라 '전' 국왕이라 그런 건가?

알렉산드로는 충성심이 강한 놈이라 그런지, 국왕 전하라는 표현을 사용했지만, 나머지 두 놈은 아니었다.

어찌 됐든 놀랄 일이다. 어쩐지 범상치 않아 보이더라니, 그런 과거가 있었을 줄이야.

"아저씨, 괜찮으세요?"

서은채가 다가왔다. 뿔하피와 실베론도 양옆으로 붙었다. 나는 고개를 끄덕였다. 곧이어, 따스한 하얀 빛이 몸을 감쌌다.

"힐링 해드릴게요."

"그래, 고맙다."

전투는 이미 소강상태. 놈도 기운을 갈무리했고 나 역시 '불지옥'을 쓰려다 말았다.

이건 다행이었다. 사실, 말이 '불지옥'이지, 놈이 제대로 마음 먹었으면 어떻게 될지 모르는 일이었다. 누군가는 죽을 수도 있는 상황이었다. 인정하기 짜증 났지만, 그만큼 놈은 강했다.

"……예를 거두게. 이제는 그냥 한낱 마을 촌장일 뿐일세."

노인이 기사단장에게 말했다. 목소리는 많이 누그러져 있었다.

"……그래도 어찌."

"유배당한 늙은이 계속 비참하게 할 텐가?"

"아, 아닙니다."

"베르트랑 가문은 초대 왕국 전쟁에서 가장 큰 공을 세운 가문이자, 전통적인 국왕 수호 가문이었지. 그대의 충성이 내가 아닌, 왕국에 있었다는 사실에 난 항상 감사한다네."

살짝 씁쓸한 목소리. 노인이 말을 이었다.

"그래, 이 저주받은 땅에는 어쩐 일인가?"

"국왕 전하께 드린 충성 맹세는 아직 유효합니다. 단지, 저희 가문은 기회를 보고 있을 뿐입니다. 사안이 사안인지라 늦게 찾아뵙게 되어 죄송합니다."

알렉산드로의 충성스러운 말. 노인이 수염을 매만졌다.

"……그 말 진심인가?"

"그렇습니다. 베르트랑 가문은 로자임 왕국의 역사이자 상징. 놈도 감히 함부로 건들지 못하고 있습니다. 서로 견제만 하고 있는 상황이지요."

"으음, 그대들이 수많은 엘리트 기사단원들을 배출해 내긴 했지."

"놈이 가진 힘의 원천만 알아낸다면, 기회를 봐서……."

"아니."

노인이 말을 끊었다.

"더 이상의 내전은 무리일세. 백성들에게도 해가 될 거야."

"인정할 수 없습니다. 놈은……!"

알렉산드로가 말을 하다 우리를 쳐다봤다. 내부 사항을 더 말해도 될까, 고민하는 듯했다.

'쩝, 별로 궁금하지도 않거든?'

내 머릿속에는 어떡하면 '히든 피스'를 깰 수 있을까로 가득 차 있을 뿐. 둘의 과거사 따위는 관심 없었다. 빨리 벼락의 땅으로 가고 싶은 마음뿐이었다.

"말해도 괜찮네, 그들은 우리 세계의 사람들이 아니야."

"……그래도."

"나를 도와주는 자들일세."

"……알겠습니다."

대화는 계속 이어졌다. 나와 다르게, 서은채는 그 대화에 많은 관심이 가는 것 같았다. 나 역시 간단히는 들어뒀다.

'정리해 보자면…….'

마법계 고위 귀족이 반란을 일으켰다. 평소 힘보다 훨씬 증폭된 전격 마법의 힘으로 반란에 성공했다. 국왕의 목숨을 지키기 위해, 베르트랑 가문은 반역자와 충성 서약을 했다.

따라서 국왕은 이곳 벼락의 땅으로 유배를 오게 된다.

알렉산드로는 최근 벼락의 땅 근처가 심상치 않다는 것을 핑계로 순찰 차, 노인을 만나러 왔다. 노인은 반란자의 힘의 원천이 '실버 드래곤'에 있다고 추측하는 중이다.

"그래서, 지금 벼락의 땅에 들어가려 하시는 겁니까!"

알렉산드로가 흥분했다. 쟤, 지가 충성을 맹세했던 왕한테 저래도 되는 거야? 아, 하긴 '스피어 마스터'정도 되면 입김이 좀 세긴 하겠다.

"내 어차피 죽은 목숨. 사건의 전위는 알고 싶었네. 마침, 날 도와주겠다는 자들도 구했고 말이야."

"아무리 저들이라 해도 위험합니다!"

"괜찮네, 어차피 폭군 오우거가 없는 이상, 언제 암살당할지 모르는 운명이야."

"그, 그럼 저도 돕겠습니다!"

"자네는 가문을 지켜야지. 그게 왕국을 위한 길이지 않은가."

엥? 아니, 이 노인이 뭐라는 거야. 돕겠다는 걸 왜 말려?

알렉산드로는 엄청난 전력이다. 비록 방금 전까지 싸웠다지만, 팀이 된다면 생존 확률은 더 높일 수 있는 일.

"그럴 수 없습니다. 차라리 절 죽여주십시오!"

"죽여주십시오!"

기사들이 부복했다.

'그래, 잘한다! 잘한다!'

나는 뒤에서 열심히 응원했다. 그렇게 잠깐의 실랑이가 펼쳐졌고 노인은 마지못해 승낙했다.

"……그래, 함께하도록 하지."

"분부 받들겠습니다!"

"분부 받들겠습니다!"

자기들이 원하는 분부만 받드는 것 같지만……. 뭐, 나야 좋은 일이다.

노인이 웃으며 말을 이었다.

"저들과는 화해하도록 하게. 이제부터 함께할 동료이니."

"알겠습니다."

그렇게 일행이 총 여섯 명으로 늘었다. 뿔하피와 실베론은 소환수니까 제외하고 여섯 명. 우리는 그렇게 '벼락의 땅' 초입부로 이동했다. 초입부는 가까웠다. 버려진 숲에서 약 10분간 걸으니 나왔다.

['벼락의 땅'에 입장합니다.]

[뇌(雷)속성 몬스터의 능력치가 미약하게 상승합니다.]

[풍(風)속성 몬스터의 능력치가 미약하게 하락합니다.]

「몬스터즈」 설정상, 뇌속성과 풍속성은 서로 상극이다. 또한 기록에 따르면 '벼락의 땅'은 엄청난 크기를 가지고 있다고 한다. 약 200만 헥타르 정도. 대충 어림잡아 강원도 넓이라 보면 된다.

"끝이 안 보이네요."

서은채가 한숨을 내쉬었다. 나 역시 고개를 저었다.

'오래도 걸리겠군.'

노인의 정보에 따르면 실버 드래곤은 이곳 가장 깊은 지역에 거주한단다. 뭐, 켈피나 실베론을 타고 날면 금방이지만, 그럴 수 없다. 이곳 내에도 위험한 몬스터들이 살고 있기에 한 마리, 한 마리 처리하며 전진해야 한다.

"담건호라 했나."

그렇게 걷는 도중 알렉산드로가 다가왔다. 아까부터 머뭇거리더니 이제야 다가온 것이다.

"그래."

"특이한 이름이로군."

헛소리를 내뱉는 놈. 나는 빠르게 말했다.

"용건이 뭐냐."

"우리 가문의 창술을 사용하더군."

"아."

그러고 보니, 궁금해 할만도 하다. 나 역시 흥미가 돋았다. '베르트랑 스피어'는 내 근본을 이루는 창술이니까.

"어쩌다 보니, 배웠다."

"우리 가문의 창술이 유명한 건 안다만, 다른 세상에도 퍼져 있을 줄이야. 놀라운 일이다."

놈은 내가 본인의 창술을 알고 있는 것에 대해 크게 개의치 않았다. 아무래도 '베르트랑 스피어'는 가문끼리만 승계하는 그런 폐쇄적인 창술은 아닌 것 같았다.

"게다가 창술에 대한 이해도만 따지면 나보다 월등하더군. 기를 운용하는 법은 하나도 모르지만 말이야."

"……기."

그러고 보니, 그랬지. 놈이 가진 그 기운은 '섬창'을 위협할 만큼 대단했다.

나는 입맛을 다셨다. 이것도 기회인데 놈에게 그 기를 다루는 법을 배워보고 싶었다.

"자네, 혹시 사문이 누구지?"

"사문?"

"누구에게 가르침을 사사받았냐는 말이다. 괜스레 궁금하군. 이 정도의 실력자를 키워내는 스승이라……."

"아델, 그리고 그의 여동생."

따지고 보면 둘 다 내 스승이다. 아델은 기초와 응용을 알려줬고, 그녀는 '패도'의 정의를 깨우치게 해줬으니까.

"농담이 지나치군."

"농담?"

"아델 님은 위대한 이름이다. 가문에서 태어난 자들은 함부로 그 이름을 쓰지 않지. 그분의 여동생인 에일린 님 또한 마찬가지고. 아무리 다른 세계에서 온 사람이라 해도 그분의 이름을 예의 없이 농담처럼 사용하는 건 썩 좋은 기분은 아니군."

잉, 그게 무슨 말이지? 아델이 그 정도라고? 아무리 봐도, 쟤가 더 대단한데?

"여동생의 이름이 에일린이었군."

"그렇다. 가문 최연소 '스피어 마스터'시자, 초대 '스피어 마스터'이신 그분은 우리의 자랑이자 긍지다. 아델 님 역시 마찬가지지. 우리 창술의 기초를 정립하신 분. 나 역시 그분이 남긴 교본을 보고 배웠어. 오랜 시간이 흘렀지만, 최고의 교본이지."

"잠깐."

알렉산드로의 말을 잠깐 끊었다. 혼란스러웠다.

아델이 옛날 사람이었다고?

"아델이 몇 년 전 사람이지?"

"로자임 왕국의 건국 역사를 함께하신 분이니 적어도 1,000년은 지났을 거다. 그건 왜 묻는 건가."

"허."

그랬던 거였나. 이곳 '히든 피스' 공간은 아델이 있던 세계에서 많은 시간이 비껴가 있었다. 아마 그 세월 속에서 '베르트랑 스피어'는 계속 발전하고 발전했을 거다.

'그럼 이제 어째야 할까.'

이 자리에 빈서율이 없는 이상, 아델의 존재를 말해봐야 반감만 산다. 증거가 없으니까. 아니, 이렇게 세월의 흐름이 다르다면 아델을 보여줘 봤자 믿지도 않을 거다.

'쩝.'

답답하지만 별수 없다. 놈과 호의적인 관계를 유지해야 하니까. 그래야 저 '기의 운용'이란 걸 가르쳐 달라 할 수 있을 거다.

"사과하지."

"뭐?"

"나 역시 아델의 교본을 보고 배웠다. 직접 가르쳐 준 사람은 없어."

그래서 연기를 시작했다.

놈의 눈이 커졌다.

“대단하군. 교본만 보고 그 정도의 창술이라.”

우리는 계속 걸으며 이야기를 나눴다. 창술에 관한 이야기였다. 나는 아델에게 배웠던 기초이론들을 풀어서 그에게 들려줬고 그는 크게 감탄했다.

‘마치 교본 창시자에게 직접 가르침을 받는 그런 느낌이로군.’

‘아, 그 내용을 이렇게도 해석할 수 있다니.’

‘맞다, 그 생각을 못 했다. 자네는 정말 천재로군. 무술에 대한 이해도를 따지면 우리 가문 최강이야.’

놈은 아이처럼 좋아했다. 1,000년의 흐름 속에서 살짝 와전되었던 이론들이 다시 본래의 모습으로 되찾아가는 과정이었다.

옆에 있던 두 명의 기사들도 귀를 쫑긋하며 우리의 대화를 듣고 있었다. 하긴, 궁금할 거다. 원래 하수가 실력을 늘리는 데는 고수의 대화만큼 좋은 게 없으니까.

한참의 설명이 진행된 후. 나는 놈에게 본심을 드러내기로 했다.

“흠, 더 이상 말하는 건 조금 고민되는군. 이것도 사실 내 밑천이라.”

“세상에! 말하다가 끊는 것이 어디 있나!”

알렉산드로가 흥분했다.

나는 씨익 웃었다.

"뭔가 불공평하지 않아?"

"뭐가 말인가!"

"나만 밑천을 드러내는 기분이라고. 너도 그만큼의 응당 대가가 있어야지."

그게 기본적인 도리다, 친구야.

"……무얼 말인가."

"나 역시 네가 사용하는 '기'라는 걸 알고 싶다."

"기 말인가……? 그건, 으음……."

놈이 침음을 흘렸다. 아무래도 이건 '베르트랑 스피어'와 달리 폐쇄적인 기술 같았다. 저렇게 뜸을 들이는 것만 봐도 안다.

"가문에서만 전해지는 호흡법이긴 한데……."

"어차피 나는 다른 세상 사람이잖아?"

"……흐음."

놈이 다른 두 기사를 돌아다봤다. 모른 척하는 그들. 그들 역시 내 창술에 대해 듣고 싶음이 분명했다.

잠깐의 침묵 후- 놈이 결심했다.

"좋네, 아델 님의 교본을 그 정도로 이해하는 자인데, 제대로 활용하지 못하도록 놔둘 순 없지. 어찌 보면 그대도 반쯤은 우리 가문 사람 아닌가?"

알렉산드로의 답에 나는 미소 지었다.

이거, 생각보다 단순한 놈인데?

벼락의 땅 초입부. 나와 알렉산드로, 둘이서 계획을 세우기 시작했다. 나머지 인원들은 장기 여행을 위한 채비를 갖추고 있었다.

"흠…… 자네는 이곳 끝부분이 느껴지나?"

알렉산드로가 물었다.

'끝부분'이라 하면, 용이 살고 있다는 그곳을 말하는 것이리라.

"가장 위험한 기운이 도사리고 있는 곳이라면 느껴진다."

'제3의 감각'이 닿는 범위는 아니었다. 그래도 느껴졌다. 이것은 기감의 문제가 아니었다. 그저 사람이라면, 저 흉포한 기운을 알아채지 못할 리 없었다. 그 정도로 그 기운은 강대했다.

"그곳까지 가려면 적어도 반년은 잡아야 할 것 같군."

"반년?"

"거리상으로는 아닌데, 몬스터 분포가 생각보다 촘촘해."

알렉산드로가 심각한 표정으로 팔짱을 꼈다. 무작정 돌파하려 했던 나나 촌장과는 달리, 그는 꽤나 꼼꼼한 성격이었다. 땅바닥에 지도까지 그려가며 열성적으로 설명했다.

"보다시피, 벼락의 땅에는 수백 수천의 뇌(雷)속성 몬스터들이 살고 있다. 그 한 마리 한 마리가 그 흉악했던 '폭군 오우거'에 버금가거나 그 이상인 놈들이지. 그렇다고 놈들을 다 처리하고 갈 필요는 없다. 가장자리 루트를 이용해 최대한 적게 상대하면서 이동하면 돼."

"그런가?"

솔직히, 나는 다 잡아도 상관없었다. 소중한 경험치들이니까. 그래도 이번엔 무리하지 않을 생각이었다. 어차피, 만렙까지는 얼마 남지 않았다.

'사실, 지금 제일 중요한 건…….'

벼락의 땅 끝부분에 가는 것은 뒷순위다. 앞순위는 바로 베르트랑 가문이 사용하는 '기'의 사용법을 배우는 것. 지금 내 머릿속에는 오직 그것으로만 가득했다.

'이젠 섬창으로 부족하니까.'

오우거도 그렇고 알렉산드로도 그렇고. 슬슬 '섬창'이라는 기술이 통하지 않기 시작했다.

물론, 기술이 약한 건 아니었다. 다만, 하루에 한 번밖에 쓸 수 없다는 제한이 너무도 큰 단점으로 다가왔다.

"길잡이는 알렉산드로. 네게 전부 일임하겠다."

나는 그의 눈을 보며 말했다. 그 역시 나를 마주 봤다.

"정말인가?"

"그래, 이쪽 세상 사람이니 나보다는 훨씬 지리에 빠삭하겠지, 다만."

"다만?"

"하루를 휴식, 이동 및 사냥, 훈련으로 삼등분해라."

"천천히 가도 상관없다는 말이로군."

빨리 가야 할 이유가 없었다. 제일 중요한 것은 우리의 안전이고, 그 다음이 성장이다.

'히든 피스' 클리어 후, 50층 도달?

그것도 이곳에서 살아남았을 때의 이야기다. 지금은 강해지는 것에만 집중해도 벅차다.

"이미 어르신에게 물었지. 갈 수만 있다면, 언제 도착해도 상관없다 하셨다."

휴식시간을 길게 한 이유는 단 하나다. 훈련 동안 그에게 배운 것들을 내 것으로 체화하는 시간을 갖기 위해서다.

"……국왕님께서……. 흠, 그렇군. 나 역시 동감하는 바다. 지금 전력으로는 무리하게 돌파하는 것 보다, 천천히 실력을 늘려가며 조심스레 이동하는 게 맞아."

알렉산드로가 고개를 끄덕였다. 그도 나와 별반 다를 거 없었다.

창술을 더 깊이 있게 배우고 싶다는 열망. 더 강해지고 싶다는 마음. 그것으로 가득 차 있었다.

문득, 궁금해졌다.

"이곳 세상에서의 '베르트랑 스피어'는 얼마나 강하지?"

"의심할 여지도 없이 세계 최강이다."

알렉산드로가 즉답했다. 자신감 가득한 목소리였다.

"그런가?"

"객관적인 지표가 말해주지. 그 오랜 세월 동안, 마스터의 경지를 꾸준히 배출했던 가문이 우리밖에 없거든."

"대단하네."

스피어 마스터라……. 아델도 달성하지 못했다는 그 경지.

그러고 보니, 아델은 왜 나에게 기의 운용법을 알려주지 않았던 걸까. 기억이 온전치 않았던 걸까? 그렇게 생각하기로 했다. 나중에 만났을 때 물어봐야지.

"아, 한 가지 더."

"말해보게."

"그 호흡법이란 거 창술을 익히지 않은 자도 배울 수 있나?"

"물론이다. 기라는 것은 창술을 보조해 주는 도구일 뿐. 굳이 창이 아니라도 어디서든 활용할 수 있어. 범용성이 큰 편이지."

"다행이군."

"왜 그러는가?"

"일행 하나가 더 있거든."

"아, 그 꼬맹이 소녀."

"그녀와 함께 배워도 되겠지?"

"뭐, 그 정도야."

알렉산드로가 어깨를 으쓱했다. 그는 쿨했다.

일주일 후-

콰아아앙!

내 '섬창'(殲槍)이 '벼락 새'(★★★★★★)의 몸뚱이에 꽂혔다.

끼아아아!

노란 새가 날개를 펄떡이며 포효했다.

'제기랄.'

주르륵!

흐르는 피가 느껴졌다. 이미 전신은 상처로 난자된 상태. 놈의 반항이 거셌다.

'도대체가 쉬운 놈이 없구먼.'

그래도 상황이 나쁜 건 아니었다. 서은채의 힐링이 들어왔고, 베르트랑 기사들도 전투에 참여했기 때문이다.

확실히, 알렉산드로의 무력은 나와 비교해도 크게 뒤지지 않았다. '기'라는 것을 사용해, 놈의 벼락을 흘려내며 대미지를 넣었다.

"놈이 정신을 못 차린다!"

"얼마 남지 않았다! 전부 집중하라!"

알렉산드로는 부하 기사들에게 목청껏 외쳐가며 싸웠다. 괜스레 고마웠다. 저들은 몬스터이기에 모든 경험치가 나와 서은채에게 들어오기 때문이다.

'그래도 고작 한 마린데…….'

너무 오래 걸렸다. 한 마리를 잡는데, 투입된 아군은 전부. 마치, 소규모 레이드를 하는 느낌이었다.

콰가가강! 파즈즈즉!

그 와중에도 스킬들과 공격들이 서로 오갔다. 나는 상처를 치유하며 상황을 주시했다.

쾅!

곧이어, 알렉산드로의 필살기 역시 놈에게 적중했다. '벼락새'가 육중한 몸을 비틀거렸다. 시간이 흐를수록 상황이 우리에게 유리해지고 있었다.

'참, 든든하네.'

처음으로 느껴보는 감정이었다. 이곳에 떨어진 이후로 항상 내가 이끌었고, 내 무력을 중심으로 작전이 펼쳐졌으니까. 알게 모르게 모든 전투가 스트레스였다.

하지만, 지금은 심적으로 편했다. 비록 상처는 많았고, 난이도 또한 그동안과 차원이 달랐지만, 부담은 없었다.

'다 알렉산드로 덕분이지.'

이토록 강한 기사와 함께 싸워본 기억은 초창기 아델과 고스트를 잡을 때 빼고는 처음이었다.

"후우, 암담하네요."

휴식 중, 힐링하던 서은채가 입을 열었다.

나는 고개를 갸웃했다.

"갑자기?"

"알렉산드로는 고작 71~80층 사이에 존재하는 일개 몬스터 중 하나잖아요."

"그렇지? 뭐, 따지고 들면 보스급 정도는 되겠지만."

"그럼 벨제붑이나 더 상위층 몬스터들은 얼마나 세다는 걸까요? 아니, 거기까지 갈 필요도 없죠. 이곳에 있는 실버 드래곤만 해도 답 안 나오겠는데요?"

그녀의 말도 맞았다.

과연 내가 100층을 정복할 수 있을까? 그 끔찍한 존재 '사이버'를 상대로 일 초나 버틸 수 있을까?

항상 머릿속에 떠올랐던 주제들이었다.

"걱정 마라."

"넵?"

"지금은 그냥 강해지는 것에만 집중해. 강하면 모든 게 해결되니까."

"……."

"복잡하게 생각해봐야 자신감만 하락하고 도움 될 게 없다는 말이야. 봐, 처음엔 나도 둘이서 탑을 오르게 될 거라고 전혀 생각하지 못했거든? 그런데 지금은? 결국, 잘 오르고 있지?"

더군다나 1년도 안 돼서 47층에 도달했다. 그것도 원 코인으로. 「몬스터즈」 게임으로 했어도 불가능한 업적이다. 물론 「갓 컴퍼니」가 그만큼 지원해 준 것도 있지만.

"으음, 그렇네요."

"일단은 저들의 호흡법부터 완벽히 흡수하자."

굳이 높은 난이도의 히든 피스를 선택한 이유. 이 암담한 기분을 조금이나마 해소하기 위해서다. 실력을 기르는 것만큼 좋은 방법은 없으니까.

"넵, 앗! 이제 다 끝나가는 거 같은데요?"

시선을 다시 돌렸다. 전투가 마무리되어 가고 있었다.

"바로 갈게."

"네, 조심하세요."

거의 끝나가는 전투에 다시 참전했다. 베르트랑 가문 기사들의 상태도 좋아 보이지 않았다. 하지만 '벼락 새'도 그랬다.

비틀거리는 게 이제 곧 요단강을 건너기 일보 직전이었다.

"자, 뒈져라. 누런 닭!"

나는 그대로 달려 나가 놈의 상처에 창을 찔러넣었다. 힘이 다했는지, 이제는 거세게 반항하던 것도 하지 않는다.

"죽어!"

자세를 잡고 계속 창을 찔렀다. 기사족들도 함께했다. 4방위를 둘러싸고 찌르고 베기를 반복했다.

뚜둑! 서걱!

놈의 뼈가 부서지고 피부가 벗겨졌다. 피가 터져 나왔고 결국엔 움직임을 멈췄다.

['벼락 새'(★★★★★★)를 처리합니다!]

마침내, 또 한 마리를 처치해 낸 것이다.

"헤엑, 헤엑."

"하아, 하아……."

가쁜 숨소리들. 기사들이 엎어져서 깊게 숨을 몰아 내쉬고 있었다.

"……다들 고생했네."

노인이 다가와 노고를 치하했다. 그러자 알렉산드로가 억지로 일어서 예를 취하려 했다.

"그럴 필요 없다고 말했네, 그냥 편한 늙은이 대하듯 하게. 정 받아들이기 힘들다면 명령이라 생각하게."

머뭇거리는 알렉산드로에게 서은채가 즉시 다가와 붙었다.

"가만히 있으세요. 치료 들어갑니다."

그러고는 기사들을 치료했다. 이제 '유지넬'의 힐링도 숙련도가 거의 17에 달했다. 하얀 빛줄기가 엄청난 속도로 상태 이상을 회복시켰다.

"오늘은 여기까지 하고 이곳에 자리를 잡죠."

그 모습을 보던 내가 촌장을 보며 말했다. 노인이 고개를 끄덕였다.

"그래도 오늘은 평소보다 많이 왔구먼."

"다 저들 덕분이지요."

"그렇지. 저들에게도 자네에게도 고마운 마음뿐일세. 내가 할 수 있는 게 없어 안타깝구먼."

벌써 날이 어두워지고 있었다. 빠르게 식사 준비와 훈련 준비를 해야 한다.

"오늘 식사는 어떡하죠?"

서은채가 고개를 갸웃했다.

"뭐긴, 닭고기지."

오늘 요리는 '벼락 새 구이'다.

"후읍-"

호흡을 시작했다. 나와 서은채는 책상다리를 한 채 앉아 있었고, 앞에는 알렉산드로가 팔짱을 끼고 지켜보고 있었다. 사냥과 식사가 끝나면 항상 이렇듯 명상을 한다. 그가 말하는 '호흡법'의 기초다.

"허리를 곧게 펴고 마음을 바르게 해라. 선선한 바람 속에서 잡생각을 떨쳐내고 주변에 돌아다니는 무언가를 느껴라."

말이 쉽지. 잡생각을 떨쳐낸다는 게 어떤 의미인지 깊게 와닿지는 않았다. 일주일 째, 기초 단계인 '기'를 잡아내는 것조차 못했으니 더 그랬다.

"조급해하지 말고 집중해라. 처음엔 다 그렇다. 아예 '기'에 대한 생각을 버리고 그저 편하게 앉아 명상해라. 시간이 해결해 줄 거다."

조급해하는 게 티가 났나?

사실, '기'의 운용이 가능하다는 것에 의구심이 들긴 했다. 저들은 그저 몬스터다. 저들이 하고 있는 '기'의 운용이 사실은 패시브 스킬일 수도 있는 거다. '캐릭터'는 배우지 못하는 그런 종류의.

그래도 희망은 놓칠 수 없었다. 그만큼 '기'의 운용은 매력적이었다. 스킬에 의존하지 않고 본인의 컨트롤 수준에 따라 더 강력한 공격을 할 수 있다면, 나는 한층 더 강해질 테니까.

"아직, 호흡을 시도한 지 7일밖에 되지 않았다. 보통 가문의 일원들은 '기'를 잡아내는 과정만 한 달에서 두 달 정도 걸리지."

서은채와 내가 명상을 하는 동안 알렉산드로는 끊임없이 떠든다. 이게 명상을 방해하는 것보다는 도움이 되는 된다는 가문의 연구 결과란다.

그리고 약 한 시간 후- 그 연구 결과가 사실이라는 점에 나도 한 표를 던졌다.

'……이게.'

처음은 미약했다. 하지만 확신이 들었다. 그동안 제3의 감각에 걸리지 않았던 무언가, 그 무언가가 보이기 시작했으니까.

'그대의 기술 '섬창'은 참 신비하더군.'

'몇 번 봤는데, 수천수만 번의 찌르기가 중첩되어 '기'와 동일한 효과를 얻어 내고 있어.'

'음……. 만약, 그대가 '스피어 마스터' 수준의 '기'를 운용하게 된다면?'

'그리고 그 '기'가 실린 찌르기를 수천수만 번 중첩할 수 있다면?'

'그 누구도 당해낼 수 없는 희대의 기술이 탄생하겠군.

허어, 상상만 해도 살이 떨리는구먼.'

알렉산드로가 했던 말들이다. 내가 수많은 의구심이 들었음에도 '기'의 운용을 포기 못 했던 이유이기도 했다.

그리고 일주일 후- 마침내, 그 기운이 느껴졌다.

'집중하자.'

나는 눈을 감은 채 신경을 곤두세웠다. 제3의 감각인지, 아니면 새로운 감각인지는 모르겠다. 확실한 건, 지금껏 느껴보지 못했던 종류의 그런 기운이었다.

'편안한 자세를 유지해라.'

'천천히 숨을 들이마셔라. 단순히 공기를 마시는 게 아닌, 이 세상에 흩어져 있는 충만한 에너지를 들이킨다 생각해라.'

'한계까지 마신 후, 천천히 내쉬어라. 이 과정을 너무 의식하면 안 된다. 자연스럽게 나와야 한다.'

알렉산드로의 가르침을 지속해서 떠올렸다. 끊임없이 들려오던 알렉산드로의 외침도 어느 순간 사라졌다. 내 상태를 파악하고 배려해 주는 건지, 내 집중력이 도를 넘어선 건지는 모르겠다. 지금은 그저 주변에 느껴지는 그 기운의 형체를 잡기 위해 애썼다.

'일단은 지금 이것을 '기'라고 정의해 보자.'

보이지는 않았지만, 새하얀 느낌이었다. 그것은 땅속에도 있었고 공기 중에도 있었고 사람에게도 있었다. 그리고 베르트랑 가문 기사들의 심장에도 뭉쳐 있었다.

'나도 저들처럼 저걸 받아들여야 하는 건가?'

그렇다면 저걸 움직일 수 있어야 할 텐데.

'어떻게?'

방법이 없었다. 몇몇 기운들이 내 코를 통해 들어오는 것 같았지만, 금방 흩어졌다. 아직까지 호흡법이 불안정한 것 같았다.

'뭔가 잡아놓을 방법이 필요한데…….'

별 수를 써봐도 끄떡없었다. 알렉산드로가 알려준 호흡법을 계속 운용해 보기도 했고, 그저 감각으로 잡으려고 노력도 해봤다.

그렇게 꽤 오랜 시간이 흘렀다. 둥둥 떠 있는 그 기운들을 계속 느꼈다.

친해지려 노력했다. 익숙해지려 했다. 딱히 집중을 깨려 하진 않았다.

일주일 만에 찾아온 감각이었다. 다시 못 찾을 수도 있는데 놓치기 싫었다.

그렇게 또 얼마 시간이 흘렀을까-

[모종의 호흡법을 사용하여 '기'를 탐지합니다.]

[히든 조건 달성.]

[캐릭터 스킬 '기 연공법'(S급)이 생성됩니다.]

'엥? 기 연공법?'

그와 동시에 집중이 깨졌다. 눈이 떠졌다. 눈 부신 햇살과 함께, 알렉산드로가 팔짱을 낀 채로 흐뭇하게 날 바라보고 있었다. 옆에 함께 앉아 있던 서은채는 어디로 갔는지 보이지 않았다.

'잠깐. 해가 떴다는 건.'

분명히 어두워질 때쯤 시작했으니……. 세상에, 시간이 얼마나 흐른 거야?

나는 곧바로 알렉산드로에게 물었다.

"어떻게 된 거지?"

"뭔가 얻어냈나 보군. 축하한다."

"……계속 지켜보고 있었던 거냐."

놀랍게도 그의 책임감은 대단했다. 이렇게 몰두하고 있을 동안, 위험이 닥치면 큰일 날 수도 있다. 그걸 파악한 알렉산드로가 끝까지 자리를 지켜준 것이다.

"겨우 한나절이다. '스피어 마스터'에게 이 정도는 아무것도 아니지."

"……한나절이면, 날을 꼴딱 세웠겠군. 고맙다."

"별말을 다 하는군. 정말 별일 아니다. 특히 그런 창술을 다룰 수 있는 자에게 이 정도 대우는 아무것도 아니지."

알렉산드로가 눈을 빛냈다.

하긴, 예전에 약속했었다. 내가 '기'를 느끼게 되면, 아델식 기초 동작들을 처음부터 몸소 보여주겠다고. 그걸 겨냥하고 한 말이리라.

"그래, 그래서 성과는 있었나? 무얼 보았지?"

그가 다시 말을 이었다. 궁금해 보이는 표정이었다.

나는 답했다.

"주변에 퍼져 있는 하얀 기운들이었어. 이 세상에 존재하는 모든 것들이 그것을 담고 있더군."

"……그게 무슨?"

알렉산드로의 눈이 휘둥그레졌다. 지금 무슨 소리 하는 거냐는 표정이었다.

뭐야, 갑자기 왜 저러지?

"지금 기운을 느낀 게 아니라 봤다고 말했나?"

"……아, 본건 아니고, 내가 좀 특수한 감각을 가지고……."

"말도 안 된다! 세상에…… 기운의 색이 하얗다는 걸 느꼈다는 것만으로도 이미 익스퍼트 초급의 경지다. 거기에 이 세상이 담고 있는 모든 기운들을 느꼈다고? 그건 나조차도 몰입

했을 때 가끔 겪는 경지인데……!"

뭐지? 방금 겪은 게 그렇게 높은 경지였다고? '스피어 마스터'의 경지?

"원래 초반에 느껴지는 것은 거의 아무것도 없다. 형체도 색도 파악할 수 없지. 모래바람에 잠깐 스치는 먼지처럼 미약하기 그지없는 그것을 어찌……."

알렉산드로가 충격을 받을 동안에도 나는 별생각 없었다.

생각해 보면 아델도 항상 그랬으니까. 무술의 천재라느니 재능이 있다느니……. 시스템의 효능을 받아 그런 걸 수도 있다.

'스킬창이나 확인해 보자.'

[스킬:기 연공법+]

[등급:S급]

[특성:패시브(Lv.1)]

[무술 최고의 경지 '마스터'로 가는 길.]

[예로부터 기사들은 호흡을 통해 기를 심장에 축적했다.]

[기를 느끼고 모을 수 있게 해준다.]

[+ 무의 극을 보았기에, 효능이 증폭된다.]

'아…….'

스킬에 '+' 표시가 붙어 있었다. 이는 흔치 않은 스킬과의 시너지 효과다. '만류귀종'의 만렙이 뭔가 영향을 끼친 게 분명했다.

'어쨌든, 설명에 따르면…….'

이제 스킬이 생겼으니까 저 기를 모을 수 있다는 거겠지. 나쁘지 않은 성과였다.

솔직히 희열이 느껴졌다. 불안과 의심 속에서 포기하지 않고 수련해 얻어낸 성과였으니까.

'서은채에게도 지속적으로 하라 해야겠어.'

무려 S급 스킬이다. '캐릭터 스킬'에 유난히 짠 「몬스터즈」 특성상, 이는 엄청난 히든 조건이었다. 나중에 '소수정예' 인원들에게도 알려줄 생각이었다.

"자네는 정말…… 아, 혹시 아델 님의 환생이라도……? 아, 아델 님은 '스피어 마스터'가 아니었지……. 그럼 설마 에일린 님의……!"

"이봐, 호들갑은 그만 떨고. 이제 슬슬 출발 준비해야지?"

"아니, 어떻게…… 내가 제정신일 수 있겠는가. 이런 믿을 수 없는 결과를 봤는데."

"흐음, 빨리 이동해야 다음 훈련 때 창술에 대해 더 진지하게 이야기해 볼 수 있을 것 같은데."

"……일단, 당장 준비하지. 얘기는 나중에 하자고."

역시, 놈은 단순했다.

'벼락의 땅' 돌파와 호흡법의 수련은 계속됐다. 스킬이 생긴 이후로는 일사천리였다. 명상하는 즉시, 기운을 느낄 수 있었고 그 기운이 천천히 심장에 축적됐다.

'불의 정수'와는 전혀 다른 기운이었다. 순수하고 깨끗한 자연의 기운.

[기운을 축적합니다.]

[체력, 민첩, 힘이 1 오릅니다.]

신기한 건, 기를 운용할수록 스탯이 오른다는 거였다. 육체적인 훈련이 아닌 이런 정적인 훈련으로도 능력치가 오른다는 것은 희소식이었다. 덕분에, 막혀 있던 성장이 물꼬를 트고 가속화됐다.

물론, 주어진 훈련 시간의 반은 기사족들을 위해 투자했다. 도움을 받았으면 응당 베푸는 것이 인간으로서의 도리. 어차피 호흡은 휴식시간에도 할 수 있어 아깝지 않았다.

"모든 응용 기술의 기본은 기초 동작이다."

"창을 낼 수 있는 한 가장 천천히 내질러라."

"그동안 소홀히 했었던 자세에 대해 돌아볼 수 있는 시간이 될 거다."

"기에 너무 의존하려 하지 마라. 기초 체력 역시 중요한 법. 창술의 뼈대를 이루는 것이 바로 체력이다."

내가 이들에게 해줄 수 있는 건 딱히 없었다. 그냥 아델에게 배웠던 훈련법을 전수하는 것뿐. 그것만으로도 이들은 감사해 했다. 100% 믿고 따라와 줬다.

그렇게 한 달 정도가 흘렀다.

"아저씨!"

서은채가 흥분한 표정으로 뛰어왔다.

"무슨 일이야?"

"저, 저도 성공했어요!"

"성공?"

"기, 기를 봤다구요! 스킬도 생겼어요! 기 연공법!"

가쁜 숨을 몰아쉬며 좋아하는 그녀.

나는 재빨리 상태창을 열어봤다.

'정말이네?'

나와 똑같은 S급 스킬. '기 연공법'이 떡하니 버티고 있었다. 그동안 '기'를 보지 못해 스트레스받아 하더니, 기어코 해낸 거다.

"꼬맹이 숙녀도 범재 이상이었군."

알렉산드로가 박수를 쳤다. 이제는 서로 친해져서 '꼬맹이'라 서슴없이 부르는 사이였다.

나 역시 그녀를 진심으로 격려했다. 그동안 마음고생이 심했음을 아는 탓이다.

"축하한다. 기의 세계에 온걸 환영해."

"감사합니닷! 헤헤."

"축하한다, 꼬맹이."

"알렉산드로도 고마워요."

"대단한 거다. 자부심을 품어도 좋아. 보통 3달 만에 느끼는 게 평균이고, 1~2달 사이에 느끼는 게 범재 수준이다. 네 옆에 있는 괴물과 비교해가며 스트레스받을 필요는 없어."

"하긴, 아저씨는 괴물이니까요."

이것들이……. 이제는 몬스터도 나보고 괴물이란다. 원래 몬스터의 뜻이 괴물인 건데, 누가 누구보고…….

하긴 뭐, 그간 한 달 동안 내가 보여준 성장 속도는 나조차도 놀랄 정도였다. 기의 축적과 함께하는 능력치 성장이 생각보다 빨랐기 때문이다. 언제 한 번 알렉산드로에게 물은 적이 있다.

"알렉산드로."

"왜 그러나."

"원래, 기 쌓는 속도가 이 정도면 평균은 가나?"

"……또 무슨 헛소리를."

"응?"

"평균? 그럴 리가 있나. 네 속도는 기록에 남겨도 소설이라 치부될 정도의 말도 안 되는 사기적인 속도다."

"……그래?"

"처음엔 벼락의 땅이라 그럴 수도 있다 치부했다. 이곳은 자연을 훼손하는 인간들이 닿지 않는 곳, 어느 곳보다도 자연의 기운이 풍부하니까. 하지만……."

"하지만?"

"그럼에도 네 속도는 말이 안 된다. 평균보다 10배는 빠르다고 보면 돼. 보면서도 믿을 수 없는 지경이다. 아마 이 정도 속도면 빠르면 1~2년 사이에 '스피어 마스터'의 경지에 오를 수도 있겠어."

"그렇군."

"그러니, 어디 가서 그런 소리 하지 마라. 재수 없다는 소리 듣기 싫으면."

"……그래, 새겨듣도록 하지."

"괴물."

기가 빨리 쌓이는 이유는 몰랐다. '만류귀종'의 만렙 시너지 효과 때문이라고 추측할 수밖에 없었다.

뭐든, 좋았다. 빨리 강해질 수 있다는 건 행복한 일이니까.

"어쨌든, 서은채."

"넵!"

"이제부터 열심히 기를 쌓아봐. 확실히 효과 있으니까."

"알겠어요."

난 서은채의 어깨를 토닥여준 후, 다시 알렉산드로를 바라봤다.

"자, 그럼 훈련 계속할까?"

"원하던 바다."

나머지 두 기사도 흐뭇하게 고개를 끄덕였다.

그렇게 또다시 한 달이 흘렀다.

Chapter 2

벼락의 땅, 중심부.

"키아, 크아아!"

황금빛 '전기 샤벨 타이거'(★★★★★★)가 온몸에 전류를 내뱉으며 달려들었다. 눈에도 발톱에도 흐르는 전류가 상당히 위협적이었다.

우리는 대형을 갖춘 상태로 그 모습을 바라보는 중.

"다 뒤로 빠져라."

내가 말했다.

"또 혼자 상대할 생각인가?"

알렉산드로가 물었다.

"어, 마침 '섬창'의 쿨다운이 다 찼거든."

"간만에 좋은 구경 하겠군."

별다른 터치 없이 빠지는 그들. 완전히 날 신뢰하는 모습이었다. 그간 숱하게 경험했기 때문이기도 했다.

내 '섬창'(殲槍)의 위력을.

'……기의 운용.'

심장에 있는 하얀 기운이 창에 담겼다. 검붉은 '무명'(無名)의 오오라와 함께하니, 색깔이 기기괴괴하다.

알렉산드로의 말에 따르면, 내가 한 달 동안 쌓은 기운이 '스피어 익스퍼트' 초급이란다. 익스퍼트 초급에 달하기 위해서는 적어도 3년, 늦으면 5~7년은 걸린다 했으니, 엄청난 속도임에는 분명했다.

파즈즈즉!

앞에는 여전히 호랭이가 겁도 없이 달려오고 있다. 나는 여유롭게 자세를 잡았다.

그렇다고 저놈이 만만한 놈은 아니다. '폭군 오우거'보다 1.5배는 강한 놈이다.

'그러나, 나한텐 안 되지.'

창이 호선을 그렸다. '무명'에 담긴 '섬창'의 기운과 심장에 있는 하얀 기운이 전방으로 폭사했다.

찌르는 자세는 신속 정확했다. '스피어 마스터'를 가르치는 무술교관으로서 모범적인 자세를 보이지 않을 수는 없었다.

그리고 곧이어-

콰아아앙!

하얀 빛줄기가 전방을 휘감았다. 거센 기의 파도가 쏘아졌다.

기를 담은 찌르기를 무려 수만 번 합쳐놓은 그런 파괴력이었다.

['전기 샤벨 타이거'(★★★★★★)를 처리합니다!]

단 한 방. 찌르기 한 방에 '샤벨 타이거'가 고기도 남기지 않고 소멸했다. 기의 파도에 갈기갈기 찢겨 흔적도 없이 사라져 버렸다.

"미쳤군."

알렉산드로가 혀를 내둘렀다. 옆에 있던 '루이스 드 베르트랑' 역시 고개를 저었다.

"언제봐도 적응 안 되는 기술인 것 같습다. 단장님."

"그러게 말이다. 잡는 데 3시간이나 걸렸던 저 괴물 같은 놈을 한 방에 보내 버리다니. 참…… 어찌 보면 다행이란 말이야."

"뭐가 다행입니까?"

"예전에 만나서 싸웠다는 게 말이다. 만약, 지금 상태로 벼락의 땅 초입부에서 만났다고 생각해 봐라. 그냥…… 끔찍하지."

"에이, 그런 상상을 뭐 하러 한답니까. 어차피 단장님 없었으면 기의 운용도 배우지 못했을 겁니다."

"……과연 그럴까? 그는 노력하는 천재야. 아니, 그냥 괴물이지. 호흡법이 아니었어도 분명히 강해졌을 거다."

"그건 그렇습니다. 잠도 자지 않고 훈련하는 사람은 또 살면서 처음 봅니다."

사냥을 끝낸 나를 면전에 두고 떠드는 그들.

나는 피식 웃었다. 이제는 그냥 적응해 버린 거다.

"역시, 멋있으세요."

서은채가 다가왔다.

"멋있긴."

"헷, 그나저나 이제 도착할 날도 머지않았네요?"

"그러게, 예정 시간보다 일찍 도착하겠어."

본래 반년으로 계획했던 일정이 반으로 줄었다. 훈련할 거 다 하면서 감에도 말이다.

원인은 나와 서은채의 실력 상승에 있다.

확실히 알렉산드로를 만난 것은 행운이었다. 만약, 기사족들 없이 이곳을 돌파하려 했다면, 족히 몇 년은 걸렸을 거다.

그만큼 '기'의 운용은 대단했다. 익스퍼트 초급의 경지임에도 데미지가 수배는 뻥튀기된 느낌.

"음, 이제 약 한 달? 정도 남았으려나?"

"빨리 50층에 도착해서 탑 밖으로 나갔으면 좋겠어요. 지호도 걱정되고 할아버지도 보고 싶고. 저기 도착하면 히든 피스에 대한 실마리가 보이겠죠?"

"그건 모르지."

"지금은 그냥 그렇게 생각할래요."

"그래, 그게 힘이 될 수도 있겠다."

우리는 그동안 많은 몬스터들을 사냥했다.

레벨은 이미 만렙을 달성한 상태.

'간만에 상태창이나 한 번 볼까?'

레벨 80. 말도 안 되는 양의 경험치를 결국 채워냈다.

탑 71~80층대의 몬스터 경험치는 상상을 초월했다.

그리고 우린 그 경험치를 둘이서만 먹었다. 서은채도 만렙을 달성했으니, 이제 경험치로 속 썩이는 일은 없을 거다.

아직, '몬스터 소환 이용권'이 나오지 않았다. '터'가 없기에 등급 업그레이드도 시킬 수 없었다. 그래도 합체족 4개의 스킬 숙련도들은 꾸준히 올리고 있는 상태.

'나머지 세 마리도 채워야 하는데.'

탑을 나가는 즉시 합체족 세 마리를 구해볼 생각이다.

-'심연의 눈동자'(EX급):캐릭터와 몬스터의 정보를 볼 수 있다.

-'아레스의 본능'(S급):전신 아레스의 가호를 받아 전투 관련 운동신경이 향상된다.

-'네르갈의 재판'(S급):유저와 계약 설정 가능. 어길 시 네르갈의 저주가 떨어진다.

-'만류귀종'(S급):모든 무술의 끝은 하나로 통한다. 극의로 향하는 길을 탐구한다.

-'합체족 마스터리'(S급):합체족을 중복으로 사용할 수 있다.

-'화염의 군주'(EX급):'화'(火)속성 몬스터들의 군주. 모든 화염 공격에 저항력을 얻는다.

-'아레스의 육체'(S급):힘 20, 민첩 20, 체력 20 증가.

-'기 연공법'(S급):마스터로 가는 길. 기를 다룰 수 있게 해준다.

캐릭터 스킬들이다. 전부 다 S급 이상이다. 「몬스터즈」 시절, 이

상태창을 올렸다면 버그 캐릭이라 지탄받았을 게 분명할 정도로 사기적이었다. 그만큼 「갓 컴퍼니」가 밀어줬다는 거겠지. 좋게 생각하기로 했다.

힘193, 민첩197, 체력202, 화염 저항Max, 냉기 저항4, 제3의 감각MAX. 독 저항 3.

이제 기본 능력치도 거의 200을 바라봤다. 꾸준한 체력 단련과 호흡법의 효과였다.

[보유 골드]

4,719,000골드

'와……. 골드 봐라.'

상상 이상으로 많이 모였다. 이는, 아직 '터'에 있는 광산이 잘 돌아가고 있다는 소리. 아무래도 주예린 팀과 고인물들이 잘 수호하고 있는 듯했다.

"더 가실 거죠?"

서은채가 볼트를 매만졌다. 그곳에도 하얀 기가 담겨 있었다. 그녀도 이제 기를 싣는 데 어느 정도 익숙해진 것 같았다.

"그래, 슬슬 속도 좀 내야지."

그렇게 우리는 다시 사냥을 시작했다.

한 달 후-

콰아아앙!

마지막 몬스터가 처참하게 쓰러졌다. 눈앞에는 거대한 던전이 보였다. 안에서는 섬뜩하고도 끔찍한 기운이 느껴졌다. 저 먼 거리에서도 저릿하게 느껴졌던 그 벼락의 기운이었다.

"드디어……."

"도착했군."

마침내, '끝부분'에 도착한 것이다.

약 3개월간의 여정이었다. 제대로 휴식도 못 하고 오직 사냥과 훈련만을 반복했던 일상이었다.

물론, 그만큼 얻는 것도 많았다. 3개월 전의 나와 지금의 나는 확실히 달랐다. 서은채도 기사족들도 마찬가지였다.

다들 실력이 일취월장했다.

"허어, 이곳이 용의 둥지로구먼."

지팡이를 짚은 노인이 씁쓸하게 읊조렸다. 촌장도 고생하긴 했다. 낮은 체력으로 강행군을 따라왔으니.

"……다들 고생했고, 또 고맙네."

노인이 우리에게 고개를 숙였다.

'응?'

나는 의아했다. 마치 다 끝난 것처럼 이야기했기 때문이다.

'뭐지, 이제 시작인데.'

노인은 이곳에서 곧바로 용을 만날 수 있을 거라고 착각하고 있는 것 같았다. 하지만, 그렇지 않다. 제3의 감각에 느껴지는 기운은 이제부터 시작임을 알렸다.

가장 위험한 기운. 추측건대, 용의 기운은 이곳 던전 가장 깊은 곳에 있다.

[크으윽, 주인.]

그때였다. 옆에 있던 실베론이 머리를 부여잡았다.

굉장히 고통스러워 보이는 표정.

"실베론, 왜 그래?"

나는 곧바로 다가갔다. 서은채도 걱정스러운 표정으로 따라왔다. 다른 일행들도 마찬가지였다. 그동안 함께 싸우며 정이 들었기 때문이다.

[이곳, 이곳의 기억이 떠오른다.]

"뭐?"

[끊어진 기억이지만, 분명히 기억이 난다. 주인.]

'역시!'

이곳 둥지는 '실베론'의 둥지가 맞았다.

"……그게 무슨 소린가? 이곳의 기억이 있다니? 이곳에 와본 적 있다는 말인가?"

노인이 반문했다. 일행들도 고개를 갸웃했다.

'아, 이들은 모르지?'

그럴 수밖에 없다. 인간의 형태로만 싸웠지, 본신으로 변한 적이 단 한 번도 없기 때문이다. 실베론이 간신히 말을 이었다.

[……그래 골베론, 그놈과 싸우다 다쳤었다. 쓰러진 상태로 던전 지하 밑으로 내려가 잠들었었지. 그 이후의 기억이 없어.

거부할 수 없는 모종의 힘이 개입했던 것 같은데……. 잘은 모르겠다, 주인. 기억이 온전치 않아.]

“흐음, 골베론이라면…….”

[그래, 골드 드래곤의 이름이다. 매번 고고한 척하는 게 꼴불견이었던 기억이 있군.]

실베론이 짜증스러운 목소리를 냈다. 갑작스러운 실베론의 말에 노인과 기사족들은 여전히 혼란스러운 상태였다. 그러나 끼어들 분위기가 아님을 직감했는지, 그저 지켜보고만 있었다.

‘골베론이라……. 신기하네.’

그 말인즉슨, 이곳 세상에 골베론도 있다는 말 아닌가.

실베론과 같은 1티어 태생 5성짜리 드래곤로드. 「몬스터즈」에서 그 누구도 뽑아본 적 없다는 몬스터. 한 번쯤, 만나보고 싶긴 했다.

[……부탁 하나 해도 되겠나? 주인.]

“얼마든지.”

소환수가 직접 하는 부탁. 교감이 일정 수준 이상 쌓여 있지 않으면 불가능하다.

[……주인에게 무리한 부탁일 수도 있다.]

“일단 말해봐. 걱정하지 말고.”

[지하 던전에 내려가 달라. 내가 본신의 힘을 찾을 수 있도록 도와달라. 그렇다면, 주인에게 큰 힘이 되어줄 수 있을 거다.]

실베론의 말을 끝으로, 갑작스레 메시지가 떴다.

[‘히든 퀘스트 조건’을 달성합니다.]

[새로운 퀘스트가 도착합니다.]

[히든 퀘스트 - '초월 준비']

[세계 곳곳엔 태생 5성(★★★★★) 몬스터들의 본체가 숨겨져 있습니다. 그 본체에 접근하십시오.]

[보상:해당 몬스터 초월]

[Tip '각성'을 경험해 보셨다고요? 훗, 겨우 그걸로 만족해하시는 건 아니죠? 그것보다 더 높은 단계도 있답니다.]

'뭐야, 이건?'

「몬스터즈」 10년 플레이 동안 처음 보는 퀘스트. '몬스터 초월' 퀘스트가 도착했다.

'초월이라…….'

서은채가 멀뚱히 있는 것으로 보아, 나에게만 뜬 퀘스트다. 태생 5성 몬스터가 본신의 힘을 찾는 것. 그것을 「몬스터즈」에서는 '초월'이라 하는 것 같았다.

사실, 내가 알 수 있을 리 없었다. 애초에 '비운' 시절의 난 태생 3성까지만 가지고 있었으니까.

형들과 주예린도 말을 꺼내지 않았던 거로 보아, 「몬스터즈」 게임 버전에서는 '초월'이라는 시스템이 없었을 확률이 높다.

'그나저나 각성보다 더 높은 단계라니.'

솔직히 놀랄 수밖에 없었다. 탑 93층까지 클리어할 동안, 몬스터 '각성'이 최고의 성장 촉진제이자 이벤트였으니까.

'각성' 두 번 중첩만 해도 웬만한 태생 5성은 다 씹어먹고 다

녔었는데, '초월'이라니…….

기대해 볼 만했다. 저 둥지 밑에 느껴지는 거대한 기운을 온전히 실베론이 받아낼 수만 있다면…….

'나 혼자 독무대를 펼칠 수도 있겠는데?'

'기'의 운용으로 발전된, 그리고 앞으로도 발전할 '섬창'(殲槍)의 힘. 본신의 힘을 전부 찾은 드래곤 로드 '실베론'의 파괴력. 두 힘을 합친다면 어떨까? 아마, 탑 70층대에서도 충분히 혼자 버텨볼 만할 거다. 아니, 80층대도 해볼 만하지 않을까? '패턴 해제'도 있으니까.

[……주인.]

실베론이 비틀거리며 다가왔다. 아직도 기억의 여파가 그를 괴롭히는 것 같았다.

"괜찮냐?"

[으음……. 머리가 아파 전투를 못 할 것 같다. 잠깐 쉬어도 되겠는가?]

"그래, 잠깐 들어가 있어라."

전투에 집중 못 하느니, 쉬는 게 훨씬 낫다. 게다가 지금 실베론의 전력은 크게 도움 되지 않는다. 나와 알렉산드로 투톱 체제니까.

[미안하다, 주인. 좀 괜찮아지면 호출하겠다.]

몬스터의 '호출'. 역 소환된 몬스터가 주인에게 의사를 전달하고 싶을 때 쓰는 기능이다.

과거 빈서율에게 '유령마 켈피'를 주려 할 때, 아델이 썼던 기능이기도 하다. 아, 참고로 아델은 유령을 무서워한다.
"미안해할 필요 없어. 쉬어라."
슈우웅!
실베론이 역소환됐다. 그러자 때를 기다렸다는 듯, 기사족들과 노인이 달려들었다.
"자, 자네. 방금 한 이야기가 뭔가."
"이곳 둥지 밑에서 잠들었다니, 그게 무슨 말이지? 설마 지금껏 같이 다녔던 그 미남자가 드래곤이라도 된다는 말인가."
"그, 그래. 나도 그렇게 이해했네. 정말 알렉산드로의 말이 맞는 겐가?"
취조하듯 묻는 알렉산드로와 노인. 그들의 눈빛에는 당혹감이 서려 있었다.
상식적으로 말이 안 되니까. 지금껏 3개월 동안 함께 사냥했던 남자가 사실 드래곤이라니…….
잠깐 고민하던 노인의 눈이 휘둥그레졌다.
"서, 설마. 유희 중인 드래곤?"
"그렇다기엔, 담건호에게 주인이라 하지 않았습니까."
알렉산드로가 고개를 저었다.
"그건 그렇지……. 아무리 유희 중이라 해도 그 자존심 센 드래곤이 한낱 인간에게 주인이란 표현을 쓰지 않을 테니까. 으음……. 그럼 뭐지? 속 시원하게 말 좀 해주게나."
"음, 글쎄……. 뭐시기 이야기도 나왔던 것 같습다. 골드 드래곤이라면 설마 이곳 반대편, '광풍의 협곡'에 서식한다던 그

광룡(狂龍)을 말하는 건 아니겠죠?"

부하 기사 '루이스'도 거들었다.

"아암, 벼락의 땅에 사는 실버 드래곤과 맞붙을 정도라면 그 정도는 되어야겠지."

그들의 추측과 헛발질은 계속됐다.

아니, 헛발질은 아니지. 대강 맞췄으니까.

'쩝, 말해줘야 하나?'

내가 사실 '벼락의 땅'을 다스리던 용. '실베론'의 주인이라고. 어쩌다 보니 그렇게 됐다고.

'과연, 이들이 그 말을 믿을까?'

뭐, 상관없었다. 믿든, 말든.

나는 대충 말해줬다. 드래곤이 어쩌다가 힘과 기억을 잃었고, 내가 도와줘서 충성을 받아냈다고. 지금은 온전히 내가 주인이라고.

거짓말을 섞을 수밖에 없었다. 이들에게 게임 시스템을 이해시키는 건 정말 귀찮았으니까.

"마, 말도 안 돼……."

"정말 그대가 드래곤의 주인이라고? 그것도 왕국 하나의 전력과 맞먹는 그 실버 드래곤의?"

"……괴물."

"이건 괴물로도 설명이 안 됩니다. 드래곤을 길들인 자라니……. 왕국 역사에 이례가 없는 일입니다."

"……왕국 역사가 아니라 세계사를 통틀어도 없을 걸세."

그리고 이들은 쉽게 믿었다. 별다른 의심조차 하지 않을 정도로 단순했다.

나는 쓰게 웃었다. 그리고 노인을 불렀다.

"어르신."

"마, 말씀, 아니, 말해보게."

노인이 말을 더듬었다. 그의 신분이 아무리 국왕이었다 해도, 드래곤 앞에서는 한낱 인간일 뿐이다. 그리고 난 그런 드래곤의 주인이다. 상대하기 부담스러울 만도 했다.

"편히 말씀하세요."

"아, 알겠네."

"실버 드래곤과 조우하기 위해 이곳에 오셨다 했었죠?"

"……그렇네."

"아쉽게도 실버 드래곤은 기억을 잃었습니다. 제대로 된 목표를 달성하기 위해서는 이곳 둥지 가장 밑으로 함께 내려가셔야 할 겁니다. 그래야 온전한 기억을 찾을 수 있을 거예요."

"그, 그렇구먼."

꼬박꼬박 대답만 하는 노인. 그런 노인에게 물었다.

"함께 가시겠습니까?"

"물론일세. 나야 고맙지."

어차피 노인에겐 선택지가 없었다. 그냥, 착각하고 있기에 알려준 거다. 지금부터가 본격적인 사냥의 시작이라는 것을.

'노인이 가야 알렉산드로가 따라오기도 하고.'

그는 아직 우리의 소중한 전력이다. 포기할 수 없었다. 나는 대답을 들은 후, 고개를 끄덕이며 심호흡했다.

"그럼 바로 가십시다."

목표는 정해졌다. '실베론'의 초월. 히든 피스던 뭐건, 당분간은 그것만 바라보고 움직이기로 했다. 그것밖엔 답이 없으니까.

둥지는 단순했다. 드래곤의 육체가 다 들어갈 만한 커다란 동굴이 빙글빙글 돌며 계속 지하로 내려갔다.

"이렇게 화려한 던전이라니……."

"과연 드래곤답군요."

그들은 감탄했다. 동굴 구석구석에 쌓여 있는 금화와 보석, 그리고 마법 장신구들 때문이다. 꽤나 많이 지나왔는데도 끊임없이 나오고 있었다.

나 역시 이동하며 둘러봤다. 금화나 보석은 쳐다도 안 봤다. 골드 판정되는 것도 아닐 거고, 세상이 망했는데 보석에 가치가 있을 리 없으니까.

'문제는 마법 장신구.'

'심연의 눈동자'로 스캔한 결과, 대부분 B~A급 아이템들. 아주 간혹가다 S급 아이템도 보였다. 당연히, EX급은 없었다.

"이곳에 있는 거 하나만 가져가도 평생 떵떵거리며 살 수 있겠군."

알렉산드로가 말했다. 그러자 부하 고메스가 한숨을 쉬었다.

"그럼 뭐합니까, 가져갈 수가 없는데."

아쉽게도 아이템을 건들 수 없었다. 마법 처리되어 있는지, 아니면 그냥 게임의 설정인 건지 만드는 순간 손이 튕겨 나갔다.

인벤토리에도 넣을 수 없었다. 그야말로 그림의 떡.

'나중에 실베론한테 물어봐야지.'

지금은 아이템에 신경 쓸 때가 아니었다. 지속해서 등장하는 수호 몬스터들을 상대하기에도 벅찼다.

뇌전 골렘. 벼락 박쥐. 전사 석상. 등등등.

'벼락의 땅'에 존재하는 몬스터들보다 배는 강한 놈들이 구역마다 지키고 서 있었다. 우리는 놈들을 차근차근 잡으며 전진해 나갔다.

패턴은 똑같았다. 8시간 전진, 8시간 훈련, 8시간 휴식. 그냥 '벼락의 땅'의 연장선이라 생각했다.

오히려 그때보다 더 쉬웠다. 나와 서은채가 빠른 속도로 성장했기 때문이다. 둥지에 쌓여 있는 '기'는 벼락의 땅에서보다 밀도가 더 높았다. 아마 실베론의 영향을 받았을 거다.

호흡법을 통한 수련 역시 지속했다. 쌓이는 '기'의 양이 점점 늘어갔다.

"날이 갈수록 발전하는군. 어느 수준에 도달하면 눈 굴리듯 속도가 붙을 거다. 기는 많이 쌓여 있는 곳에 더 붙는 성질이 있거든."

알렉산드로의 말이 맞았다. 시간이 지날수록 창에 담기는 '기'의 밀도가 더 빠르게 짙어졌고, 컨트롤 하는 것 또한 쉬워졌다.

최근에는 방어법도 배웠다. 과거 알렉산드로가 '섬창'의 여파를 막았을 때 썼던 기술인데 무협으로 치면 '호신강기'와 비슷한 기술이었다. 온몸에 활성화한 '기'를 둘러 튼튼한 갑옷을 입은 것과 같이 만드는 기술. 내력 소모가 생각보다 크다는 단점이 있었지만, 비상용 기술을 가진다는 것은 항상 반길 일이다.

언젠가 알렉산드로에게 물은 적이 있다.

"그 기술은 어떻게 사용하지?"

"그 기술? 어떤?"

"내 섬창에 맞섰던 그거 있잖아. 두 번이나 쓰려 했던 거."

"아! 그 기술을 쓰려면 '스피어 마스터' 경지에 도달해야 한다. 지금으로는 턱도 없어. 그래도 걱정 마라. 아마 지금의 너라면 머지않았을 테니."

만약, 그 기술을 배운다면 '기'가 허락하는 한도 내에서 무한 '섬창'을 날릴 수 있을 거다. 물론, '섬창' 쿨다운이 돌면, 그때는 역대급 사기 스킬이 나가는 거다. 섬창을 수만 번 중첩한 것과 같은 그런 미친 스킬.

'마음에 드네.'

이번 '히든 피스'에서는 알게 모르게 얻는 게 많았다. 역시 코리안 모드였다. 난이도가 최악인 만큼 전리품은 달콤했다.

지하 밑 탐험은 계속됐다. 시간을 잴 수 없어 몰랐지만, 그래도 한 달 이상은 흐른 것 같았다.

실베론은 호출을 하지 않았다. 언제 소환해서 물어본 적 있는데 상태가 점점 심각해지고 있는 것 같았기 때문이다.

그는 갈수록 힘들어했다. 아무래도 본체와 가까워질수록, 더욱더 기억을 괴롭히는 것 같았다.

괜스레 마음이 아팠다. 그래서 단순하게 생각하기로 했다. '각성'이 괴로운 만큼, '초월'도 괴로운 것일 뿐이라고. 본체에 다다르면 고통이 사라질 거라고.

"아저씨."

"응?"

"저, 저길 봐요!"

관문을 지키고 있던 골렘을 한 마리 처치할 때였다. 서은채가 급하게 다가와 말했다.

"아, 저거?"

다음 관문을 지키는 20마리의 '용아병'(★★★★★★)들을 이제야 봤나 보다. 놈들은 일정 거리를 유지한 채로 검을 땅에 꽂은 채, 눈을 감고 있었다. 미동의 자세로 살기를 내뿜는 것이 마치 경고하고 있는 듯했다.

선을 넘지 말라고. 넘는 순간, 지옥이 펼쳐질 거라고.

"기운이 너무 섬뜩해요."

그녀도 기를 느낄 줄 안다. 그렇기에 알 수 있는 거다. 저 '용아병'들이 지금껏 상대해 왔던 어떤 몬스터들보다 강력하다는 사실을.

나 역시 긴장할 수밖에 없었다.

"아마, 마지막 관문일 걸세."

지켜보던 노인이 다가왔다. 우리는 노인을 바라봤다.

"예로부터 용을 수호하는 가장 강력한 몬스터 군단으로 '용아병'을 꼽았지."

"……용아병."

"용은 500년마다 본인의 이빨로 한 마리의 용아병을 생성할 수 있다고 하네……. 그 한 마리 한 마리가 천지를 진동시키고 태산을 부쉈다고 하니 엄청나지."

"쩝, 그렇군요."

한숨이 나왔다. 제3의 감각으로 본 결과 저 20마리가 마지막 관문이다. 저것만 통과하면 실베론이 쓰러져 있다던 그 장소로 갈 수 있다.

그런데 엄두가 안 났다. 느낌상 한 마리와 싸우는 게 아니라 20마리와 동시에 싸워야 할 것 같았기 때문이다.

"어찌할 텐가?"

알렉산드로가 다가왔다. 그의 표정도 심각해 보였다.

"일단, 오늘 전진은 여기까지 하고 쉬면서 상의해 보죠."

"그러지."

그렇게 휴식을 위한 준비를 할 때였다.

['드래곤 로드 실베론'(★★★★★★)이 당신을 부릅니다.]

실베론, 그가 마침내 호출했다.

이곳에 온 이후, 첫 호출. 나는 즉시 부름에 응답했다.

[근처에 '드래곤 로드 실베론'(★★★★★★)이 소환됩니다.]

슈우웅!

갑작스러운 은발 미남자의 등장에 일행들 사이로 어색한 침묵이 흘렀다. 알렉산드로와 노인의 자세도 굳었다. 실베론이 드래곤이라는 것을 알았기에 긴장한 것이리라.

[주인…….]

실베론의 목소리는 아직까지도 힘이 없었다. 서 있는 자세 역시 위태롭기 짝이 없었다.

[기대! 내가 챙겨줄게!]

뿔하피가 빠르게 다가가 부축했다. 자주 합을 맞춰서인지, 둘도 나름 친해진 상태였다. 나 역시 다가갔다.

"괜찮아? 무슨 일이야."

[……기억이 많이 복구된 것 같다. 지금도 계속 잊었던 지식들이 떠올라.]

"정말?"

역시, 몸체와 가까워질수록 '초월'이 진행되고 있는 건가? 일단 기억이 돌아온다는 것은 희소식이다. 이곳 세계에 대한 정확한 정보를 얻을 수 있으니.

[……아직은 멀었지만. 적어도 저 앞 용아병들은 확실히 기억나는군.]

"아, 그렇지. 용아병."

역소환 상태에서도 계속 우리의 상황을 주시했나 보다. 답이 안 보이는 상황에서 즉시 호출한 것 보면.

"저것들……. 다 네가 만든 거냐, 실베론?"

내가 물었다. 제3의 감각이던, 명상으로 '기'를 느끼던, 한 가지는 확실했다. 놈들 속에 내포된 기운이 장난이 아니라는 것.

만약, 놈들 20마리가 동시에 덤벼든다면? 우린 그냥 다 죽는 거다. 그 정도로 위험해 보였다.

[……그랬었지.]

실베론이 눈을 깜빡였다.

[레어를 지키는 용도로 만들었던 가디언들이다. 만 년까지는 한 마리씩 꾸준히 만들었던 것 같은데, 그 이후에는 귀찮아서 만들지 않았었지.]

과연, 드래곤 로드일까? 만 년이라는 세월을 아무렇지도 않게 입에 담았다.

"통제할 방법은 있고?"

문득 생각이 들었다. 저들이 실베론이 통제할 수 있다면, 굳이 잡을 필요가 있을까?

굳이 그럴 필요 없다. 저 위험천만한 병기들이 내 소유가 되는 거니까. 그렇게만 된다면, 상황은 역전된다.

암담했던 상황에서 개이득인 상황으로.

[……그래서 주인을 부른 거다. 저들은 내 전력. 굳이 부술 필요 없다. 따라와라.]

실베론이 용아병들을 향해 천천히 걸어가기 시작했다. 뿔하피의 부축과 함께 비틀거리며 걸었지만, 그 걸음걸이에 확신은 있어 보였다.

"허엇?"

"자, 잠깐! 저렇게 바로 간다고?"

"드래곤이면 괜찮지 않을까요?"

일행들이 바짝 긴장했다. 나 역시 다시 창을 꺼내 들었고 서은채도 석궁을 들었다. 호흡을 가다듬은 채, 자세를 낮췄다. 대비하기 위함이었다.

혹여나, 실베론의 판단이 틀렸을 수도 있는 거니까. 물론, 그럴 거라고 생각하지는 않지만.

우우웅!

실베론이 일정 구역을 넘어설 때였다.

번쩍!

진동 소리와 함께, 감겨 있던 용아병들의 눈이 일제히 떠졌다. 눈에서 휘황찬란하게 펼쳐지는 은빛 광채.

[근처 '은빛 용아병'(★★★★★★)의 봉인이 해제됩니다.]

[근처 '은빛 용아병'(★★★★★★)의 봉인이 해제됩니다.]

[근처 '은빛 용아병'(★★★★★★)의 봉인이 해제……]

그 순간, 나는 직감했다. 지금껏 동굴에서 상대했던 몬스터들은 아무것도 아니라고. 그 몬스터들을 전부 합쳐야 겨우 저 한 마리와 비등한 힘을 낼 거라고.

'이거…… 생각보다 위험한데?'

지금의 우리가 감당할 수준이 아니었다. 시련의 탑 등반자이자, 수많은 전투를 경험했던 전사로서의 감이다. 아니, 생물로써 본능적으로 느껴지는 일종의 감일 수도 있다.

나는 침을 꼴깍 삼켰다. 오래간만에 몸에 식은땀이 흘렀다. 온몸의 신경이 곤두섰다.

"괜찮겠죠?"

서은채가 물어왔다.

"나도 몰라."

"실베론이 다 생각이 있겠죠."

"그러길 바라야지."

47층의 히든 피스. 고인물로서의 내 지식이 통용되지 않는 곳. 이제부터는 그냥 선택과 도전의 연속일 수밖에 없다.

숨 막히는 정적이 흘렀다. 오직 들리는 것이라고는 실베론과 뿔하피의 발걸음 소리.

이미 위험 구역은 넘어섰다. 그런데도 가만히 있다는 건, 일단은 안전한 듯했다.

저벅- 저벅-

실베론은 계속 걸어나갔다. 그리고 홀 중앙에 위치했을 때-

쿠궁!

눈 뜬 용아병들이 일제히 무릎을 꿇었다. 홀 곳곳에 배치된 20마리의 막강한 용아병이 동시에 예를 갖추는 광경은 장관이라면 장관이었다.

"휴."

일행들과 서은채가 안도의 한숨을 내쉬었다.

"괜히 긴장했네요."

"가보자."

"네? 어딜요?"

"실베론이 따라오라고 했잖아."

계속 쫄고만 있을 순 없다. 안전이 확인된 이상, 움직여야 했다. 나는 곧바로 걸음을 옮겼다.

일행들은 내 뒤에서 조심스레 따라왔다.

눈을 뜬 채로 땅을 바라보는 용아병들. 무릎을 꿇었다지만, 느껴지는 압박감은 지속됐다. 아마 8~90층대의 몬스터들이 이 정도지 않을까. 추측만 할 뿐이다.

[이쯤이었던 것 같군.]

실베론은 멈추지 않고 걸었다. 우리도 그의 뒤에 붙었고 홀 끝에 다다랐을 때, 커다란 구덩이를 볼 수 있었다.

[여기다. 내 기억의 끝자락.]

실베론의 말에 우리는 구덩이 밑을 바라봤다. 넓게 패여진 커다란 공간. 그리고 그곳에는 실버 드래곤의 거대한 육체가 보였다.

"드, 드래곤……. 이걸 직접 보게 되는 날이 올 줄이야."

"이렇게 커다란 몸집이라니?"

일행들이 질린 표정을 지었다. 아래 보이는 실베론의 본체는 단언컨대, 그동안 봐왔던 몸체보다 약 3배는 더 큼직했다.

수면 중인 드래곤. 몸집에는 커다란 상처들이 나 있었고 우리가 보고 있는데도 깨지 않았다. 미약한 숨소리만 들려올 뿐, 미동도 없었다.

'실베론이 여기에 있어서 그런 건가?'

그것밖에 답이 안 나왔다. 이 세상에 '실베론'이 두 마리 존재한다는 건 말이 안 되니까.

"……세상에 저런 걸 길들일 수 있다고?"

"쉿, 말조심하게……."

"아차차."

일행들의 모습을 보면 우습다. 내 표정도 저럴까? 마치 신기한 곳에 견학 온 학생들을 보는 듯했다.

그렇게 지켜볼 때였다.

[축하드립니다. '드래곤 로드 실베론'(★★★★★★)의 본체에 접근하셨습니다.]

[히든 퀘스트 '초월 준비'가 종료되었습니다.]

[특수한 보상이 지급됩니다.]

[기본 보상:해당 몬스터 초월]

[해당 몬스터를 '드래곤 하트'에 접근시키십시오.]

그와 동시에- 실베론의 본체 가운데가 갈라졌다.

번쩍!

은색 빛이 터져 나왔다. 그리고 빛과 함께 저릿한 기운이 응축된 정수가 올라왔다.

"저, 저건……."

"저게 드래곤 하트?"

"약 만 년 이상의 세월이 응축되어 있다는 그 벼락의 기운……."

노인이 중얼거렸다. 용에 대해 많은 조사를 한 것 같았다.

[주인……]

실베론이 불렀다.

"응, 말해라."

[저곳에 가야만 할 것 같다. 그래야 진정한 나를 찾을 수 있을 것 같은 느낌이 들어. 가도 되겠는가?]

조심스레 묻는 실베론.

문득, 궁금해졌다. 드래곤이 본래의 힘을 되찾으면, 내가 통제할 수는 있는 걸까? 종속 시스템이 계속 유지될까?

만약, 그렇지 않으면 어떻게 되는 거지? 드래곤은 흉포하고 잔인하다는데, 이곳에 있는 인원들을 가볍게 몰살시켜버리면 어떻게 해야 할까.

[한 가지 확실히 약속하마, 주인.]

내 생각을 알기라도 하듯 그가 말을 걸었다.

"어떤?"

[한 번 주인은 영원한 주인. 본래의 나를 찾아도, 혹여 수많은 세월의 기억으로 가득 차더라도 지금까지의 기억을 소중히 하겠다.]

감동을 주는 실베론의 말. 하긴, 걱정할 필요는 없겠다 싶었다. 이건 퀘스트니까.

'초월'이라는 개념은 처음이었지만, 그래도 시스템으로 적용되는 거였다. 드래곤이 아무리 강력하다 해도 시스템을 초월하진 못할 거다.

"걱정 안 할게. 얼른 가라."

[믿어줘서 고맙다. 여기서 기다려라, 주인.]

말을 끝낸 실베론이 구덩이로 뛰어들었다.

[크르르르…… 크으으…….]

초월은 간단하면서도 어려웠다. 거대한 드래곤하트의 기운을 흡수하는 실베론은 오랜 시간 괴로워했다. 꽤 많은 시간이 흘렀는데도 아직 '초월'은 끝나지 않았다.

[후배! 힘내랏!]

뿔하피가 허공을 날며 응원했다.

'그러고 보니…….'

옛날 각성하던 당시의 뿔하피가 떠올랐다. '각성'이든 '초월'이든 본인 힘의 한계를 깨는 것. 고통이 따를 수밖에 없나 보다.

"몸뚱이가 점점 희미해지네요."

"그러게."

"그래도 계속 진행은 되고 있나 봐요."

신기한 점이라면, 실베론이 기운을 흡수할수록 본체가 점점 투명해지는 것. 저 본체가 완전히 사라져야만 '초월'이 끝나는 듯했다.

"언제쯤 끝날까요?"

"나야 모르지. 믿고 기다려 보자."

우리가 할 수 있는 건 아무것도 없었다.

그저 멀리서 바라보는 것뿐. 마음이 아팠다. 실베론 역시 애정을 듬뿍 담은 내 소환수이기 때문이다.

"훈련이나 계속할까?"

"넵, 그래도 기 꽤나 많이 모았어요. 알렉산드로가 맨날 칭찬하는걸요."

실베론이 괴로워하는 동안, 우리는 호흡법에 열중했다.

시간을 낭비할 수는 없었다. 기사족들도 창술 훈련을 멈추고 호흡법에만 매진했다. '초월'이 끝나면 이곳을 벗어나야 하는데, 이곳만큼 '기' 수련에 적합한 곳이 없다는 알렉산드로의 판단 때문이었다.

그렇게 시간이 흘렀다. 얼마나 흘렀는지는 모른다. 서은채가 '익스퍼트 초급'의 수준까지 올랐을 정도의 시간이니, 많이 흐른 건 확실했다.

['드래곤 로드 실베론'(★★★★★★)이 초월에 성공합니다.]

한참 명상을 하며 '기'를 느끼고 있을 때였다. 떠오르는 메시지에 집중이 깨졌다.

"엇?"

내 외침에 다른 이들의 눈도 떠졌다.

"무슨 일이에요?"

서은채가 즉시 물었다.

"끝났다."

"뭐가요?"

"실베론이 돌아왔어."

"헛."

일행들 역시 놀라 일어섰다. 나는 즉시 구덩이가 있는 방향으로 뛰어갔다. 그리고 밑을 바라봤다.

"완전히…… 사라졌네요."

그렇게 커다랬던 본체가 완벽히 사라져 있었다. 그 자리에는 실베론이 평온한 표정으로 눈을 감고 서 있었다.

느껴졌던 막대한 기운은 사라졌다. 퍼뜨리고 있던 기운들을 실베론이 완벽하게 통제하고 있다는 방증이리라. 나는 곧바로 실베론의 정보를 확인했다.

[몬스터:'드래곤 로드 실베론'(★★★★★★)]

[종족:용족]

[상태:초월]

'……미친.'

많은 것이 변했다. 모든 숙련도가 Max에 달했고 초월 효과까지 붙었다.

위압. 용아병. 고대의 지식. 드래곤들을 통솔. 등등.

이게 진정한 로드급 드래곤의 본 모습이었다. 진정한 1티어 태생 5성 몬스터의 완전체. 자세한 건 더 알아봐야 하겠지만, 엄청나게 강할 것은 분명했다.

후웅!

실베론의 몸이 허공으로 뜬 것은 그때였다. 구덩이 바깥으로 부웅- 떠서 올라온 그가 눈을 번뜩였다.

그리고 나를 정확히 응시했다. 엄청난 위압감. 그의 눈빛에도 용아병처럼 은빛 광채가 흘러나왔다. 곧이어- 그의 입이 열렸다.

[……주인.]

"……실베론?"

완전한 기억을 찾은 드래곤과의 첫 만남이었다.

좌중을 압도하는 분위기. 지금의 나로서는 측정조차 할 수 없는 막강한 기운이 실베론의 내부에 도사리고 있었다. 살짝 느껴보기만 해도 섬뜩하고 저릿해지는 기운.

'하긴, 그럴 수밖에.'

지금의 상태로는 용아병 조차도 부담스러울 정도다. 한데, 상대는 드래곤이었다. 그것도 드래곤들 중 최정상에 위치해 있다는 로드급 고룡.

"몸은 좀 어떠냐?"

나는 툭- 물었다. 감당할 수 없는 기운이라 해도 쫄지 않았다. 실베론은 내 애정으로 키운 소환수니까.

애초에 그럴 필요가 없었다. 사실, 지금 느끼는 감정은 딱 하나였다.

'안도감.'

무사히 초월해서 다행이라는 마음. 더 이상 그가 고통받지 않는다는 사실에서 마음이 놓였다. 뻣뻣하게 서서 긴장하고 있는 노인과 기사족들처럼 '공포'나 '경외심' 따위의 감정은 없었다.

'쟤는 어차피 내 거니까.'

확실하게 느껴졌다. 그와 나에게 이어져 있는 교감과 기운의 연결이. 실베론은 아직도 완벽한 내 소환수였다.

아마, 지금 내가 역소환시킨다면 당장 사라질 거다.

[일단, 남은 기운은 완벽하게 흡수했다. 기억도…… 다 찾은 것 같다, 주인.]

"축하해."

[주인과 함께했던 기억이 섞이며, 처음엔 나도 엄청 혼란스러웠다. 이 세상의 숨겨진 비밀을 마주했기 때문이다. 설마, 내가 살던 세계가 탑의 일부일 줄이야…….]

47층의 코리안 모드. 그 역시 탑의 일부임은 분명했다.

나는 궁금했던 것을 물었다.

"그래? 네가 살던 이곳 세계는 어떤 곳이냐. 벨제붑은? 혹시 이곳 세계에서 벗어나는 법을 알아?"

그가 가진 '고대의 지식'. 그것이 이번 '히든 피스'의 실마리가 되어줄 것 같은 직감이 들었다.

[흐음……. 이야기가 길어질 것 같군. 우선 저들부터 정리해도 되겠나?]

실베론이 노인과 기사족들을 바라봤다.

그들이 흠칫 떨었다.

"……정리?"

깜짝 놀라 되물었다. 노인이 했던 말이 떠올랐기 때문이다. 드래곤이란 족속들은 인간에게 흉포하고도 잔인하다는 그 말이…….

[저들이 왜 이곳에 왔는지 알 것 같거든. 먼저 그들 문제부터 해결하는 게 나을 것 같다.]

"아."

그 정리를 말하는 거였구나. 난 또 무자비하다던 그 본능이 튀어나온 줄 알았다.

"그래. 각자 어떤 사정이 있는지는 모르겠지만 그것부터 풀어라."

나는 고개를 끄덕였다. 어쨌든, 이곳까지 오는 데 알렉산드로의 도움이 컸으니 그 정도야 도와줄 수 있었다.

실베론이 고개를 한번 숙인 후, 다시 노인을 응시했다.

[전 로자임 왕국의 국왕이로군.]

"아, 알아보시는군요. 위대한 드래곤이시여."

노인이 무릎을 꿇었다. 그러자 기사들도 함께 꿇었다.

[이곳으로 내 주인을 인도한 이유가 있던데……. 어디 한번 말해보아라.]

나와 대화할 때와는 톤이 달랐다. 만 년 이상의 세월이 담긴 현기와 드래곤 본연의 오연함이 섞인 그런 느낌?

"……그게, 다름이 아니오라."

노인이 조심스레 입을 열었다.

질문은 간단했다. 반역했던 마법계 고위 귀족. 혹시, 그자들에게 힘을 줬냐 물었다.

곧이어, 실베론이 끄덕였다.

[그랬었지.]

"역시……."

노인의 추측이 맞았다.

실베론이 말을 이었다.

[몇 놈이서 다량의 보석을 이끌고 벼락의 땅에 들어오길래 맞이해 준 적 있었다. 정성이 갸륵하기에 조그마한 힘을 빌려줬었지.]

"……궁금증이 풀렸습니다. 감사합니다. 위대한 드래곤이시여."

노인이 다시 고개를 숙였다.

[음, 그게 끝인가?]

실베론이 고개를 갸웃했다.

사실, 노인의 목적은 단순했었다. 실베론을 찾아 따지려 했던 것도 아니었고, 도움을 요청하는 것도 아니었다. 그저 죽기 전, 사건의 전위를 알기 위함이었다. 어차피 유배당한 삶이었으니까.

"도, 도와주십시오!"

그때였다. 알렉산드로가 부복하며 외쳤다. 실베론이 고개를 돌렸다. 그리고 호기심 어린 눈빛으로 그를 쳐다봤다.

[무엇을?]

"로자임 왕국의 재건을 도와주십시오! 이분은 진심으로 백성을 아끼고 살피셨던 성군입니다. 근 오십 년 동안 풍요로운 시대를 겪을 수 있었던 것도, 드래곤께 바쳐질 다량의 제물을 보냈던 것도 다 이분 덕입니다. 하지만 지금 바뀐 왕은 다릅니다. 사익을 위해 만백성을 착취하고 오로지 고위 귀족들의 배를 채우는 데만 급급합니다. 어린아이가 죽어가고 도적 떼가 들끓……."

[잠깐.]

불현듯, 실베론이 말을 끊었다.

[구구절절 말할 필요는 없다. 인간의 통치에 관심도 없을뿐더러, 주인과 나눠야 할 대화가 많다. 고작 이런 일에 시간을 뺏기고 싶지 않구나.]

"……헙, 죄, 죄송합니다."

[본론만 말해라. 너희가 원하는 것이 무엇인지.]

"그저 그자들에게 줬던 힘만 거두어주시면 됩니다! 그럼 저희 가문의 힘만으로도 충분히 재건할 수 있습니다!"

알렉산드로가 자신만만하게 말했다. 하긴, 지금도 힘의 균형이 비등하다고 했었다. 만약 실베론만 힘을 거두어주면 손쉽게 왕권을 탈환할 수 있을 거다.

[그들과 했던 계약은 그저 유희 수준이었기에 거두는 데 아무런 문제가 없다.]

"저, 정말이십니까?"

[하지만 너희도 그에 상응하는 대가가 있어야겠지.]

"대, 대가라면……?"

실베론이 픽 웃었다.

[걱정 마라. 대가는 이미 지불되었다.]

곧이어 손을 뻗었다.

파즈즈즉!

전방에 기괴한 문양이 생겼고 전류가 번뜩였다. 생전 처음 보는 형태의 마법진이었다.

[되었다.]

"네?"

[그들에게 주었던 힘을 전부 회수했다.]

"……헉, 그렇게 간단히."

[주인에게 호흡법을 가르쳐 주고 기억을 잃은 내 육체를 이곳까지 인도하는 데 큰 공을 세웠으니, 그 정도 부탁이야 가볍지. 용아병도 하나 내어주마. 그 정도면 충분하겠지?]

"용아병까지……. 가, 감사합니다."

예상외로 실베론은 쿨했다. 좀 비뚤어지게 말했으면 그냥 도와달라고 말해주려 했는데, 알아서 잘 해결됐다. 알렉산드로를 말리려던 노인의 눈도 휘둥그레져 있었다. 본인이 생각했던 목표보다 더 큰 성과를 이뤄냈기 때문이었다.

[다만, 나도 부탁이 있구나.]

곧이어 실베론이 말을 이었다.

"부, 부탁이라니! 말씀하십시오! 성심성의를 다해 돕겠습니다!"

응? 갑자기 부탁?

난 팔짱을 낀 채로 그 모습을 지켜봤다. 궁금했기 때문이다.

곧이어 실베론이 입을 열었다.

[혹시, '그랜드 마스터'에 대한 기록을 아는가.]

"……그, 그랜드 마스터 말입니까?"

알렉산드로의 입이 벌어졌다.

그랜드 마스터. 이 세상 사람들에게도 전설로만 전해져 내려오는 경지. 그 누구도 본 적 없고 그 위력에 대해 어떠한 기록도 남겨져 있지 않다고 한다. 그저 입에서 입으로 전해져 내려왔단다.

마스터 수백이 덤벼도 어쩌지 못할 경지. 혼자서 일개 왕국과 전쟁을 벌일 수 있는 경지.

그리고- 인간으로 드래곤과 맞설 수 있는 경지.

알렉산드로가 급하게 외쳤다.

"그, 그건 그저 인간들이 만들어낸 헛소문일 뿐입니다."

[아니, 너희를 탓하고자 물은 게 아니다.]

"……그럼."

[내 주인에게 선물을 하나 해주고 싶어서 그런다.]

뭐? 선물이라고?

나는 놀랐다. 굳이 '그랜드 마스터'라는 단어를 꺼낸 것으로 보아, 무슨 방법이 있나 본데?

괜스레 기대됐다. 그리고 뿌듯한 마음도 들었다.애정으로 키운 소환수가 주인을 생각하는 것만큼 기분 좋은 일이 있을까.

"그럼, 부탁이란 게……."

[나는 주인을 따라가야 하기에, 벼락의 땅과 이곳 레어의 기운을 정리할 생각이다. 이곳에 퍼진 기운들을 모두 합치면 거의 내 본신의 힘과 맞먹는 수준이지.]

"그, 그렇다면 설마?"

[그렇다. 여기에 있는 모든 기운을 주인에게 주입시키고 싶다. 내가 알기로 그대 가문의 호흡법 중 비기가 있는 거로 알고 있는데…….]

뭐야, 비기가 있었어? 이거 뒤통수를 맞은 느낌인데…….

아니, 그리고 그전에 실베론아……. 그건 나랑 먼저 상의해야지.

"그건 너무 위험합니다! 고작 인간의 그릇으로 드래곤 수준의 기운을 담다가는……!"

[그건 내가 통제할 수 있다. 그릇이 되는 만큼만 흡수하고 나머지는 나눠 가지든지 버리든지 하면 돼. 주인의 안전은 최우선. 당연히 내가 보장한다.]

알렉산드로가 복잡한 표정을 지었다. 내 안전에 대해 머리를 굴리는 것 같았다.

"……그런 거라면, 이미 저분도 알고 계실 겁니다. 딱히 가문의 비기랄 게 없습니다. 이미 '기'를 느끼는 감각이 뛰어나 본능적으로 기를 받아들일 수 있으실 겁니다. 그릇이 문제지……."

쩝, 그런 거였나.

뭐, 여기까지 들었으면 됐다. 이젠 내가 나설 차례다.

"됐다, 이제 그만."

[……주인.]

"네 마음은 잘 알았다. 조만간 같이 상의해 보자. 그전에."

어차피 시간은 넉넉하다. 그리고 강해지는 것에 투자하는 시간은 아깝지 않다. 문제는 이제 굳이 저들을 이곳에 잡아둘 필요가 없다는 것. 세상의 비밀을 해치고 '그랜드 마스터'인가 뭔가에 도전하기 전에 먼저 하고 싶은 게 생겼다.

[그전에?]

"네 둥지에 있는 보물이랑 아이템들. 그거 내가 가져갈 수 있는 거냐?"

[……아.]

별로 관심이 없다고 하더라도 챙길 수 있으면 챙기고 싶었다. 특히 S급 아티펙트들은 나중에 큰 전력이 될 수 있다.

챙겨줄 수 있는 소환수들에게 쥐여줘도 좋고.

[그거 아는가. 주인?]

"뭐."

[드래곤은 보물에 민감하다. 보통의 인간이 그런 말을 했다면, 말이 끝나기도 전에 먼지로 소멸했을 거다.]

실베론의 엄포에 노인과 알렉산드로가 딸꾹질했다. 놀란 거다. 혹시 흉포한 드래곤이 제 주인을 잡아먹고 본능을 드러낼까 봐.

"그래서 뭐, 가져가도 된다는 거야 안 된다는 거야?"

물론, 난 단 하나의 타격감도 없었다. 실베론의 어투에서 장난이 묻어나왔기 때문이다.

"확. 맞으려고."

[후배, 건방지네?]

뿔하피도 나섰다. 날개를 양 허리에 대고 카랑하게 외치는 게 참 귀여웠다. 그 모습을 보던 실베론도 나도 입가에 미소가 피었다.

[크흐, 농담이다, 주인. 내 것은 곧 주인의 것과 같지. 기다려 봐라.]

"진즉, 그럴 것이지."

곧이어 실베론이 손을 휘저었다. 동작은 단순하고 간단했지만, '기'의 흐름은 그렇지 않았다. 복잡한 마법의 수식과 흐름이 허공에 아로새겨졌다.

쿠구구구!

레어가 흔들렸다.

콰가가가!

곧이어 공간 곳곳에 있던 황금과 보석, 아티펙트들이 용아병이 있던 홀에 가득 쌓이기 시작했다.

"허어, 이게 무슨……."

"이, 이렇게 많았다구요?"

일행들이 놀랐다. 나 역시 입을 떡 벌렸다.

'황금산'. 그 단어로밖에 표현할 수 없었다.

동굴 내부를 천장까지 가득 채운 보물들. 시야가 닿지 않는 뒤편에도 끝없이 달라붙고 있었다.

[그래, 주인. 가져갈 수 있으면 다 가져가 봐라.]

실베론이 다시 씨익 웃었다. 이놈, 이제 기억 좀 찾았다고 살짝 유쾌해진 것 같다.

수북이 쌓여 있는 보석과 아이템. 나는 천천히 그곳에 있는 것들을 인벤토리에 주워 담았다.

처음이었다. 이렇게 많은 물품들을 주워 담아본 적은.

「몬스터즈」 특성상, 아이템 드랍률이 굉장히 낮았고 아이템을 얻을 수 있는 퀘스트도 한정적이었기에 더 그랬다.

끝없이 반복하는 메시지. 아마 한나절 동안 주워 담기만 반복해도 과연 1%는 넣을 수 있을까 싶었다.

아이템도 그렇다. 셀 수 없이 많아 '심연의 눈동자'로 확인하기에도 벅찼다. 그냥 S급 위주로 쓸 만해 보이는 것 위주로만 외워놓아야 할 듯싶었다.

'그나저나 이걸 언제 다 넣지?'

'스테이터스'에는 안타깝게도 한 번에 회수하는 기능이 없었다.

'거의 한 달은 노가다해야 할 분량인데…….'

나랑 서은채가 미친 듯이 넣는다고 해도 그 정도, 아니, 그 이상 걸릴 거다. 분명히 그랬다.

"……보물들이 허공으로 사라지고 있습니다."

"이 세계에서 왔다더니……. 정말 신기한 사람들인 것 같습니다."

"……쩝, 할 말이 없군."

기사족들과 노인은 그저 멍하니 우리가 쓸어 담는 모습을 바라보고 있었다. 탐욕스러운 눈빛이 들만도 한데, 그런 기색은 하나도 보이지 않았다.

그저 신기하다는 눈빛이었다.

문득, 그런 생각이 떠올랐다. 로자임 왕국. 전통 깊은 베르트랑 가문이 충성하는 국가이자 성룡급 드래곤 셋과 맞먹는 힘을 가졌다는 집단. 그 국가를 다시 수복할 노인이 은혜를 아는 사람이라면? 그리고 나중에 이곳에 다시 들를 일이 있다면?

'도움 되지 않을까?'

짧게 말하면, 그냥 티끌 정도는 줘도 되지 않을까 하는 생각이었다. 그리고 생각은 짧았다. 마침, 주변에 푸석한 자루 하나가 보였기 때문이다.

"어르신."

나는 자루를 주운 채로 노인을 바라봤다.

"네, 넵?"

어색하게 존댓말을 하는 촌장.

"에이, 말씀 편히 하시기로 하셨잖습니까."

"그, 그랬지."

"여기 받으십시오."

"……이게 뭔가?"

"자루에 가져갈 수 있는 만큼 담아 왕국 재건에 쓰십시오. 선물입니다."

어차피 백성을 위할 줄 아는 성군이라 했다. 알렉산드로의 블러핑일 수도 있지만, 내가 봤을 때도 성품이 나쁘지 않았다. 왕족의 피가 흘러 자칫 오만할 수 있었음에도, 우리에게는 동네 어르신처럼 대해줬었고 본인이 처한 상황에 순응할 줄 아는 사람이었으며, 한때 부하였다는 이유로 기사족들을 무시하지 않는 모습도 인상 깊었다.

보통 드라마나 역사가 말하는 왕족들은 그러지 않았으니까. 그런 사람이 은혜를 쉽게 저버리진 않을 거다.

"허업, 이미 드래곤께 과한 대접을 받았네, 굳이 이럴 필요까지는……."

"보십시오."

나는 수북이 쌓인 황금산을 가리켰다.

"이렇게 많은 수량인데 여기 자루에 담아봤자 얼마나 많이 담기겠습니까. 전쟁에는 돈이 많이 듭니다. 백성들을 위해서도 돈이 많이 들 테고요. 기회가 왔을 때 놓치지 마십시오."

그래 봐야 내가 챙길 수량의 티끌만큼이다. 게다가 황금이나 보석은 당장에 쓸 곳도 없다. 이 정도야 해줄 수 있었다.

"고…… 맙네."

노인이 고개를 꾸벅였다. 기사들도 마찬가지로 고개를 숙였다.

"감사합니다!"

"새, 생각해 주셔서 감사합니다. 드래곤의 주인이시여!"

"고맙다, 담건호."

나는 씩 웃었다. 알렉산드로는 아직까지도 꾸준히 반말을 유지했다. 그게 더 마음에 들었다.

"너희들도 챙길 수 있는 거 챙겨봐라. 좋은 창이나 갑옷 같은 것들."

"헙, 정말 그래도 되겠는가?"

"물론."

기사들에게도 자그마한 선물을 줬다.

[크…… 흠.]

실베론이 헛기침 한 건 그때였다. 낯빛을 보아하니, 살짝 불편한 기색이었다.

[……주인?]

"왜?"

[이 물품들은 내 거…….]

"왜, 가져갈 수 있으면 다 가져가 보라며?"

분명히 실베론이 놀리듯 말했었다. 그리고 난 진짜로 다 가져갈 생각이었다.

[크읏……. 주인은 개인 아공간이라도 있는 건가? 설마 이걸 다 담을 수 있을 줄은 꿈에도 몰랐다.]

"왜, 아깝냐?"

[그…… 런 건 아니다.]

"그럼 됐어. 어차피 나 따라다닌다며? 이 공간도 정리할 생각이라 했고. 보물들 놔둬서 뭐에다 쓰려고."

[그건 그렇지만…….]

뭔가, 미련이 남는 표정. 정말 보물들을 좋아하긴 하나 보다.

"싫어? 싫으면 안 가져갈게. 나도 굳이 쓸모있는 건 아니라."

[아, 아니다. 가져가라.]

"그래? 그러지 뭐, 그럼."

물론, 그렇게까지 말하는 데 거절할 이유는 없다. 난 피식 웃으며 다시 보물들을 담기 시작했다. 일단 가지고 있다가 필요할 때 쓰고, 혹여 세상이 진정되면 다 실베론에게 돌려줄 생각이다. 그런 날이 올지는 모르겠지만…….

"자, 다시 일해볼까?"

"후우, 그럴까요?"

질린듯한 서은채의 한숨.

그렇게 다시 몇 분 동안 노가다를 할 때였다.

[인벤토리가 한계까지 가득 찼습니다. 더 이상 아이템을 넣을 수 없습니다.]

"엥?"

나는 놀랐다. 설마 아이템 수량에 한계가 있을 줄은 몰랐기 때문이다.

하긴, 모를 만도 했다. 「몬스터즈」 시절에도 50을 넘겨본 적 없던 게 아이템 칸이었으니까.

"왜요?"

서은채가 물었다.

"흠, 공간에 한계가 있나 본데."

"헐, 벌써요? 아직 엄청 많이 남았는데……."

"……크응."

변수가 발생했다. 설마 이 정도밖에 못 담을 줄은 몰랐는데.

주변을 둘러봤다. 노인과 기사족들은 구석구석 뒤지며, 제일 쓸 만해 보이는 보석들로다가 자루에 채워 넣는 중이었다.

그리고 실베론은…… 입꼬리가 묘하게 올라와 있었다.

방금까지의 표정과 확연히 달라졌다.

'……저것이.'

나는 그에게 다가갔다.

"야, 실베론."

[……음, 왜 그러는가, 주인. 원하는 만큼 가져가도 좋다 하지 않았나.]

즐거운지 환하게 미소 지으며 답하는 드래곤. 내 인벤토리가 가득 찬 것에 신난 것이 분명했다.

그러나 녀석은 날 너무 얕봤다. 생각해 보면 뻔하기 때문이다. 실베론은 이 보물들을 가져갈 능력이 있다. 그렇기에 '벼락의 땅'과 '드래곤 레어'를 정리하겠다고 말한 거겠지.

저렇게 보물을 좋아하는 녀석이 이것들을 다 포기할 리 없을 테니까.

"너 이거 다 챙길 방법 있지?"

나는 즉시 물었다.

[큼, 그런 건…… 흠흠.]

역시 백이면 백.

뻔하다. 녀석에겐 분명 방법이 있다. 그리고 소환수 특성상, 주인의 명령을 거절할 수 없으며 주인에게 거짓말도 하지 못한다. 지금껏 이 빌어먹을 세상을 경험하며 자연스레 체득한 일종의 법칙이다.

"실베론, 주인의 명령이다. 방법이 있으면 당장 가져와."

[크읏. 그, 그건.]

"어서."

[크…… 흑……. 주인은 악마임이 분명하다.]

"악마는 벨제붑이고."

결국, 실베론이 복종했다. 팔을 한번 휘둘렀고 신비하고 고급스러워 보이는 토트백 하나가 내 앞에 도착했다.

“이게 뭐냐?”

[……유희할 때 사용하기 위해 만들었던 가방이다. 제기랄.]

“오, 그래?”

즉시 정보를 확인했다.

['드래곤의 인피니티 백'(S급)]

-특징:마법형

-로드급 드래곤의 심오한 마법으로 만들어진 전설 아이템입니다. 캐릭터가 사용할 수 있습니다. 아공간을 제공합니다.

“뭐야, 이런 게 있었어?'

그럼 지금까지 힘겹게 생노가다하던 우리 모습을 즐겨보고 있었단 거잖아.

[크으응.]

“쯧, 어차피 다 들킬 거. 그렇게 아깝냐?”

[크으으응.]

“걱정 마라. 나중에 혹여나 널 놓아줄 일이 생긴다면, 여기 있는 것의 배로 벌어다 줄 테니까.”

[저, 정말인가? 주인?]

“그래.”

보석이나 아이템 따위에 관심 없다. 혹여 쓸모가 있을까 챙기는 것일 뿐. 지금 내 머릿속에 있는 건, '사이버'와의 싸움. 그리고 강해지는 거다.

스르륵! 스르르륵!

가방을 사용하니 확실히 편했다. 보물들이 뭉텅이로 빨려 들어와 정리됐고 내 인벤토리와 서은채 인벤토리에 있는 것도 빼서 넣었다. 한 번에 정리하는 게 편하다는 판단 때문이었다.

'아이템 정리 및 검색 기능'

굉장히 편리한 기능이었다. 마치 'Ctrl+F'로 찾는 것처럼, 창이면 창, 갑옷이면 갑옷. 원하는 물품들이 일목요연하게 정리됐다. 나는 그 기능을 이용해 기사족들과 서은채에게 아이템을 배분했다.

나 역시도 쓸 만한 장신구와 옷들을 착용했다. 고민 결과 가장 쓸모 있어 보이는 '썬더 세트'였다.

원래 내가 보는 장신구의 기준은 '능력치 증가'와 '버프'가 얼마나 붙어 있냐다. 스킬이나 속성 대미지는 볼 필요가 없다. 어차피 '무명'(無名)은 속성 무시고 아이템에 붙은 스킬이라 해봤자 S급 스킬 이상의 성능을 내줄 리도 없기 때문이다. '합체족'을 쓰는 나에겐 내 캐릭터 능력을 올려주는 게 그냥 최고다.

"와, 멋있네요."

서은채가 내 모습을 보며 감탄했다.

[유희 도중 쓰려고 심혈을 기울여 만든 건데 물론이고말고, 암.]

실베론도 뿌듯하게 고개를 끄덕였다.

나는 부드러운 옷의 촉감을 느끼며 주변을 둘러봤다.

텅 비어 있는 동굴. 보물들은 전부 가방에 들어갔고 공간에 남아 있는 건 20마리의 용아병뿐이었다. 노인과 기사족들도 나름의 보석과 아이템들을 챙긴 상태였다.

"이 은혜를 어찌…… 갚아야 할지."

노인이 다시 한번 감사를 표했다.

"괜찮습니다. 나중에 왕국에 가는 일 있으면 대접 한 번만 해주시면 됩니다."

"물론일세. 왕가의 은인은 곧 왕국의 은인. 국빈급 대우를 해줄 테니 꼭 들러만 주게."

"그건, 일단 왕국을 되찾고 나서 생각할 일이죠."

"문제없네. 내 기회만 된다면 꼭 보답하도록 하겠네."

실베론이 말하는 '정리'가 이제야 끝났다.

이제 남은 건 실베론과의 대화. 그의 머릿속에 정리된 세상의 비밀을 들어볼 차례다. 그래야 이 '히든 피스' 밖으로 벗어날 수 있을 테니까.

[저들은 곧바로 왕국으로 이동시켜 줄 수 있다. 어떻게 하겠는가?]

대화에 앞서, 실베론이 노인을 바라봤다. 실베론이 그렇게 이야기한 이유는 분명했다. 중요한 이야기가 오갈 예정이니 자리를 비켜달라는 뜻.

노인은 눈치가 빨랐다.

"그렇게만 해주신다면 더할 나위 없겠습니다. 드래곤이시여."

[알겠다. 로자임 왕국 외곽 지역으로 보내주겠다. 유희 때 즐겨 사용하던 좌표가 있으니.]

실베론이 다시 손을 휙- 휘저었다. 그러자 게이트가 생겼다. 특정 장소로 이동할 수 있는 게이트인가 보다.

[자, 들어가라. 주어진 용아병은 임무가 완수된 후, 자동으로 내게 돌아올 것이다.]

공간이동은 적어도 S급 스킬 이상. 과연 마법의 종주, 드래곤다웠다. 그들은 게이트 앞에서 우리에게 인사했다.

"또 볼 수 있는 기회가 오길."

"진심을 다해 감사를 전하네. 자네가 마을에 찾아온 게 행운이었어."

"그동안 감사했습다!"

나 역시 웃으며 그들을 보냈다. 그들은 차례차례 몸을 던졌고-곧이어 게이트가 닫혔다. 그렇게 한차례 소란이 끝났다.

[주인.]

곧이어 실베론이 나를 바라봤다. 나 역시 그를 바라봤다.

"그래, 어디 한번 대화를 나눠볼까?"

고대의 지식. 이제 그것에 대해 파헤쳐 볼 시간이 왔다.

드래곤 레어 내부.

나와 실베론은 마주 앉은 채 서로를 바라보고 있었다. 서은채는 옆에서 말없이 석궁과 가죽 갑옷을 매만지고 있는 중. 이번에 얻었던 괜찮은 수준의 S급 아이템들이었다.

[……기억을 되찾은 후, 곰곰이 생각해 봤다.]

실베론이 먼저 말을 꺼냈다. 나는 고개를 끄덕였다.

"편히 말해. 시간 많으니까 천천히 풀어보자."

[그러지, 주인.]

노인과 기사족들 문제도 해결됐겠다, 이제 남은 문제는 딱 두 가지다.

'히든 피스'의 실마리를 푸는 것. 그리고 '그랜드 마스터'로의 스펙업 도전.

[우선 주인이 가장 먼저 물어봤었던 게, 내가 살던 이 세계가 어떤 곳이냐는 거였지?]

"그랬지."

47층의 히든 피스. 이곳 세계가 어떤 곳인지 먼저 파악해야, 다른 추측도 가능해진다. 실베론은 적어도 만 년 이상 이곳에 존재해 왔던 고룡. 그 누구보다 이곳 세상을 잘 알고 있는 존재 중 하나일 거다.

[내가 알던 세계는 총 다섯 개의 차원 중 하나였다.]

"다섯 개의 차원?"

차원의 개념이라니. 노인에게도 들었던 개념이다. 갑자기 흥미가 솟았다.

[그렇다. 각 차원마다 다스리는 통치자가 존재하지. 루시퍼, 네르갈, 벨제붑, 사탄, 그리고 정체불명의 통치자.]

"정체불명의 통치자는 또 뭐야?"

[느낌상 주인과 적대하고 있는 '사이버'일 확률이 높겠군.]

"아."

60층의 루시퍼. 70층의 네르갈. 80층의 벨제붑. 90층의 사탄. 100층의 사이버. 내 기억 속에 존재하는 보스 몹들이다.

"시련의 악마들이네."

[맞다. 주인과 탑이란 곳을 오르다 보니 알겠더군. 내 그래서 가설을 하나 세워봤다.]

"가설?"

[여태 시련의 악마들은 항상 10층 단위로 있어왔지 않은가?]

"그렇지?"

[이곳 세계가 탑의 내부라면? 그리고 그 시련의 악마들이 통치한다던 10개의 층 단위가 사실은 하나의 차원이라면 어떨까?]

사실, 나도 생각했었던 개념이다. 그러나 문제가 있다.

"그럼 차원이 10개여야 정상인 거 아냐? 탑이 총 100층이니까."

[아니, 그 말이 아니다. 주인. 오해가 있는 것 같군.]

"오해?"

[내가 알고 있던 차원이 다섯 개라는 뜻이지, 그 이상의 차원이 있었을 수도 있다. 나는 일개 한 차원의 생명체일 뿐, 모든 걸 알고 있지는 않으니까. 아니면, 탑 50층 이후부터 차원을 구분 짓는 것일 수도 있지. 레너드도 딱 50층까지만 올라오라 했었지 않은가.]

"흠……. 너도 정확히는 모른다는 거네?"

[그렇다. 다 추측일 뿐.]

나는 고민했다. 사실 「몬스터즈」 게임에서는 그게 드러나지 않았었다. 내가 게임 내에서 탑을 클리어할 당시에는 50층 이후도 층별 임무였지, 하나의 세계 개념은 아니었으니까.

'……하긴, 그래도 일리가 없진 않아.'

분명, 레너드가 50층까지만 올라오라 했었다. 왜 하필 50층일까? 「몬스터즈」 게임 당시에 50층의 악마는 '아스타로트'였다. 그런데 레너드의 말에 따르면 분명 '아스타로트'는 걱정할 필요 없다 했었다.

"……그럴 수도 있겠네."

항상 게임과 현실과의 간극은 존재해 왔다. 이곳이 현실인 이상 모든 가능성을 염두에 두어야 한다. 계속 게임 지식으로만 모든 것을 판단해서는 안 된다.

[하여튼 주인이 가장 궁금해하는 것은 이 세계를 어떻게 벗어나냐 하는 거겠지?]

"응, 맞아. 방법이 있어?"

나의 주된 목표는 하나. '히든 피스'를 클리어하는 것.

[내가 알기로 각 차원들은 '세계수의 뿌리'로부터 파생되어 있고 그 뿌리를 통해 각 다른 차원으로 이동할 수 있다 들었다.]

"세계수?"

익숙한 이름이다.

'아, 설마……?'

기억이 났다. 할아버지에게 드렸던 몬스터.

'세계수 위그드라실'이…….

[맞다. 지병수, 그자가 가지고 있던 나무는 사실 전 차원을

연결하고 있는 신적인 존재일 거다.]

나는 놀랐다. 옆에서 귀를 쫑긋하고 있던 서은채도 감탄했다.

"그 나무가 그렇게 대단한 나무라고?"

[그렇지. 본연의 힘을 되찾는다면 엄청난 힘이 되어줄 거다.]

"너보다 세?"

[세계수를 직접 본 적은 한 번도 없다. 다만, 상위 차원의 존재니 강할 거라 추측은 할 뿐, 지금은 아무것도 확정할 수 있는 게 없다.]

"허어."

할아버지가 가진 게 그런 몬스터였다니. 기회가 된다면 '초월' 히든 퀘스트를 받게끔 해야겠다.

"그래서 이 세계를 어떻게 벗어나는데?"

[벨제붑이 80층의 악마라 했었지?]

"응."

[내 짐작이 맞다면 이곳은 탑 71~80층의 차원일 거다.]

역시…… 그나 나나 생각하는 게 비슷했다. 나도 마음속 한편에 묻어두고 있었던 생각이었으니까.

"나도 예측은 했었어. 그러니까…… 히든 피스는 속임수일 가능성이 크다는 거겠지?"

[그렇다, 주인. 이게 함정이든 아니면 갓 컴퍼니의 생각이든 우린 모종의 이유로 탑을 점프한 셈이야. 그리고 이곳을 벗어나기 위해서는…….]

"세계수의 뿌리를 찾아야겠지."

[정확하다.]

"그 위치를 알아?"

[대충은…… 알 방법이 있다. 주인, 기억나나?]

"뭘?"

[로자임 국왕이 했던 말. 네르갈과 벨제뷥 진영이 전쟁 중이라 했던 것.]

"아."

나는 바로 이해했다. '네르갈' 진영이 이쪽 차원으로 넘어왔다면, 그곳 근처에 세계수 뿌리가 있을 거다. 차원을 넘는 방법이 그것밖에 없다면 말이다.

"그곳으로 가면 되겠네."

실베론이 고개를 끄덕였다.

가만히 듣던 서은채도 대화에 참여했다.

"그럼 일단 전쟁 중인 곳을 찾아야겠네요? 일단 네르갈 쪽이 넘어온 차원으로 가면 되려나요?"

그녀도 정확히 이해했다.

네르갈의 진영은 61~70층. 일단 세계수의 뿌리를 찾은 후, 50층으로 갈 수 있는 법을 찾아야 할 거다. 한 번에 내려갈 수 있는지 순차적으로 내려갈 수 있는지는 가봐야 알 거고.

"50층으로 가실 거죠?"

"그래야지."

레너드를 만나보긴 해야 하니까. 내가 고개를 끄덕이자 그녀가 말을 이었다.

"완전 대박이네요."

"뭐가."

"원래 47층에서 3층만 올라가면 50층이었는데, 이젠 반대로 하강해야 하는 거니까요. 그것도 훨씬 위험하고 긴 코스를 통해서."

"뭐, 그런 셈이지."

한숨만 나왔다. 이런걸 '코리안 모드'라고 만들어놓다니, 제정신인가? 사이버의 함정에 빠진 이후, 등급 업도 못 하고 있는 실정이다. 그 상황에서 탑 고층에 단둘이 던져둘 생각을 하다니.

"이거 갓 컴퍼니 짓일까요?"

"히든 피스?"

"네."

"흠……."

그건 확신할 수 없다. 다만 확신할 수 있는 건, 「갓 컴퍼니」의 짓이어도 「갓 컴퍼니」의 짓이 아니어도 둘 다 문제가 있다는 것. 전자는 대책 없는 짓이고, 후자는 전폭적인 지원을 약속해 놓고 함정 하나 파악 못 하는 무능함을 드러내는 대목이니까.

"뭐든……. 짜증 나는 상황이긴 하네."

"쩝……. 한두 번도 아니고, 그쵸?"

"그놈 상판대기 한번 봐야지."

"레너드요?"

"응."

맨날 시련만 던져주고 인류를 위해 탑을 오르라 하는 놈. 죽창 사내가 사이버 못지않은 '쓰레기'라 했던 놈.

"그리고요?"

"어떤 생각을 가진 놈인지 찬찬히 얘기해 봐야지."

"만약 대책이라곤 하나도 없는 멍청이라면요?"

멍청이라. 그렇다면 어떻게 해야 할까?

계속 함께한다는 가정 하, 놈의 판단에 따라 우리 목숨이 위태로워질 수도 있다. 특히, 멍청이면 더 그렇다.

그리고 내 궁극적인 목표는 '생존'. 만약 놈이 정신을 못 차리고 있다면, 내 목표를 위해서라도 놈을 살짝 바꿔줘야 할 필요성이 있었다. 약간의 충격을 줘서라도.

"역시, 패야겠지?"

"……네?"

"때려서라도 정신 차리게 해야지. 뭐."

"……레너드를요? 그게 될까요?"

"뭐, 지가 어쩌겠어."

"하긴, 아저씨는 걔한테 필요한 존재일 테니까요."

원래 기계든 사람이든 매가 약일 때가 있는 법이다. 그리고 레너드는 왠지 모르게 매가 필요해 보였다. 이건 직감이다.

한 차례 대화가 끝났다. 우리는 일단, 천천히 이동해 네르갈과 벨제붑의 전쟁터를 찾아보자는 계획을 세웠다.

[그전에 주인…….]

"응."

['그랜드 마스터' 계획, 시도는 해보겠는가?]

실베론에게 대강 듣긴 했다. 벼락의 땅과 레어에 쌓인 모든 자연의 기운을 응축해 나에게 주입. 내가 받아들일 수 있는 그릇만큼 '기'를 챙기라는 거다.

"안전은 보장한다 했지?"

[물론이다. 본래 '기'라는 게 한 번에 받으면 위험할 수 있지만, 내가 어느 정도는 컨트롤 할 수 있다. 주인이 위험하다 싶으면 곧바로 주입을 멈추겠다.]

"그래? 그럼 해보자."

막대한 기운의 유입. 그것도 드래곤의 힘과 맞먹는다는 그 힘을 모조리 얻어낼 수 있다면, 확실히 강해질 거다. 그리고 나는 강해지는 것에 한해서는 웬만하면 포기하지 않는다. 두려워하지 않는 편이다.

본래 큰 힘에는 리스크가 따르는 법. 아직 정체되면 안 된다. 계속 성장해야 한다. 그게 진정으로 목숨을 지키는 길이다.

'어차피 강해지지 못하면 죽음뿐.'

게다가 안전도 보장해 준다고 하지 않는가. 거절할 이유는 없었다.

'만약, 이곳에 널려 있는 모든 기운을 흡수할 수 있다 치면?'

진짜 말 그대로 '섬창' 무한 사용이 가능해진다. 그리고 막대한 '기'를 받아들이면서, 수많은 능력치가 증가되겠지.

[자리에 앉아라, 주인.]

실베론의 안내에 따라 자리에 앉아 가부좌를 틀었다. 이제는 그 어느 자세보다 편하다.

"……저기."

서은채가 나선 것은 그때였다.

[응?]

"혹시, 저도 해도 되는 걸까요?"

그녀도 최근 '기'에 대한 관심이 부쩍 늘었다. 써보니까 강력하면서도 편하기 때문이다.

[너는 안 된다.]

그러나 실베론이 단호하게 고개를 저었다.

"헐, 왜요?"

[아직, '기' 컨트롤이 미숙한 게 보여. 이건 굉장히 위험하면서도 도전적인 수련 방법. 적은 기운으로 시도하는 것이면 몰라도 지금은 위험이 클 거다.]

"……그렇군요."

[주인이 기운을 받아들이고 나서……. 남는 기운으로 한다면 해볼 만도 하지.]

"헷, 그 정도면 충분하죠."

준비는 매끄러웠다. 실베론은 손을 휘저으며 이것저것 준비했고 나는 호흡법을 통해 명상을 시작했다.

알렉산드로가 그랬다. 현재 내가 하는 호흡법에 '베르트랑'의 모든 정수가 녹아 있다고. 딱히, 거대한 기운을 받아들이는데 '비기' 같은 건 없다고. 그저 평소 하던 것처럼 호흡하면 된다고 했다.

'나머지는…….'

실베론을 믿는다. 만 년 이상 살아왔던 그 '지혜'를 믿는다.

['기 연공법'이 활성화됩니다.]

시간이 조금 흐르자 메시지가 떴다. 동시에, 온 정신력이 '기'의 흐름에 집중됐다. 근처에 유유히 흐르는 하얀 기운들이 느껴졌다.

"후우, 후우……."

들숨 날숨과 함께 '기'도 함께 움직인다. 지금도 심장에는 기운이 급속도로 쌓이는 중이었다.

실베론의 알 수 없는 소리가 들려온 것은 그때였다.

[집중해라, 주인. 고대의 주문이다. 지금부터 주인에게 이곳 땅의 모든 기운을 주입할 예정이다. 강제 주입이 아니라 그저 몸을 통과해서 지나가게 할 예정이니, 무리해서 쌓으려 하지 말고 할 수 있는 데까지만 버티는 거다.]

콰가가가!

순간, 기류가 바뀌었다. 유유히 흐르던 기운들이 격렬하게 움직이기 시작했다.

내 등 뒤. 정확히는 실베론이 있는 곳 쪽으로 기운들이 압축되기 시작했다.

Chapter 3

전신의 감각이 일깨워진다. 이렇게 많아도 될까 싶은 자연의 기운이 후방에서 격렬하게 소용돌이치고 있다.

'허, 이거 겁나는데?'

긴장감이 극에 달했다. 살과 심장이 동시에 떨려왔다. 처음 하자고 했을 땐, 쉽게 말했었던 것 같은데 막상 시기가 다가오니 장난이 아니다.

'웃긴 건, 아직도 멀었다는 거.'

뒤에서 중얼거리는 실베론의 말에 따르면, 지금 모여 있는 기운이 이곳 전체의 10% 정도란다.

'이곳 전체의 기운과 실베론의 기운이 엇비슷하다 했었지.'

그 말인즉슨, 등 뒤의 기운이 실베론의 10% 정도밖에 안 된다는 말이다.

'세상에, 그럼 실베론은 얼마나 강하다는 거야?'

질려 버렸다. 감히 추측하기도 꺼려졌다. 확실한 건, 지금의 나는 잽도 안 된다는 것.

뭔가 느낌이 이상했다. 마치 「몬스터즈」 당시 게임보다 난이도가 상향된 느낌. 그때는 실베론이나 골베론이 적으로 나오지도 않았었고 이 정도 강력한 존재도 없었던 것 같다.

해봐야 벨제붑이나 사탄 정도?

[집중해라, 주인.]

아차차.

나는 다시 정신을 집중했다. 잡생각 때문에 기의 흐름을 놓칠 뻔했다.

['기'의 양은 신경 쓰지 말고 흐름에만 집중해라. 기회는 오직 한 번뿐이다.]

제3의 감각에 잡히는 실베론의 팔은 끊임없이 움직이고 있었다. 어떤 종류의 것인지는 모르겠지만, 심오하고도 정교한 마법을 펼치는 것 같았다. 이 근방에 있는 모든 기운들을 싹 다 끌어모으는 그런 마법이겠지.

[두려움을 떨쳐내고 나를 믿어라. 몸에 힘을 풀고 기운을 온전히 느낀 후에 그냥 흘려낸다 생각해라.]

기운은 계속 뭉쳤다. 에너지 때문에 공간이 흔들릴 정도였다.

'그래, 해보자.'

망설이면 안 된다. 저 강력한 기운에 압도되면 안 된다. 결국은 내 것으로 갈무리해야 할 기운 아닌가.

'최대한 받아낸다.'

기회가 한 번이라면 더 그렇다. 저 아까운 기운들을 날로 버릴 순 없었다. 어떻게든 티끌 하나라도 더 받아내야 한다.

[욕심은 부리지 마라, 주인. 절대 기운을 가두면 안 된다. 자연스럽게 내버려 둬야 한다. 명심해라.]

그래, 알았어. 알았다고.

쿠구구구!

시간이 흘러, 모든 기운이 등 뒤에 모였다. '드래곤 하트'와 같은 밀도로 압축된 '기'의 덩어리가 느껴졌다.

[간다, 주인. 준비됐겠지?]

'그래, 와라.'

[조금 힘들 수도 있다.]

쿠우웅!

마지막 실베론의 말을 끝으로 덩어리가 궤적을 그리며 내 품 안으로 들어왔다.

"커헉?"

그렇게 고비가 시작됐다. 내 심장 속에서 유유히 흐르는 '기'와 내 속에 새로 들어온 거대한 녀석이 맞닿아 폭주했다.

콰가가강!

마치, 몸 안에서 폭탄이 터지는듯한 굉음이 울렸다.

정신이 없었다. 펼쳐져 있었던 모든 감각이 죽었다. 아니, 죽었다기보단 뒤바뀌었다.

외부에서 내부로. 몸속에 온 신경이 쏠렸다.

바깥 상황은 보이지도 느껴지지도 않았다.

'망할 실베론. 이런 얘기는 없었잖아? 게다가 조금 힘들다며. 이게 조금이라고?'

엄청난 통증이었다. 비명도 지를 수 없었다. 눈을 뜰 수도 없었다. 온 근육에 힘을 준 상태로 버텨낼 수밖에 없었다.

쾅!

하는 소리가 울릴 때마다 육체가 들쑥날쑥 변형되는 느낌이었다.

'일단 흡수한다.'

고통 속에서 간신히 숨을 들이마셨다.

정신 차려야 했다. 잘못하다간 다 놓치고 흘려보낼 수 있다.

'얕고 길게, 천천히.'

본능적으로 호흡했다. 알렉산드로에게 배운 '기 연공법'은 기묘하고도 신기했다. 정말로 거대한 기운이 들어오자, 어떻게 호흡해야 하는지 알기라도 하듯 자연스럽게 끌어들였다.

쾅! 쾅! 쾅!

물론, 그 과정은 쉽지 않았다. 내부의 기운이 온몸을 두들겼다. 미친 듯이 날뛰며 전신을 헤집어놓았다. 정신을 잃을 것 같았다.

어렴풋하게 들려오는 실베론과 서은채의 목소리.

'이런.'

뭐라 하는지는 전혀 모르겠다. 날 걱정하는 건지, 주문을 외우는 건지. 솔직히 정신이 하나도 없었다.

한 가지 확실한 건, 아직 '기' 덩어리가 내 몸을 통과하지 않았다는 것. 시간이 느리게 흘러가는 건지, '기'의 움직임이 느린 건지, 덩어리는 아직 내 육체 내부에 머물러 있었다.

'제기랄.'

머릿속이 복잡해졌다. 과연 이걸 통제할 수 있을까? 인간의 그릇으로 받아들일 수 있는 기운일까? 계속 받아들이다 몸이 터져 버리는 것은 아닐까? 아니, 다 필요 없고 이거 도대체 언제 끝나?

오만가지 생각이 다 들었다.

'잠깐.'

문득, 실베론이 했던 말 중 하나가 떠올랐다. 기운을 가두지 말고 자연스럽게 내버려 두라던 말.

그래, 인정해야 했다. 이건 내가 통제할 수 있는 힘이 아니었다. 태생 5성의 본신이 아닌 인간의 육체로는 한계가 있었다. 그 아무리 높은 능력치를 가졌다 해도 말이다.

'굳이 억제할 필요 없다면?'

그래서 내버려 두기로 했다. 저 순수하고 강력한 '기' 덩어리가 내 몸 안에 편히 안착할 수 있도록 저항하지 않았다.

새로운 환경에서 이리저리 뛰어놀 수 있는 환경을 만들어줄 생각이었다.

콰앙! 콰앙! 콰앙!

그때였다. 녀석이 더욱 본격적으로 날뛰기 시작했다.

"끄…… 억."

처음으로 육성이 터져 나왔다. 지금까지의 통증은 전조에 불과했다. 상상을 초월하는 고통이 온몸을 뒤덮었다.

이가 갈렸다. 존재하는 모든 구멍에서 물이 줄줄 새어 나오는 것 같았다.

'미친.'

물질적인 폭발이 아니었다. 순수한 기와 기의 부딪침이었다. 대충 묘사하자면, 몸 안에서 '섬창' 수십 개가 터져 나오는 기분이었다.

'기'는 아직도 내 중앙에 머물러 있었다. 동시에 내 몸을 신나게 즐기고 뜯고 맛보고 있었다.

'이건…….'

본능적으로 알았다. 이 고통을 끝낼 수 있는 방법을. 녀석이 즐기지 못하도록 통제하려 하면 된다. 그럼 재미가 없어진 '기'들이 천천히 밖으로 빠져나갈 거다.

'하지만 그러기 싫어.'

실베론이 말했던 거도 그런 의미였겠지. 욕심부리지 말라 했던 말. 저 기운들을 전부 담으려 하지 말고 조금씩 내보내라는 말일 거다.

근데 솔직히 욕심이 났다. 그럴 수밖에 없었다. 저걸 다 흡수해 봐야 실베론 정도의 힘을 추가로 얻는 정도다.

앞으로 헤쳐나가야 할 난관이 얼마나 많은데, 그 정도로 만족할 수 있겠는가?

'특히, 사이버.'

그놈을 상대하기 위해서는 이 정도 기운에 굴복할 수 없었다. 얻을 수 있는 건 최대한 얻어놔야 했다.

'그래, 어디 끝까지 해보자. 더 놀아보자고.'

몸에 힘을 풀었다. 녀석은 쉴 새 없이 내 몸을 두들겼다.

쾅! 쾅! 쾅!

어떨 때는 한을 품은 여자와 같았고 어떨 땐 철천지원수를 대하듯 폭력을 행사했다. 눈알이 까뒤집혔고 입에선 거품이 나왔다.

그런데도 난 가만히 있었다. 본래는 자기 몸에 상처를 입힐 경우, 자동으로 방어 기제가 생기는 것이 정상이다.

하지만, 난 오히려 그 기운을 달랬다. 한을 풀어주듯이, 원수를 용서하듯이.

'네가 원하는 환경이 무엇일진 모르겠지만, 이곳에 머물러라. 나만 한 곳은 없을 거라 자부하마.'

천천히 기운을 설득했다. 삐친 여자를 달래듯 조심스럽게.

투, 투툭! 뚜두두둑!

그때였다. 뼈가 뒤틀렸고 혈도가 트였다. 참고로 혈도는 몸속에서 '기'가 흐르는 길이다.

주르르륵!

혈관을 막았던 노폐물과 죽은 피들이 모공을 통해 흘러나왔다. 피부에 샛노란 진물들이 고이기 시작했다. 기껏 올려놓은 '독 저항' 레벨이 무색하게도 피부가 썩어 내렸다.

'아.'

나는 직감으로 깨달았다. 녀석들은 뛰어놀며, 정말로 자신에게 편안한 환경을 만들어내고 있었다. 게다가 자신을 담기에 부족했던 그릇의 크기를 억지로 늘리고 있었다. 자신들의 입맛에 맞게 내 육체를 뒤바꾸고 있었다.

뚜두두둑!

"끄억, 끄아악."

또 비명이 터져 나왔다. 피가 뜨겁게 들끓었다. 심장이 미친 듯이 요동쳤다. 여태껏 경험해 보지 못했던 종류의 고통이 전신을 감쌌다.

'그만…… 포기할까?'

머릿속에 수백 수천 번 떠오르는 문장이었다. 이 정도 고통까지 견뎌가면서 이 힘을 받아야 할 가치가 있을까? 그냥 실베론의 말마따나, 기운을 조금 흘러버리면 이 정도까지 아프진 않지 않을까?

또 하나의 내가 계속 속삭였다. 그 목소리가 참으로도 은근하고 달콤했다.

'그래, 실베론이 그랬었잖아.'

욕심부리지 말라고. 만 년 이상 살아온 고룡 말을 들어야지, 고작 인간 따위의 판단으로 일을 그르칠 거야?

"×까!"

이성이 아닌 본능으로 외쳤다. 머릿속에 떠오르는 악마의 속삭임들을 물리쳤다.

「몬스터즈」의 '비운'은 천성이 욕심쟁이였다. 그 게임 안에서

만큼은 최고가 되어야 속이 풀렸었다. 그리고 난 지금 그 근성을 보여줄 생각이었다. 다른 생각을 하기로 했다.

그래서 '사이버'를 생각했다. 다음은 '레너드'를 생각해 봤다.

'……개새끼들.'

분노가 절로 치밀어 올랐다. 느껴지는 모든 고통을 전부 분노로 승화했다. 저 둘은 효과가 아주 좋은 분노 생성기였다.

콰가가가!

때 마침이었다. 온몸을 떠돌며 육체를 변형하던 기운들이 일제히 심장으로 모이기 시작했다. 딱히 통제하지 않아도 본인들이 알아서 심장 주변을 돌기 시작했다.

녀석들은 간을 보고 있었다. 들어갈지 말지.

'지금이다.'

기회가 왔다. 응축된 기운을 한 번에 심장으로 갈무리할 그런 기회.

녀석들의 마음이 느껴졌다. 마음에 들긴 하는데 딱히 들어가 살긴 싫고 그렇다고 남 주기엔 아깝고.

'어장은 사절이지.'

온 힘을 다해 기운을 컨트롤 했다. 모든 기력을 뽑아내 주변에 있는 기운들을 심장 속으로 비집어 넣었다.

"끄아아앗!"

젖먹던 힘까지 다했다.

콰아아앙!

"커헉!"

순간, 엄청난 고통이 뇌리를 뚫었다. 온몸에 물기가 주륵주륵 흐르는 거로 보아, 온 모공에서 피까지 쏟아지고 있는 것 같았다. 그런데도 기운을 누르는 것을 멈추지 않았다. 이미 고통 따위는 뒷전이었다. 머뭇거릴 여유가 없었다.

간 보는 녀석은 봐주면 안 된다. 상남자답게 확실히 휘어잡아야 한다. 그래야 나중에 말을 잘 듣는다.

콰아아앙!

그렇게 '기' 덩어리와 나와의 끈질긴 밀당이 시작됐다. 서로의 뺨을 어루만지기도 했고 레슬링을 펼치기도 했다.

얼마의 시간이 흘렀는지도 모른다. 그 끔찍한 고통 속에서 정신을 잃지 않은 것만으로도 대단할 정도였다.

사실 이제는 고통스럽지도 않았다. 전신에 감각이 없었다. 내가 아픈 건지, 아니면 고통에 적응한 건지도 모르겠다.

'뭐, 신경이 다 망가졌을 수도 있고.'

갑자기 졸려왔다. 멍해졌다. 무기력증에 걸린 것처럼 힘이 빠졌다. 무게 중심이 전방으로 많이 쏠리는 것이 느껴졌다. 예측건대, 앞으로 자빠진 게 분명했다.

'결국, 죽는 건가?'

[Error! Error! Error!]

[시스템 측정 오류!]

[변화 값 새로 산정 중……]

[잠깐 대기하세요!]

시야 구석에 메시지가 희미하게 보인 것은 그때였다.

'……저건 또 뭐야.'

잠이 쏟아졌다. 나는 그렇게 천천히 의식을 잃어갔다.

드래곤 레어 내부. 실베론과 서은채가 쓰러져 있는 한 사내를 바라보고 있었다. 둘 다 많이 긴장한 듯, 온몸이 식은땀으로 가득했다.

[……끝났군.]

"후우……."

그녀가 한숨을 내쉬었다.

"어떻게 된 거예요? 아저씨는 괜찮은 거 맞죠?"

서은채가 다급히 물었다.

시간이 얼마나 흘렀을까. 거진 한나절은 지켜봤던 것 같다. 아저씨가 '기'를 흡수하는 과정을.

가슴이 아팠다. 고통스러워하는 모습을 보며 할 수 있는 게 없었기 때문이다. 실베론도 온 신경을 집중해 주문을 외우고 있었기에, 방해하지도 못했다.

'건들면 안 된다!'

'지금은 어쩔 수 없어!'

'개입하다간 주인이 더 위험해진다!'

간혹가다 이렇게만 말하는데 어쩌겠는가.

발을 동동 구르며 지켜볼 수밖에.

[일단, 괜찮은 건 맞다. 호흡도 붙어 있고 기운이 안정적으로 자리 잡혔어. 완전히 회복되려면 시간이 좀 걸리겠지만.]

실베론이 손을 한번 털며 말했다. 그러자 주변 허공에 아로새겨진 문양들이 천천히 사라졌다. 마법이 끝난 거다.

"정말요?"

그제야 서은채는 안도했다. 솔직히 눈앞에 있는 아저씨의 육체는 걸레짝과 다름없었으니까. 주변에 쏟아져 있는 검붉은 피와 진물들만 봐도 거의 사체와 다름없어 보였다.

"원래 이런 거예요? 이렇게 고통스러워한다는 말은 없었잖아요."

[으음……. 주인이 욕심을 부린 거 같다. 나도 놀랐다. 세상에 인간의 몸으로 그 기운을 다 받아낼 줄이야. 보통 정신력으로는 절대 견디지 못할 그런 고통이었을 텐데.]

"헐, 그걸 다 받았다구요?"

서은채는 놀랐다. '기'를 제대로 느낀 지 얼마 안 되는 그녀조차도 그 덩어리는 엄청났기 때문이다.

소름 끼치면서도 오싹할 만큼 막대한 기운. 그녀 입장에서는 '사이버'나 그 기운이나 비등비등했다.

[말릴 수조차 없었다. 내가 할 수 있는 건 몸이 견디지 못하

고 터져 나가지 않도록 보호하는 것뿐. 일단은, 주인의 안전은 보장하기로 했었으니까.]

사실이 그랬다. 만약, 실베론이 마법으로 육체를 보호하지 않았다면, 변형이 이루어지는 과정에서 기에 짓눌려 온몸이 터져 나갔을 거다. 흔적조차 남기지 않고 자연 속으로 분해됐을 거다. 그만큼 그 기운은 거셌다.

"그럼…… 그…… 뭐더라? 그랜드 스피어……."

[그랜드 마스터 말인가?]

"아, 네! 이제 그 경지가 된 거예요?"

[글쎄, 애초에 그랜드 마스터라는 경지는 개념적인 경지다. 누가 겪어본 것이 아니기에 그 한계조차 없는 경지지.]

"아……."

[만약, 주인이 저 기운들을 다 다스린다면, 아마 내가 아는 인간 중 가장 강한 인간이 될 거다. 로드급 드래곤을 넘어서는 그런 괴물 말이다. 주인은 저 기운 말고도 그걸 증폭시킬 수 있는 이런저런 기술들이 있으니까.]

"그렇겠네요."

서은채는 쓰러져 있는 사내를 바라봤다.

참으로 대단한 자였다. '생존'에 강한 집착을 가진 남자. 그 목표를 위해서라면 고통이든 도전이든 마다하지 않는 남자.

'과연…… 이 여정의 끝은 어딜까.'

지금껏 끝도 없이 강해지고 있는데도, 더한 놈들이 등장한다. 그리고 여기, 겨우 인간 하나의 몸뚱어리가 있다.

'……아저씨.'

세계의 멸망 속에서 홀로 거대한 존재와 싸우고 있는 남자. 과연 아저씨가 이 정체불명의 상황을 견뎌내고 해결할 수 있을까? 게임이 현실로 변해 버린 이 말도 안 되는 상황을 말이다.

'그런데 이상하게 믿음이 가.'

뭔가 아저씨라면 해낼 수 있을 거 같았다. 돕고 싶었다. 그 고통을 함께 나누고 싶었다. 이 세계의 끝을 함께 보고 싶었다.

[일단…… 고생했으니 좀 쉬어라, 인간.]

실베론의 말에 서은채가 고개를 흔들었다.

"아뇨, 계속 간호해야죠. 힐러가 제 몫인걸요."

[그럼 그러든가. 나는 좀 쉬겠다. 오랜만에 무리하게 기운을 운용했더니 골이 아프군.]

"고생하셨어요, 실베론."

서은채는 쓰러져 있는 아저씨 옆에 앉았다. 옷은 멀쩡했다. 과연 S급 아이템, 자동으로 세척까지 진행하는 중이었다.

"그리고 아저씨두요."

그렇게 그녀는 천천히 간호를 시작했다.

조심스럽게. 애정을 담아서.

간신히 눈을 떴다. 고풍스러운 동굴 내부 구조가 눈에 들어왔다.

'……뭐가 어떻게 된 거지?'

다시 눈을 감았다. 그리고 제3의 감각을 활성화했다. '기' 덩어리를 받느라 잠깐 죽어 있던 감각이 원상태로 돌아와 있었다.

'서은채는 옆에서 자고 있고, 실베론도 동굴 아래에 있군.'

다시 눈을 떴다.

그리고 시야 구석을 뒤졌다. 예상대로 확인하지 않은 메시지 로그가 여러 개 밀려 있었다.

아직, 통증이 남아 있는 상태. 곧바로 일어나기 뭔가 두려운 나는 그냥 누워서 로그를 확인했다.

눈알을 위에서부터 아래로 계속 굴렸다.

[시스템이 인식하지 못한 능력치 상승이 있었습니다.]

[축하합니다! 모종의 개입으로 유저의 신체가 한계를 벗었습니다.]

[신체가 강력해집니다. 변화 값에 맞게 능력치가 조정됩니다.]

[힘 450, 민첩 449, 체력 450 영구…….]

'뭐?'

깜짝 놀랐다. 저런 능력치 증가가 가능하다고?

잘못 봤을까 봐 눈을 계속 깜빡이며 확인했다.

'맞네?'

몽롱했던 정신이 단박에 깨졌다.

믿을 수 없었다. 저런 증가 폭이 가능하다고? 말이 되는 수치인가? 내가 이전까지 가지고 있던 힘, 민, 체의 수치가 200대

초반이었을 텐데…….

'……어디 보자.'

곧바로 상태창을 확인했다.

"……!"

비명을 지르려 했다. 하지만 아직 장기가 복구 안 됐는지 픽-소리만 들려왔다. 폐에서 바람이 빠지는 소리였다. 성대 역시 복구가 안 된 것 같았다.

'아…….'

그와 동시에 깨달았다.

'성공한 거구나.'

그 끔찍하던 '기' 덩어리를 결국 받아낸 거구나. 설득해낸 거구나.

'일단 더 읽어보자.'

아직 남아 있는 로그가 많다. 몸을 관조하는 일은 나중에 해도 괜찮다. 아직 몸이 다 회복되지도 않았으니까. 그렇게 쭉 둘러보던 중 신기한 것을 발견했다.

[보유하신 '기 연공법'(S급) 스킬이 정체불명의 스킬, '□■■■□'(□□)로 변경됩니다.]

엥? 이건 또 뭐야. 화면이 깨진 건가?

상태창을 열어 스킬의 설명을 읽어봤다.

그러나 설명 부분도 전부 깨져 있었다.

'흠…….'

'기 연공법'이 변경된 거로 보아, 이번에 얻은 '기'와 관련된 건가 본데. 아직 알 수 있는 것은 하나도 없었다.

'게임 시스템에…… 아니, 애초에 갓 컴퍼니가 모르는 그런 스킬이기 때문일까?'

그럴 수도 있었다. 이번에 생긴 스킬은 뭔가 시스템에 정형화되어 있지 않은 종류의 스킬일 수도 있었다. 사실 여태 나는 갓 컴퍼니가 제공해 준 스킬 위주로만 성장해 왔으니까. 이처럼 '기'라는 것을 운용해서 나만의 기술을 만들고 능력치를 키웠던 적은 없었으니까.

'쩝, 이게 다네.'

로그에 남아 있는 메시지는 그게 끝이었다. 이후, 다시 몸 상태를 확인하려 할 때였다.

"……아저씨?"

서은채가 깨어났다. 그 후, 한바탕 난리가 났었다. 졸다가 깨어난 서은채는 나에게 괜찮냐는 둥 이것저것 질문을 던졌었다. 소란을 들은 실베론도 다가왔었다.

"정말 괜찮은 거예요? 근데 왜 대답을 못 하죠? 무슨 문제라도 생긴 거 아니에요?"

[……진정해라, 인간. 아직 성대가 복구되지 않아서 그런 거니까.]

"아……."

대충 이런 식이었다. 둘은 성의껏 내 회복을 도왔다.

유지넬은 지속적으로 힐링을 퍼부었고 실베론은 그 힐링에 증폭 마법을 걸었다. 그러다 보니, 생각보다 회복은 빨랐다.

[이제 좀 목소리가 나오나, 주인?]

"……그래. 고맙다, 실베론."

약 이틀 정도가 흘러서야 상태가 온전히 복구됐다. 말도 할 수 있었고 몸도 움직일 수 있었다.

컨디션은 최상이었다. 육체는 인간의 형태를 유지하면서도 한계를 벗었다는 게 느껴졌다. 점프력, 힘, 속도 등등 적응하는 데 시간은 좀 걸렸지만, 확실히 달라졌다.

심장에 자리 잡은 '기'도 마찬가지였다. 컨트롤이 예전과는 차원이 달라졌다. 과거엔 아장아장 기어 다니는 수준이었다면, 지금은 물구나무를 선 상태로 전력 질주가 가능할 만큼의 통제력을 얻었다.

'……이제야 느껴지네.'

실베론의 기운도 느껴졌다. 본래는 느낄 수조차 없었을 만큼 수준이 낮았었는데…….

나는 자세를 잡았다. 그 후 온몸 구석구석 혈도를 통해 '기'를 흘려보냈다. 그러자 녀석이 마치 제집 드나들 듯이 부드럽게 이동한다. 몸 역시 더욱 가벼워지고 경쾌해진다.

'좋았어.'

이번엔 정말 확실하게 강해졌다. 무협에서 말하는 '환골탈태'가 이런 건가 싶었다.

이 기운과 함께 싸운다면? 거기에 '섬창'까지 쓴다면?

'크으.'

온몸에서 자신감이 솟아올랐다. 이제 뭔가 좀 이뤄낸 것 같은 느낌이었다.

[역시 주인은…… 대단하군. 내가 인정할 만한 괴물이 맞다. 몸은 좀 괜찮나?]

"응, 완벽해."

그래, 이 정도는 강해져야지.

이제야 좀 할 만했다. 뭔가 가능성이 보였다. 내가 무언가를 바꾸고 개척할 수 있을 거란 희망이 보였다.

[이제 어찌할 생각인가, 주인?]

"어쩌긴 뭘 어째, 가야지."

힘도 얻었겠다, 방향도 잡혔겠다, 이제는 여정을 떠날 차례다.

[어디로 말인가. 세계수 뿌리를 찾으러 말인가?]

"아……!"

문득, 떠올랐다. 가기 전에 '스펙업'을 더 할 수 있는 방법이. 바로 서은채가 가진 태생 5성들의 본신을 찾는 거다. 그럼 또 '초월'이란 걸 할 수 있을 테니까.

"혹시, '요정왕 오베론'이나 '태초의 마녀 키르케' 본신 위치 아냐?"

[……으음, 본신이라. 아쉽지만 기억에 없다. 아마 다른 차원의 존재일 거다.]

하긴, 이곳 차원은 많으니까.

"쩝, 아쉽네."

[……주인.]

실베론이 뜸을 들이며 물은 것은 그때였다.

“응?”

[정 아쉬우면 혹시 제안 하나 해도 되겠나?]

“뭔데, 어떤 거.”

갑자기 실베론의 눈빛에 적의가 감돌았다.

[나랑 싸우던 골베론이라는 녀석이 있다. 놈도 깊게 다쳤기에 빌빌거리고 있을 거다. 주인의 바뀐 능력을 테스트하기에는 딱 적합할 거 같은데…….]

“아.”

골드 드래곤, ‘골베론.’ 놈도 이곳 세계관 최강의 드래곤 중 한 마리랬지. 그놈도 있었구나.

[꼭, 놈을 처리하고 싶다.]

진지한 실베론의 표정에 난 픽-웃었다.

그냥 상대 강아지한테 맞고 와서 주인님에게 이르는 애완견이 스쳐 보였다면 착각일까.

“그래, 어차피 섬창도 한번 실험해 봐야 하니까.“

[……고맙다, 주인.]

그 정도 부탁이야 뭐.

나는 쿨하게 응했다.

탑 50층. 기계실 내부.

"아린, 잭필드. 나와봐."

중후한 목소리가 기계실을 가득히 울렸다. 「갓 컴퍼니」의 대표이사 레너드 스톤필드였다.

[넵, 이사님!]

[무슨일이십니까?]

그의 부름에 두 요정이 신속히 튀어나왔다.

50층 외부를 직접 뛰어다니는 '아린'. 50층 내에서 시스템을 도맡는 '잭필드'. 레너드가 제일로 아끼는 두 요정이었다.

"비운 님이 사이버의 함정에 빠진 지도 벌써 반년 정도가 흘렀다. 상황은 어떻게 되어가고 있나."

레너드가 눈앞에 커다란 모니터를 바라보며 말했다.

시야 앞, 가장 큰 화면에는 총 다섯 명의 유저가 치열하게 사냥하는 모습을 비추고 있었고, 나머지 가지각색의 모니터에도 주요 인물들의 움직임이 담겨 있었다.

[음…….]

먼저 운영자 '아린'이 운을 띄웠다.

아린의 주요 보고사항은 '용사 채팅방' 인원들의 동향이다.

[화면에도 나오다시피 현재 주예린 님, 그러니까 모찌 님 팀은 47층 '히든 피스' 하드 모드를 안전하게 클리어하고 있습니다. 현재까지 추이로 볼 때 내일쯤이면 완벽하게 클리어하고 나올 듯싶습니다.]

"보상은?"

[보상은 명령하신 대로 간섭력을 적절히 분배했습니다. 기존 보상을 살짝 낮추는 대신, 다른 멤버들도 채팅방에 참여할 수 있도록 손을 써놨습니다.]

"고생했다. 다른 인원들은?"

[나머지 용사들의 상황도 나쁘지 않습니다. '문스터' 집단은 벌써 40층에 도달할 예정이고 '병아리콩', '조류족성애자', '폭행몬스터즈' 집단들도 이제 30층을 막 돌파한 상태입니다. 탑에 도전하는 인원들도 많아졌구요.]

과거 도입했던 '용사 채팅창' 제도. 그것은 나름 성공적이었다. 주예린의 주도 하, 많은 용사들이 탑을 오르기 시작했고 서로의 정보를 공유했다.

"의도했던 대로 흘러가는군."

[네, 최대한 많은 인원이 50층에 도달해야 할 텐데요. 무사히 올라올 수 있겠죠?]

"그래야지."

50층부터는 새로운 시작이다. 각자 집단별로 새로이 층을 깨어 나가는 것이 아닌 다 같이 함께하는 전쟁인 것이다.

"그래야 전쟁에서 전력이 되어줄 테니까."

레너드가 흡족한 듯 고개를 끄덕였다.

[아, 그리고 모찌 님 팀 전 멤버가 어제부로 만렙에 달성했습니다.]

"벌써?"

[주예린 님……. 그녀가 생각보다 잘 해주고 있어요. 비운 님

만큼은 아니지만, 분명 리더십이 있고 지혜로운 사람입니다.]

"사이버가 간섭을 못 하는 것도 한몫하겠지."

그날 '비운' 님을 함정에 빠트린 이후, '사이버'는 단 한 번도 훼방을 놓지 않았다. 전쟁터에도 별다른 소식이 들려오지 않는 걸 보아, 간섭력을 무리하게 사용한 부작용을 겪고 있는 것 같다는 게 레너드 측의 생각이었다.

"다음은 잭필드. 보고해 봐."

잭필드의 주요 보고사항은 '비운' 님의 생존 여부와 위치. 그리고 사이버 진영과의 전쟁 동향이다.

사실 레너드는 그게 제일 궁금했다.

'비운 님의 행방.'

이 전쟁의 종지부를 찍을 히든카드. 그것은 주예린도 채팅방 용사들도 아닌, '비운' 님이니까.

[넵, 다행히도 '비운' 님과 '서은채' 님은 아직 생존해 계십니다.]

레너드의 마음을 읽기라도 하듯, '잭필드'는 '비운'의 생존 여부부터 밝혔다.

"위치는?"

[벨제붑 진영 한가운데에 있는 거로 보아, 한 75층 지역 정도 되는 것 같습니다.]

"휴우……."

50층 이후부터는 사실상 층의 개념이 없다. 「몬스터즈」 게임일 때야, 유저들의 편의를 위해 구분을 해놓은 거고 사실은 10층마다 하나의 세계에 가깝다.

"다행이군."

레너드는 다시 한번 안도했다.

사실상 가장 두려운 것이 '잭필드'의 보고를 받을 때다. '비운' 님이 어떻게 되기라도 한다면, 「갓 컴퍼니」의 희망은 완전히 사라지게 되니까.

[참, 대단하신 분입니다.]

"대단하신 분이지……."

레너드는 솔직히 놀랐다. 아무리 그 강력한 '비운' 님이라 해도 그 전력으로 탑 고층에서 반년을 살아남을 줄이야.

토끼가 사자 소굴에서 반년 동안 살아남은 꼴이다.

[다만, 이동 경로가 조금……]

"왜, 저층으로 이동하는 게 아닌가?"

현재 벨제붑 진영의 20% 정도를 점령한 상태. 굳이 층으로 나누자면 72층 정도의 위치다. 만약, '비운' 님에게 제대로 된 지원을 해주려면 그가 직접 접점 지역까지 와줘야 한다. 그전에는 어떤 방법을 쓰더라도 간섭하기가 어렵다. 모니터링도 어렵고.

[네……. 현재 TPS 시스템에 의하면 고층 쪽으로 이동하고 있는 것 같습니다.]

"허어."

[아무래도 아직까지 방향을 잘못 잡고 계신 것 같습니다.]

"……이런."

난감한 상황이었다. 전쟁지역으로 와줘야 어떻게든 구조할 수 있을 텐데……. 현재 '사이버'가 개입을 못 하고 있는 상황이라 전쟁은 순조롭게 흘러가고 있다.

사실상, 그때가 기회다. 다시 그 끔찍한 놈이 나타나기 전까지, '비운' 님을 구해내야만 한다. '사이버'가 나타난다면 그때는 정말 답이 없어진다.

"결국은…… 어쩔 수 없군."

[방법이라도 있으신 겁니까?]

잭필드가 물었다. 레너드는 고개를 끄덕이며 두 손을 맞잡았다.

"응, 기도해야지."

레너드는 진심을 담아 기도했다.

대상은 담건호. 어떤 상황이든 결국, 극복해내는 사내.

'부디, 이번에도 난관을 무사히 해쳐주기를…….'

잭필드는 그 모습을 잠깐 한심한 듯 바라보다 다시 뿅-하고 사라졌다.

후우우웅!

양쪽의 곡벽이 급경사를 이룬 황토색의 커다란 골짜기. 그 사이사이에서 엄청난 밀도의 바람이 불어닥쳤다.

[이곳이 바로 놈이 사는 곳. 광풍의 협곡이다, 주인.]

나와 서은채, 실베론은 오랜 기간동안 장거리 여행을 했다. '벼락의 땅'을 벗어난 후, 탑 내부 세계의 크기에 다시 한번 놀랐다. 그 넓은 '벼락의 땅'과 하나의 국가였던 '로자임 왕국'과의 거리가 1이라 치면, 지금까지 온 거리는 100 정도. 그만큼 이곳 세계는 끝도 없이 넓었다.

실베론이 공간이동으로 이동할 수 없을 만큼 넓다고 말했으니 말 다 했지.

"오래도 걸렸네."

"며칠 걸렸는지 이젠 세기도 귀찮을 정도예요."

"그래서 셌어?"

"아뇨, 진즉 포기했죠."

날짜 세기. 옛날에는 주예린과의 채팅으로 파악했다지만, 지금은 채팅창이 닫힌 관계로 직접 파악해야 했다. 그리고 파악하기 딱 좋은 방법이 있었다.

"잘했다."

"네?"

"굳이 셀 필요 없어. 그건 골드로 세면 되니까."

"골드요?"

"응, 아직도 하루에 15,000골드씩 계속 늘어나고 있으니까."

참으로도 간단하면서도 신박한 방법이었다.

"아……!"

서은채는 머리에 돌덩이라도 맞은 듯한 표정을 지었다. 원래 그럴 때가 있는 법이다. 정말 별거 아닌 거지만, 놓치고 지나가는 그런 거.

"맞네요. 왜 여태 그걸 생각 못 했지?"

"기다려 봐."

나는 상태창을 열었다. 내 기억이 맞다면, 벼락의 땅에서 출발할 때 골드가 5,619,000골드였다. 그리고 지금 보유 골드는?

6,369,000골드

'750,000골드가 증가했네.'

그럼 답이 간단하게 나온다. 광풍의 협곡까지 이동만 하는데 50일이 걸린 것이다. 물론, 매번 이동만 한 것은 아니었다. 최근에 얻었던 '기'를 다스리기 위해 이곳저곳을 누비며 사냥도 했고, 여러 왕국에 들러 식사와 휴식도 병행했다.

이곳 세계에는 참으로도 많은 국가가 있었다. 실베론의 말에 따르면 총 3개의 제국과 14개의 왕국이 있단다. 그중 '로자임 왕국'은 그래도 나름 상위권의 국력을 가지고 있는 편이었다.

또 하나의 특징. 총 3개의 왕국을 들렀는데, 사람들이 텅 빈 느낌이었다. 물어보니, 다들 전쟁터에 나가 있단다.

소문에 따르면 악마족 '벨제붑'도 전선에 있다고 하니, 나름 치열하게 싸우고 있는 듯했다.

우리는 계속 협곡을 걸었다. 방향은 파악하기 쉬웠다.

협곡에서 가장 위험한 기운이 흘러나오는 곳. 그곳에 골드 드래곤이 거주하고 있을 테니까.

[……드디어 놈과의 결판을 낼 수 있겠군.]

실베론은 묘하게 흥분하고 있었다.

나는 문득 궁금해졌다.

"실베론."

[말해라, 주인.]

"드래곤들은 벨제붑 치하에 있는 것이 아니야?"

노인의 말에 따르면, 이곳에 있는 모든 생물체들은 '벨제붑' 통치 아래 놓여 있다고 했다.

그리고 드래곤도 생물이라면 생물이다.

[으음……. 복잡한 관계가 얽혀 있긴 하지만, 정확히 말하면 아니라고 볼 수 있다.]

"음?"

그게 무슨 말이지?

[우리는 벨제붑이 이곳 세계를 통치하기 이전부터 존재해 왔다. 어느 날 그가 등장했고 우리는 본능적으로 그를 받아들였지. 이유는 모른다. 그냥 그래야 할 것 같더군. 그렇다고 그의 통치를 받는 건 아니다. 그저 서로 존중하는 정도? ……관계도 적대라기보다는 우호에 가깝다. 우리 종족도 웬만하면 그의 부탁은 들어주는 편이고.]

"……이해하기 어렵군."

[물론, 벨제붑도 우리를 그렇게까지 통제하려 하지 않는다. 서로 맞붙으면 까다로울 거라는 걸 아는 거지.]

"흠, 그럼 벨제붑이랑 맞붙을 일 있어도 넌 상관없는 거야?"

사실 중요한 건 이거다.

벨제붑과 내가 싸울 때, 실베론이 누구를 선택할지. 다행히 그런 류의 걱정은 안 해도 될 것 같았다.

[물론이다. 난 주인에게 종속되어 있으니까.]

"그래, 그거면 됐어."

복잡하게 생각할 거 없었다.

실베론은 내 거. 그것만 확실하면 된다.

잠깐의 침묵이 흘렀다.

[주인.]

곧이어 실베론이 물었다.

"왜."

[……주인은 좋은 사람이다.]

"갑자기 뭔……?"

[참 지겨웠던 삶이었다. 그렇기에 오랜 기간 동안 골베론을 죽이는 것만을 목표로 살아왔었지. 놈도 나도 싸우는데 별다른 이유는 없다. 그냥 그게 서로가 가장 이루기 힘들었던 일이니까 해왔던 거야.]

그런가? 나는 또 철천지원수라도 되는 줄…….

[하지만, 주인과 함께하면서 몰랐던 숨겨진 세상의 파편들이 보이기 시작했다. 흥미가 생기더군. 장담하건대, 수백이 넘어가는 유희 속에서 지금이 가장 재미있다. 마치 살아 있는 것만 같다. 게다가 주인 덕분에 일생의 목표였던 골베론과 끝을 볼 수 있으니, 적어도 나에게는 최고의 주인이 맞다.]

실베론이 진심을 담아 말했다.

"뭐, 그 정도야……. 이제는 어려운 일도 아니고."

나는 쿨하게 말했지만, 사실 욕심나는 게 있었다.

'기 연공법'이 변형되어 화면에 깨져 나오는 이 스킬의 효능은 정말 끝내줬다. 심장에 쌓여 있는 엄청난 기운에도 불구하고, 호흡법을 시도하면 계속 기가 쌓였다.

'뭔가 한계가 없는 느낌이야.'

육체가 변형되면서 '기'를 담는 그릇도 바뀐 느낌이었다. 마치 내가 바다라면, 지금 담고 있는 기운은 작은 호수 정도?

뭔가 공허한 느낌이었다. 더 채워 넣고 싶은 기분. 더 집어넣어도 문제없을 것 같은 기분. 그렇다면?

혹시, 광풍의 협곡에 모여 있는 자연의 기운도 흡수할 수 있을까? 골베론이 모아놓은 기운까지 흡수할 수 있을까?

'그렇게만 된다면…….'

더 강해질 수 있을 거다. 지금보다 월등히 말이다.

광풍의 협곡을 통과하는 건 쉽다. 그곳에 있는 몬스터들을 굳이 직접 잡을 필요도 없다.

나는 실베론에게 눈짓했다. 그러자 그가 고개를 끄덕이며 영창했다.

[나타나라.]

쿠구궁!

실베론의 소환 명령에 총 19기의 '용아병'(★★★★★★)들이 일제히 등장했다. 은빛 광채를 뿜으며 빠르게 진형을 갖추는 그들은 위풍당당했다.

척!처처척!

대검을 땅에 꽂으며 무릎을 꿇고 대기하는 그들. 내가 성장했기 때문인지, 이전과 같이 위협적으로 느껴지진 않았다. 그냥 귀여운 수준?

'한 마리는 아직인가 보네.'

본래, '용아병'의 개수는 20기다. 한 마리가 아직 돌아오지 않은 것으로 보아, 아직 노인이 왕국 수복을 다 하지 못한 것 같았다. 설정해 둔 임무를 완수하면 자동으로 아공간에 들어온다고 했으니, 기다리면 곧 충당될 거다.

그렇다고 파괴된 건 아니었다. 실베론과 연결되어 있기에 파손당하면 자동으로 알 수 있단다.

뭐, 어쨌든-

"가자, 놈이 있는 곳까지."

[명을 받들지, 주인.]

우리는 계속 전진했다. 용아병들은 우리를 중심으로 원형진을 갖춘 상태로 반경 100m 내에 나타나는 모든 몬스터들을 학살했다.

키아아아! 키이이이! 퍼억! 파가각!

용아병들은 지치지도 않았다. 커다란 대검을 휘두를 때마다 몬스터들은 별다른 반항도 못 하고 반으로 갈라졌다.

셀 수 없을 만큼 많은 녀석들이 돌진했지만, 우리 쪽으로 다가올 수 있는 놈은 단 한 마리도 없었다.

그만큼 격차가 심했다. 또 그렇기에 이동도 빨라졌다.

"……확실히 편하긴 편하네요."

"그치?"

"근데 직접 안 잡아도 돼요?"

몬스터들을 말하는 것이리라. 지금까지는 하나하나 잡으면서 왔으니까.

"이제 이런 잡몹들로 숙련도 올리기엔 우리 수준이 너무 올랐잖아. 경험치도 다 채웠고. 게다가 만날천날 이곳에 있을 수도 없는 노릇이니까. 빨리 돌아가야지."

"그건 그렇죠."

71~80층대 몬스터들을 잡몹 취급할 정도의 힘. 과거 「몬스터즈」에서는 상상도 못 할 힘이었다. 이전에 만났던 '폭군 오우거'도 이제는 나에게 잡몹일 뿐이다.

"남들이 아저씨 보면 완전 사기라고 하겠는데요?"

서은채가 석궁에 볼트를 장전하며 웃었다. '기'를 담은 볼트의 사정거리는 엄청나다. 그렇기에 이렇게 대화를 나누면서도 사격 지원을 할 수 있는 거다.

"사기? 또 괴물이니 뭐니 하려는 거냐."

"아뇨, 용아병들 말하는 건데요?"

피융! 콰아앙!

서은채의 정교하고 신속한 볼트가 용아병 사정거리 밖 몬스터에게 꽂혀 폭발했다. 이제는 과거 빈서율과 견주어도 비빌 수 있는 실력이었다. 아, 물론 '기'를 운용하기에 파괴력은 서은채가 압승이다. 그녀는 이런 식으로 손쉽게 숙련도를 쌓았다.

"아, 용아병."

"넵, 6성 몬스터 20마리가 사실 아저씨 거나 다름없는 거잖아요. 몬스터 칸도 차지 안 하면서. 그것도 보통 6성인가요? 저 용아병 한 마리만 탑 밖으로 나가도 세상은 난리 날걸요?"

그렇겠지. 반년 전 수준이면, 서버 인원 전체가 달려들어도 잡을까 말까 할 정도의 전력이다. 겨우 드래곤의 이빨로 만든 석상 하나가 말이다.

"그래도 다행이에요."

"또 뭐가."

"탑 안에서도 강해질 수 있는 방법을 찾아서요. 안 그랬으면 진짜 힘들었을 거예요."

그녀의 말이 맞다.

쌓여가는 골드. 추가로 등록해야 할 몬스터. 합체족에 채워 넣어야 할 스킬. 밀려 있는 몬스터 등급 업그레이드. 등등등등…….

이런 것들이 '사이버'의 함정에 빠진 이후, 전부 강제로 금지됐다.

만약 '기 연공법'을 얻지 못했다면 어땠을까? 아직도 벼락의 땅을 헤매고 있거나, 뒈져서 싸늘한 시체가 되었거나……. 둘 중 하나였을 거다.

광풍의 협곡은 벼락의 땅처럼 넓지는 않았다. 그래서인지 얼마 지나지 않아 협곡 중앙이 눈앞에 보일 정도로 가까워졌다. 그리고 그때였다.

[주인, 저 앞에……]

"알아, 나도 보인다."

황금빛 기사 형태의 석상. 골베론의 '용아병'(★★★★★★)으로 보이는 녀석들이 등장했다. 대충 실베론의 것들과 비슷한 기운.

'무슨 형제냐……?'

생긴 것도 그렇고. 가진 힘도 그렇고. 무엇보다 개수도 20기였다.

"실베론."

[왜 그러는가, 주인.]

"용아병들을 뒤로 물려라."

[직접 상대할 생각인가.]

"어."

굳이 실베론의 용아병을 쓸 필요는 없다. 힘도 비슷해 보이는데 싸움 붙였다가 괜히 손상이라도 나면 아까울 것 같았다.

그냥 내가 상대하는 게 낫지.

안 그래도 몸이 근질근질하던 차였다.

"후우."

나는 앞으로 나서며 창을 꺼냈다. 그와 동시에 심장에 있는 기운을 몸에 둘렀다. 이제는 손가락을 움직이는 것처럼 자연스럽게 따라온다.

버프 상태도 확인했다. 뿔하피를 뒤에 세워뒀고, 서은채의 버프도 이제는 자연스럽게 들어온다.

쿠구궁!

놈들이 일제히 칼을 들었다.

[근처 '금빛 용아병'(★★★★★★)이 당신을 적으로 인식……]

'좋아, 해보자고.'

이제는 충분히 감당 가능한 상대다. 나는 짧게 숨을 고르고 앞으로 튀어 나갔다.

엄청난 속도감. 순식간에 시야가 뒤바뀌었다.

눈앞에 보이는 놈의 다리.

'우선, 기동력부터 박살 낸다.'

곧바로 창을 찔러넣었다.

'기'를 적당히 섞어서.

놈들이 채 반응하기도 전이었다.

수아아!

하얀 기운이 전방으로 폭사했다.

별다른 스킬도 없었다. 추진력을 이용한 기본적인 찌르기였다.

퍼석!

드래곤 이빨로 이루어진 놈의 두 다리가 손쉽게 소멸했다.

쿠구궁!

중심을 잃고 쓰러지는 용아병. 그제야 정신 차린 다른 용아병들이 나를 향해 달려왔다. 그리고 나보다 3배는 큼지막한 검을 날카롭게 휘두른다.

'……느려.'

마치 슬로우 모션 비디오를 보는 느낌이었다. 구오오오! 소리와 함께 천천히 다가오는 칼들을 나는 여유롭게 피해냈다. 그리고 놈들의 다리 사이를 누비며 찌르고 휘두르고 베었다. 용아병의 크기가 크기이니만큼, 한 번에 박살 내기는 힘들었다. 그냥 가장 상대하기 쉬운 다리부터 하나하나 박살 냈다.

푸슉! 퍼석!

마치 두부를 써는 느낌이었다. 별로 힘들지도 않았고 어렵지도 않았다.

후웅!

그중 하나의 검이 집요하게 나를 향해 날아들었다.

'검이나 다리나…….'

구분할 필요 없었다. 어차피 똑같이 드래곤의 이빨로 이루어진 강도. 그냥 맞대어 휘둘러 부딪쳤다.

퍼걱!

한순간에 사라지는 한 놈의 검. 그와 동시에 허리를 돌려 다시 다리를 박살 냈다.

[……내가 다 마음이 아프군.]

멀리서 실베론의 읊조림이 들려왔다.

용아병 하나를 만드는데 무려 500년이다. 그것을 이토록 손쉽게 박살 내니 자신의 것이 아니라 해도 현타가 오는 걸 거다.

사실 그랬다. 이것은 전투라고 불리는 형태가 아니었다. 그저 사냥, 아니, 학살이었다. 그야말로 압도적인 전력 차.

이제야 놈들이 허둥지둥 물러나기 시작했다.

'……놈들이 빠진다고?'

나는 피식 웃었다. 뻔했기 때문이다.

전투병기인 용아병이 위기감을 느낀다? 그럴 가능성은 적었다. 누군가 통제하고 있는 것이 분명했다. 그리고 아까부터 근처에 조심조심 움직이고 있는 기운이 느껴졌다.

'보이지는 않지만…….'

'투명화' 마법인지 '은신' 스킬인지 어떤 모종의 술수를 쓰고 있는지는 몰라도 분명 가까이에 존재했다. 아마, 내 수준이 예전과 같았다면 모르고 지나쳤을 수도 있다. 하지만, 지금은 '기'의 대한 감각이 예민해져 있었다.

골베론. 놈이 숨는다고 숨어봐야 내 앞에서는 무용지물이다.

['섬창'(殲槍)을 가동합니다.]

나는 곧바로 창에 기운을 불어넣었다. 놈의 기운이 느껴지는 방향으로 갈길 생각이었다.

고오오오…… 드드드드…….

순간, 소름 끼치는 기운이 창에 몰려들었다. 기존에 사용했던 '섬창'과 비교하면 거의 무한대로 증식한 것만 같은 그런 아득한 크기의 힘이었다.

그럴 수밖에 없었다. '섬창'은 중첩 개념의 스킬. 내 기본 찌르기가 강해질수록 '섬창' 역시 강해진다. 그것도 수십만 배로.

어떻게 그럴 수 있는지는 모른다. 이 빌어먹을 세계를 만든 시스템만이 알겠지.

[아무리 봐도 이건 미쳤군.]

뒤에서 실베론이 중얼거렸다. 서은채도 고개를 끄덕였다.

"인정이요. 저 정도면 드래곤도 한 방이겠죠?"

[로드급 드래곤은 물론, '벨제붑'도 한 방일 거다. 적어도 내가 사는 세계에 저걸 받아낼 존재는 없다.]

"역시, 대단하네요."

콰가가가!

중첩은 계속됐다. 주변 공간의 중력이 비틀어지기 시작했다. 바닥에 있는 돌덩이가 하늘로 솟구쳤고 남아 있는 용아병들도 몸을 가누지 못했다.

나도 점점 손아귀가 아파져 왔다. 바다와 같은 그릇을 가진 내 몸도 견디기 힘들 정도의 파괴력. 이제 빠르게 쏟아내야 했다.

다행히 '섬창'은 단일 대상 스킬. 이 한 방으로 세상이 멸망하거나 하는 일은 없을 거다.

'……아마도.'

자, 그럼 용가리 한번 조져볼까?

[자, 잠깐만!]

그때였다. 낭랑한 목소리가 울려 퍼졌다. 곧이어 시야에 한 인영(人影)이 드리워졌다.

'저놈인가?'

골베론. 그녀는 실베론과 정 반대 느낌의 미녀였다. 찰랑거리는 금발과 성숙한 몸매.

'드래곤도 성별이 있나?'

어쨌든- 그녀는 매우 다급해 보이는 표정을 짓고 있었다. 무언가 할 이야기가 있는 것 같았다.

나는 일단 기운을 불어넣는 것을 중단했다.

[시, 실베론. 도대체 어떤 존재를 데려온 거냐! 아무리 그래도 이건 아니잖아!]

그녀는 내가 아닌 실베론에게 말을 걸고 있었다. 나는 시선을 실베론에게 돌렸다.

묻는 것이다. 바로 해치울까? 말까?

[……음.]

잠깐, 침묵하는 실베론. 당황한 채로 쫄아 있는 골베론.

상황이 웃기긴 했다.

[그래. 악연도 인연이라면 인연인데, 마지막 가는 길 대화 정도는 해보고 싶군. 그래도 되겠나, 주인?]

"네, 부탁인데 네 마음이지. 뭐."

난 창에 불어넣었던 기운을 다시 뺐다. 참고로 '섬창'(殲槍)을 취소한 게 아니다. '기'를 다시 심장으로 이동시킨 거다. 그것만으로 증폭되었던 기운이 다시 줄어들었다.

이게 개념이 참 신기했다. '기'를 얼마나 불어넣느냐에 따라 '섬창'의 파괴력이 달라진다. '섬창'은 그저 고정계수를 통해 증폭시키는 스킬일 뿐이고, 기본값의 크기에 따라 파괴력이 달라지는 거다. 그리고 나는 '기'를 조절해 기본값을 올리고 줄일 수 있다.

예를 들어 '기'가 하나도 없을 때는 기존에 사용하던 '섬창'과 비슷한 느낌이다. 물론, 육체의 변형을 거치며 능력치가 기하급수적으로 늘었기에 옛날보다는 훨씬 강했지만.

하지만, 지금의 나는 '섬창'없이 오직 '기'만으로 과거 '섬창'보다 수백 배 강한 힘을 낼 수 있다. 과거 알렉산드로의 '기'가 내

'섬창'과 비슷했으니 말 다 했지.

'근데 그걸 섬창으로 증폭시키면?'

지금처럼 답도 없는 사기적인 상황이 발생한다.

[뭐어? 주인이라고……?]

골베론의 눈이 휘둥그레진 것은 그때였다.

[바, 방금 주인이라 그랬어? 드래곤이 인간을 주인으로?]

[그래도 네 눈에는 주인이 인간으로 보이긴 하는가 보군.]

[이, 인간이 아닌가? 하긴, 그건 말이 안 되지. 아무리 그래도 저건 말도 안 되잖아. '벨제뷥'이 와도 이건 안 되는 거야!]

횡설수설 말하는 그녀.

[그래서 할 말이 뭐냐, 골베론.]

실베론이 냉소를 지었다. 그러자 골베론이 발끈했다.

[약았어! 실베론!]

[뭐가 약았단 말인가?]

[우리끼리의 유희에 타인을 부르는 게 어디 있어?]

[도저히 무슨 소리를 하는지 모르겠군.]

고개를 저으며 답하는 실베론.

근데, 이 상황을 묘하게 즐기는 분위기다.

'뭐야, 이거?'

나는 팔짱을 끼고 그 상황을 주시했다.

Chapter 4

은발의 미남, 실베론. 금발의 미녀, 골베론.

인간 형상을 한 두 드래곤이 대화를 나누고 있었고, 나와 서은채는 팔짱을 낀 채 그 모습을 바라보고 있었다.

[실베론, 기억 안 나?]

[뭘 말인가.]

[2,000년 전 세상 모든 유희를 다 즐기고 나서 삶의 흥미를 잃은 우리가 했었던 약속 말이야!]

골베론이 재잘재잘 소리쳤다. 수 없이 다퉈왔다던 것 치고는 굉장히 친근해 보이는 말투였다.

[그래, 서로의 목표를 상대를 죽이는 것으로 설정했지 않은가. 그 때문에 서로 더 강해지기 위한 노력을 했었지. 그것이 오직 삶의 목표였었고. 다 기억난다.]

실베론이 고개를 끄덕이며 답했다.

[그런데 어떻게 이럴 수 있어?]

[뭐가 문제인가. 왜, 이제 와서 진짜 죽을 것 같으니 두렵기라도 한 것인가?]

[아니, 네 말대로 우리가 서로를 죽이기로 했던 것은 삶의 의미를 찾기 위함이었어. 서로가 힘들다는 것을 알기에 끊임없이 연구했고 노력했고 결국은 용족 최강의 자리까지 올랐지. 그런데 갑자기 저런 괴물을 끌어들여 쉽게 죽이려 하다니! 이건 반칙이잖아!]

쩝, 이젠 초면인 드래곤도 나보고 괴물이란다. 아까는 인간이라더니만…….

[흐음, 그 방법에 수단은 없었던 거로 기억하는데……. 수단과 방법을 가리지 않고 죽이기만 하면 되는 거 아니었나?]

[그러니까 그게 무슨 의미가 있냐고! 날 죽인 후의 네 삶은 어떤 가치가 있는데?]

[갑자기?]

둘은 육체가 아니라 입으로 다퉜다. 그런데 뭔가 둘의 사이가 나빠 보이지는 않았다. 마치 연인이 다투는 느낌. 뭐, 애증의 관계. 그런 거라도 되는 건가?

"……아저씨."

그 모습을 지켜보던 서은채가 불렀다.

"왜."

"……무슨 사이코패스들 대화 듣는 거 같아요."

그녀가 고개를 절레절레 저었다.

하긴, 사실이 그랬다. 세상에 얼마나 할 짓이 없으면 서로를 죽이는 것으로 유희를 즐길까.

'근데 유희라고?'

그럼 실베론이 품어댔던 적의는 뭐였지? 아, 하긴…… 아무리 유희라 하더라도 2,000년 동안 치고받고 싸우면 없던 증오도 생길 거 같긴 했다.

잠깐 생각을 마친, 나는 고개를 주억거리며 서은채에게 말했다.

"나이들을 많이 먹었잖냐."

"아……."

"만 년 이상이면, 정신이 회까닥할 수도 있는 나이지."

"그렇긴 하네요. 늙어서 그런 거구나……."

"게다가 저들은 드래곤이야. 굳이 저들의 생각을 인간의 잣대로 이해할 필욘 없어."

우리는 이해하지 않기로 했다. 애초에 「몬스터즈」가 현실이 된 것부터가 이해할 수 없는 판타지적 현상이니까. 그저 빨리 저 대화가 끝났으면 좋겠다는 생각뿐이었다.

그렇게 한참을 지켜볼 때였다. 서은채가 바락바락 따지는 골베론을 보며 고개를 갸웃했다.

"근데 저 골드 드래곤은 삶에 미련이 없다면서 굉장히 미련 많아 보이는 것 같지 않아요?"

"……그건 그래 보이네."

사실 아까부터 나도 느끼고 있었다. 만약 진짜 삶의 미련이 없었다면, 굳이 실베론에게 칭얼대기보다는 내 '섬창'과 맞부딪치는 걸 선택했겠지.

한참의 대화 후- 결국, 실베론이 이실직고했다.

[미안하지만…… 골베론. 난 다른 삶의 의미를 찾았다. 더 이상 이 의미 없는 유희에는 흥미가 없어. 이제 이곳 세상을 떠날 예정이다. 그냥 떠날 수도 있었지만, 미운 정도 정이니까. 이만 악연을 끊어낼 생각으로 온 것일 뿐이다. 그게 예의라 생각했고.]

[……그 삶의 의미가 저 주인이라는 괴물이야?]

골베론의 황금빛 시선이 나를 향했다. 그녀의 심장에는 서늘한 바람의 기운이 느껴졌다. 참고로 풍(風) 속성은 뇌(雷) 속성과 완전한 상극이다.

[……그렇다.]

실베론이 고개를 끄덕였다. 그와 동시에 설명했다.

나와 함께했었던 여정들을. 그리고 새로운 세상의 진실들을. 그가 왜 그러는지는 몰랐다. 그래도 굳이 말리지는 않았다. 소환수가 하는 일을 이유 없이 막고 싶지는 않았다. 나는 항상 몬스터를 애정으로 키우는 편이니까.

설명은 지속됐다. 그리고 설명이 될수록 골베론의 눈동자가 초롱초롱해졌다. 입도 서서히 벌어졌다.

뭔가……. 만 년 산 드래곤답지 않은 귀여움이 존재했다.

[그, 그게 정말이야? 우리가 살아왔던 세상이 결국은 탑의 일부분이었다고?]

[그렇다. 내가 거짓말할 이유가 뭐가 있겠나.]

[그럼 저 인간은 이 세상의 비밀을 파헤치기 위한 여정을 떠나고 있는 거네?]

그게 또 왜 그렇게 되는 거지?

그녀가 다시 한번 날 바라본다. 뭔가 선망과 호기심이 가득한 느낌으로.

[그런 셈이지.]

넌 또 뭐가 그런데? 오해하는 것 같은데, 난 그저 살아남기 위해 발버둥 치는 것일 뿐이다.

그래도 굳이 답은 하지 않았다. 뭔가 그래야 할 것만 같은 분위기였다. 그리고 내 예상은 적중했다.

골베론의 반응이 호의적이었기 때문이다.

[나도…….]

[뭐?]

[나도 함께할 순 없을까? 재밌을 거 같은데?]

돌발상황이 발생했다. 예상치 못한 상황. 그녀는 아직도 눈이 반짝반짝 빛났다. 진심으로 하는 말인 듯했다.

나는 머리를 굴렸다.

'골베론과 함께 다닌다고?'

이게 과연 개이득일까. 원래는 골베론을 죽이고 그 기운을 흡수하려 했다. 하지만, 이렇게 되면 굳이 그럴 필요가 없긴 했다. 물론, 골베론이 진심으로 날 따른다는 전제하에서.

'근데 그게 가능한가?'

나와 실베론은 캐릭터와 소환수관계로 엮여 있다 해도, 골베론은 어떻게 소환수로 편입시킬 방법이 없다.

[그…… 건 주인과 따로 얘기해 봐라.]

실베론의 대답에 골베론이 냉큼 나에게 다가왔다. 김이 빠진 나는 창에 걸린 '섬창'을 취소시켰다.

상관 없었다. 어차피 '환기' 스킬이 있기에, 한 번 더 쓸 수 있으니까. 뭐, 굳이 '섬창' 없이 잡을 수 있기도 하고.

[인간!]

"뭐."

[나도 그 여정에 끼워줘!]

당돌한 그녀의 말에 난 할 말을 잃었다. 그러자 그녀의 눈이 더욱 간절해졌다.

[내 호기심만 채워줄 수 있다면 나도 진심을 다해 주인으로 모실게. 충성을 맹세할게! 나 이래 봬도 실베론보다 세다고!]

[……그건 좀.]

[넌 잠깐 조용히 해!]

[크흠.]

[인간, 분명히 내가 큰 도움이 되어줄 수 있을 거야……. 응?]

나는 그녀의 말을 침묵으로 일관하며 정보를 쭉 훑었다. 원래는 그냥 잡을 생각이라 보지 않았었는데, 이제는 궁금해졌기 때문이다.

'……어?'

신기하게도 보스몹으로 판정된 정보가 아니라, 소환수 정보처럼 보여졌다. 원래는 이렇게 스킬까지 자세히 안 나오는

데……. 원인은 모르지만, 아무래도 그녀가 마음을 열었기 때문인 것 같았다. 그냥 그렇게 생각하기로 했다.

'크……. 그나저나 완벽한 쌍둥이네, 이거.'

힘을 되찾은 실베론과 뭔가 구성이 비슷했다. 스킬 하나가 없는 것 빼고는…… 거의 똑같았다.

'게다가 초월 상태까지.'

아마 본신의 힘을 그대로 지니고 있기 때문일 거다.

[인간! 왜 대답이 없어! 응? 응?]

"생각 중이니, 보채지 말고 기다려 봐라."

[넵!]

원래 저런 스타일인가? 굉장한 미녀에 성숙한 몸매를 가진 여성의 모습치고는 굉장히 발랄한 느낌이다.

"받아들이시게요?"

잠시 후, 서은채가 다가와 물었다.

"그러는 게 낫지 않을까?"

"다 좋긴 한데…… 믿을 수 있을까요?"

"통제할 수 있는 방법이 하나 있긴 해."

"진짜요?"

"어, 통할지는 모르겠지만."

문득, 스킬 하나가 떠올랐다.

하도 쓸 일이 없어서 묵혀뒀던 스킬.

'……네르갈의 재판.'

생각해 보니, 아직 양종현과도 계약되어 있는 상태다.

'나중에 만나면 풀어줘야지.'

이미, 서로의 신뢰는 깊게 쌓인 상태다. 굳이 계약관계로 묶을 필요는 없었다.

"아……."

한가지 생각 못 한 게 있었다. 바로 '유저'와만 계약할 수 있다는 것. 골베론은 '유저'가 아니라 '몬스터'로 취급된다.

"제길."

"왜요? 잘 안 돼요?"

"응, 쩝……. 고민이네."

골머리가 아파졌다. 항상 강조하지만, 탑은 신뢰가 제일 중요하다. 골베론이 충성을 맹세하겠다고는 하지만, 그런 거 함부로 믿다가 정말 골로 갈 수도 있다.

결정은 짧았다. 받아들이지 않기로 했다. 확실한 목줄 없이 그녀를 끌고 다닐 수는 없으니까. 그건 너무 위험하다.

[주인.]

실베론이 나선 것은 그때였다.

"왜."

[혹시 걱정하는 게, 신뢰 문제라면 걱정할 거 없다.]

"응?"

[드래곤은 마법의 종주. 용언(龍言)에는 마법의 힘이 깃들어 있기에 절대 거짓말할 수 없다. 골베론이 충성을 맹세하겠다는 말에 주인이 승인만 해준다면, 그녀는 주인을 철저하게 모실 거다. 명령에 거부하는 순간 모든 힘을 잃게 된다. 그녀는

그 정도의 각오인 거다.]

"……정말이냐?"

[내가 주인에게 거짓말해서 뭣하겠나.]

헐, 그럼 땡큐지.

소환수인 실베론이 나에게 해를 가할 리는 없으니, 말에 신빙성은 있을 거고. 이거 대박인데?

"근데 실베론."

[왜 그러는가, 주인.]

"넌 괜찮아? 재랑 같이 다니는 거."

[봐서 알겠지만, 우리의 싸움에 악의는 없었다. 주인에게 도움이 되는 길이라면 난 언제든 환영이다.]

오, 이건 좀 감동인데.

나는 간절하게 쳐다보는 골베론을 다시 응시했다.

"골베론."

[응! 인간!]

"정말 나에게 평생 충성을 맹세하겠다고?"

[그렇다니까! 어차피 의미 없던 삶, 다시 활력을 불어넣어 준 것만으로도 그럴 자격이 충분히 있지!]

"그래?"

나는 씨익 웃었다. 이것 참…… 예상치 못한 횡재다.

"그럼 어디 쌓아둔 보물들부터 좀 가져와 봐."

이튿날.

우리는 다시 출발준비를 했다. 빠르게 이동하기 위해 본체로 변한 골베론 위에 올라탔다.

나, 서은채, 뾸하피, 실베론. 황금빛 드래곤 위에는 총 네 명이 탑승해 있었다.

[잉, 실베론도 있는데 왜 내가…….]

아까부터 골베론이 끊임없이 투덜거렸다. 대충 자기도 편하게 타고 가고 싶다는 뜻이었다. 참던 실베론이 그런 그녀의 대가리를 툭툭-쳤다.

[어이, 골베론.]

[왜!]

[불만이냐?]

[어!]

[흠, 네가 알아둬야 할 게 있다.]

[뭔데!]

[네가 주인을 따르기로 한 이상, 가장 늦게 들어온 막내이자 후배고 나는 네 까마득한 선배라는 것. 당연히 해야 할 귀찮은 일이 있으면 네가 해야 하는 게 맞다.]

실베론이 위계질서를 잡았다. 몰랐는데, 살짝 꼰대 스타일인 것 같았다.

[맞아! 그렇지. 잘한다, 실베론!]

뾸하피 역시 날개를 펄럭이며 동조했다.

'아, 꼰대가 아니라 뿔하피한테 배운 거였나.'

나는 투덕거리는 그들을 바라보며 피식 웃었다. 저런 건 굳이 관여하지 않는 게 좋다. 서로가 친해지는 과정이고 교감을 쌓는 방법이다. 그리고 앞으로 있을 전투에 서로의 합은 굉장히 중요하다.

'흠.'

눈을 감고 생각에 잠겼다. 출발 전, 광풍의 협곡에서 얻은 것을 정리하기 위해서였다.

골베론은 결국 용언으로 충성을 맹세했다. 내 명령에 무지막지한 양의 보물들을 가져다 바쳤고 나는 그것들을 가방에 죄다 쓸어 담았다.

'졸지에 부자가 되어버렸네.'

그녀도 거의 실베론만큼이나 보물을 모았던 것 같다.

가방에 꽉꽉 들어차 있는 보석과 황금들. 아마 그중 10%만 꺼내도 지구에서 가장 돈 많은 사람으로 불릴 거다.

'그리고 용아병들.'

내가 행동불능으로 만들었던 용아병들은 전부 그녀의 아공간으로 들어갔다. 다행히 자동 회복 마법이 걸려 있어 약 한 달 정도 지나면 완전하게 복구된단다.

'완전 개 사기네…….'

완전히 파괴되지만 않으면, 계속 쓸 수 있다는 거니까. 아, 그건 몬스터도 마찬가진가? 어쨌든-

전력이 크게 늘었다. 상태창 칸을 채우지 않고서도 다룰 수 있는 몬스터가 41마리가 된 것이다.

골베론, 그리고 용아병 40기. 한 마리, 한 마리가 남들이 가진 태생 5성 몬스터들보다 강력했다.

'기운도 다 흡수했어.'

광풍의 협곡에 모여 있던 기운. 그것도 내 것으로 갈무리했다. 과거 벼락의 땅에서처럼 힘들지는 않았다. 변형된 몸 덕분에 그릇이 크게 늘어 있었고 별다른 거부감 없이 흡수할 수 있었다.

'이제 거의 두 배네…….'

솔직히 신기했다. 그랜드 마스터의 경지라며, 당시 얻었던 기운만 해도 감당 불가능할 줄 알았는데 이제는 그보다 배로 강해졌다.

'그래도 아직 멀었어.'

'사이버'(★★★★★★★). 유일한 7성 몬스터.

나와 종국에 싸워야 할 상대는 그놈이다.

그리고 나는 알고 있었다. 그때 느꼈던 그 기운을 상대하려면, 지금 전력으로는 턱도 없다는 것을.

계속 굶주린 듯 힘을 갈구해야 한다. 정체하지 않고 성장해야 한다. 지금 골베론 위에 있는 와중에도 끊임없이 호흡법을 사용해야 한다.

'47층의 히든 피스', 참으로 오래도 걸렸다.

이제 마무리하고 '레너드'를 만나러 가야 할 차례. '사이버'에게 걸린 저주를 풀어내고 탑 밖에서 정비도 해야 한다.

그리고 무엇보다 조금은 쉬고 싶었다. 그동안 정말 휴식 없이 달려왔으니까. 일행들이 걱정되기도 했고.

[주인아! 그럼 이제 출발할까?]

골베론이 외쳤다. 충성을 맹세했다고 해도 말투는 변하지 않았다.

뭐, 상관없었다. 명령에만 잘 따르면 된다.

"그래, 출발해라."

[목적지는?]

"접점 지역."

'벨제붑'이 직접 나서서 피 터지게 싸우고 있다는 그곳. 이미 여러 왕국을 거치며 위치는 파악해 둔 상태였다.

[접점 지역이라 하면 그란데리스 왕국 쪽이던가?]

"응, 그 근처까지만 이동하면 쉽게 찾을 수 있겠지."

[흐, 이거 꽤나 오래 걸리겠는데?]

그리고 그곳은 말이 안 나올 만큼 멀다.

이곳 세계의 크기가 상상 이상이기 때문이다.

"얼마나?"

[적어도 3개월? 지형에 따라 더 걸릴 수도 있고.]

"……빨리 가야겠군."

후웅!

곧이어 골베론이 날개를 휘저었다. 거대한 육체가 부드럽게 비상했다. 나는 이륙감을 느끼며 조용히 눈을 감았다.

그리고 호흡법을 돌렸다.

이제 남은 목표는 하나. '히든 피스'를 종결 내는 것. 이제 내가 할 일은 그 순간을 기다리며, 계속 '기'를 쌓는 것뿐이다.

"이제 3분 남았어요!"

탑 49층. 주예린을 필두로 한 총 5명의 인원이 각자의 무기를 든 채 대기 중이었다. 그 앞으로는 가지각색의 몬스터들이 전투 준비를 마친 상태였다.

딱 봐도 기본 태생 4성 이상은 되어 보이는 몬스터들. '소수정예' 멤버들은 이미 전부 만렙을 달성했다. 그렇기에 몬스터 칸도 10개로 꽉 채운 상태였다. 빈서율의 뽑기 실력 덕분에 채우는 것은 어렵지 않았다.

"마지막 보호막이 벗겨지는 즉시, 압살해야 해요! 늦으면 다 죽는 거예요!"

"알겠네."

"네, 언니!"

주예린의 브리핑에 일행들이 각자 답했다. 그들의 얼굴은 초조함으로 가득 찬 상태였다.

짧은 침묵이 흘렀다. 확실히 다들 긴장하고 있었다. 그들뿐만이 아니라 몬스터들도 마찬가지였다. 그만큼 눈앞의 존재는 강했다.

"너무 긴장할 필요 없어요. 지금까지 잘 해왔잖아요. 아시죠? 이번이 마지막인 거."

참 오랜 시간이었다.

오빠가 함정에 빠진 지도 어언 1년. 어느 순간부터는 채팅도 안 됐다.

'그동안 죽자사자 탑만 올랐지.'

목표는 분명했다. 50층 도달.

운영자 '아린'이 말했기 때문이다. 오빠는 잘 살아 있으니 걱정하지 말라고, 50층까지 올라오면 볼 수 있을 거라고.

주예린은 그 말을 믿었다. 믿는 것 말고는 방법이 없었다.

일행들이 집념을 가지고 탑 등반에 성공할 수 있었던 이유. 그것은 바로 동기였다. 오빠와 서은채의 생사를 확인하고 싶다는 강력한 동기. 그게 없었다면, 진즉에 죽었거나 포기했을 거다.

그리고- 마침내 50층까지 단 한 단계만을 남겨두고 있었다. 주예린은 한차례 심호흡했다.

마지막으로 일행들의 모습들을 확인하고 점검했다. 이제 남은 시간은 약 1분. 그녀는 시야 앞 끔찍한 괴물을 쳐다봤다.

'……참으로 끈질긴 놈이었지.'

눈앞의 '키메라'(★★★★★★). 이틀 동안 잠도 자지 않으며 싸웠던 놈이다.

놈의 능력은 간단했다. 체력이 깎일 때마다 총 세 번까지 변이를 진행하며, 더욱더 강해진다. 그리고 지금이 마지막 단계였다.

'마지막 단계가 가장 중요해.'

놈이 보호막 꺼풀을 벗는 즉시, 출력할 수 있는 모든 딜을 쌔려 박아야 한다. 최대한 빨리 소멸시켜야 한다. 그렇지 않으면 놈이 자폭한다. 그리고 그 결과는 이곳 전부의 전멸이겠지.

"준비하세요! 10초 남았어요!"

그녀가 외쳤다. 자신감을 가져도 좋다고 생각했다. 이곳 멤버들의 전력은 세계 최강이니까. 서버 통합이 이루어지고 한참이 지난 지금에도, 탑 49층까지 오른 멤버는 '소수정예'가 유일했다. 게다가 놈을 실수 없이 잡겠다는 일념으로 준비한 기간만 한 달이었다. 시간을 쥐어짰고 피와 땀을 흘려 노력했었다. 섣불리 자신감을 가지는 것은 독이 될 수도 있으나, 그렇다고 너무 쫄 필요도 없었다.

"자, 5초!"

"가즈아! 우리는 강하다!"

"아자, 아자! 다들 힘내게! 할 수 있어!"

일행들 역시 파이팅을 넣었다. 일촉즉발의 상황. 모든 버프와 디버프, 그리고 스킬의 연계가 완벽하게 이루어져야 했다.

집중력을 잃지 말아야 한다. 그렇지 않으면 감당하지 못하는 폭발이 공간 전체를 덮을 것이다.

키라라라!

곧이어 키메라가 하늘을 향해 포효했다. 변이 과정을 위한 보호막이 벗겨졌다는 표시였다.

"지금!"

주예린이 다급하게 소리쳤다. 곧이어 주예린 팀의 공격이 쏟아졌다. 이 순간을 위해 아껴놨던 모든 궁극 스킬들을 부어댔다.

콰가가강! 쿠콰가가!

"계속 갈겨요!"

'아델 드 베르트랑'의 창과 빈서율의 볼트가 날아가 박혔다. '아그니스'의 브레스가 쏟아졌고 '세계수 위그드라실'이 뿌리로 공격했다. 서지호의 풍(風) 속성 몬스터들도 가만있지 않았다. 각종 S급 스킬들로 도배한 조류족들과 여우족들이 사방에서 공격했다. 양종현은 바쁘게 돌아다니며 버프와 디버프 스킬을 끊임없이 돌렸다.

몬스터들만 싸우는 게 아니었다. '소수정예'의 가장 무서운 점은 전 멤버가 합체족을 쓴다는 것. 강력한 창과 석궁 에너지가 놈을 향해 폭사했다. 각자 얻은 캐릭터 스킬들을 활용한 궁극기였다.

1년 동안 맞춰왔던 합. 이전의 풋내기 같은 모습은 사라진 지 오래였다. 더군다나 본래 '비운'에게 갔어야 할 「갓 컴퍼니」의 지원과 관심을 한 몸에 받았다. 강해질 수밖에 없었다.

"조금만 더!"

주예린이 간절하게 외쳤다.

놈의 체력이 거의 다 빠진 상태.

키아아!

곧이어 놈의 피부가 붉어지기 시작했다. 핏줄이 울끈불끈 솟아올랐고 눈도 시뻘게졌다.

"자폭 징후에요! 더 빠르게!"

주예린의 말에 맞춰 몬스터들의 스피드도 빨라졌다. 그녀는 '소수정예'의 리더 대리로써 모든 몬스터와의 교감을 쌓고 있었다. 실로 대단한 리더십이 아닐 수 없었다.

끼아아아아아!

곧이어 소름 끼치는 비명이 공간 전체를 울려 떨쳤다.

"크흑."

"끄으윽."

강력한 음파에 일행들이 귀를 틀어막았다.

"아직! 공격 멈추지 마요!"

이제 놈의 피부가 완전히 붉어졌다.

딱 폭발하기 전. 굉장히 위험한 상황이었다.

그러나-

['키메라'(★★★★★★)를 처리합니다!]

소멸하는 것은 놈이 먼저였다. 단말마의 비명과 함께 먼지로 화했다.

"해냈……."

주예린은 털썩 주저앉았다.

심장이 쿵쿵 뛰었다. 솔직히 두려웠다. 조금이라도 늦었으면 먼지로 화한 건 놈이 아니라 '소수정에'였을 테니까.

"해냈다!"

"와아아아!"

"후우……."

일행들 역시 안도의 웃음을 지었다. 후련함과 성취감이 동시에 올라온 표정들이었다.

[시련의 탑 49층을 클리어하셨습니다.]

곧이어 안내 메시지가 올라왔다.
47층부터는 그녀의 팀이 항상 1등이었다.
그렇기에 추측할 수 있었다. 오빠가 사라진 장소가 47층이라는 것을.
"하아, 드디어."
50층을 눈앞에 뒀다.
'이제 곧 탑 밖으로 이동되겠지'라고 그녀가 생각할 때였다.

[갓 컴퍼니가 집단 '소수정예'를 초대합니다.]
[응하시겠습니까?]

"응?"
"어?"
그들의 눈앞에 새로운 메시지가 떴다.
"이게 뭐지?"
"레너드가 50층 기념으로 축하라도 해주려나 보오."
양종현이 조용히 읊조렸다. 일행들이 전부 주예린을 바라봤다.
어찌할 거냐. 동의를 구하는 거다.
"쩝, 드디어 그놈 얼굴 한 번 보겠네요. 다들 바로 가셔도 괜찮죠?"

"휴식이 고프긴 하네만……. 리더가 원한다면야."

"레너드도 생각이 있으니까 부른 거 아닐까요?"

"난 상관없소."

일행들의 동의를 받아낸 주예린이 고개를 끄덕였다.

"그럼 가시죠."

그와 동시에 Y 버튼을 눌렀다.

['레너드의 통제실 초대권'이 활성화됩니다.시련의 탑 50층으로 이동합니다.]

곧이어 시야가 암전했고- 그렇게 첫 50층 도달 집단이 탄생했다.

[레너드 님!]

탑 50층. 기계실 내부. '잭필드'가 긴급하게 레너드 스톤필드를 찾았다.

"또 무슨 일인가, 잭필드."

[큰일 났습니다!]

"내가 누누이 말하지 않았나. 자네는 그 흥분하는 버릇만 좀 고치면……."

[사이버가 나타난 것 같습니다!]

"뭣!"

레너드가 벌떡 일어났다. 현재 「갓 컴퍼니」에서 가장 중요한 이슈는 딱 두 가지다.

'비운, 그리고 사이버.'

사이버는 비운에게 함정을 판 대가로 힘을 잃었다. 아니, 정확히는 일정 기간 동안 봉인 당했으리라고 판단했다. 사이버가 힘을 다 버릴 정도로 무리할 리 없었으니까.

그런 사이버가 1년이 지난 지금에서야 나타났다고? 레너드는 시야가 컴컴해지는 기분을 느꼈다. 상황이 좋지 않았기 때문이다.

"자세히 말해보게!"

그는 정신이 아득했다. 이제야 '비운' 님이 접점 지역에 다가와 가는데, 왜 하필 지금에서야 나타난단 말인가.

타이밍이 참 그랬다. TPS 시스템에 따르면, 약 3일 정도만 기다리면 됐었으니까.

'비운'은 엄청난 속도로 접근하고 있었고, 레너드는 그가 벨제븝 진영을 쉽게 뚫고 올 수 있도록, 거점 전투도 시작했었다. 무리해서까지 말이다.

[1년 전, 사이버의 영향력이 사라진 이후 적들이 엄청나게 약해졌었지 않습니까?]

맞다. 사실 71~80층대 차원을 20%까지 점령한 것도 다 사이버의 영향력이 줄어들었기 때문이었다.

"그런데?"

[다시 힘이 올라오고 있습니다. 놈들의 파괴력이 약 1.5배 이상 강해졌고 지금도 계속 올라가고 있습니다. 그 때문에 거점 점령이 힘들어 보입니다. 아군들이 완전히 밀리고 있어요. 네르갈도 지속적으로 도움을 요청하고 있습니다!]

"제기랄, 그래도 다행이군."

[……네?]

"아직 완전히 드러난 건 아니지 않은가."

'사이버'와 '레너드'는 직접 간섭하지 않는다. 어쩔 수 없이 간섭할 때에는 상대에게 간섭력을 내어줘야 한다.

그게 초기에 설정했던 시스템의 룰이었다. 다만, '사이버'가 근처에 존재하는 것만으로도 그 수하들은 2배로 강해진다. 그게 놈이 가진 기본 버프다. 아직 1.5배 정도밖에 강해지지 않은 거로 보아 완벽히 돌아온 게 아니라는 뜻이다.

[놈들이 강화되는 속도의 폭이 너무 빠릅니다. 이대로면 3일 안에 거점을 점령하는 것은 불가능에 가깝습니다. 그렇게 배짱 부릴 때가 아니란 말입니다!]

"……흠. 배짱은 아닌데."

레너드의 답에 잭필드의 얼굴이 붉어졌다.

열이 조금 오른 것 같았다.

[레너드 님!]

"뭐."

[빠른 조치가 필요합니다! 어떻게 하면 되겠습니까? 비운 님을 구해내기 위해서는 무조건 거점을 점령해야 하지 않습니까!]

"기다려 봐라."

레너드는 오른손으로 미간을 짚었다. 골머리가 아파 왔다. '사이버'가 또 개지랄을 떨기 전에 '비운' 님을 수중에 얻어내야 했다.

'전쟁의 화력을 더 올려야 하나?'

사실 그 방법밖에 없었다. '비운' 님은 현재 적진에서 다가오는 중이다. 만약, 이번에 저들의 진영을 뚫어내지 못하면, 벨제붑 휘하 수백만의 병력들을 '비운' 님 혼자 감당해내야 하는 거다. 그건 아무리 '비운' 님이라 해도 불가능에 가깝다.

'빌어먹을.'

그러나 그 방법엔 많은 무리가 따른다. 안 그래도 밀리고 있는 상황인데 더 밀어붙여야 하니까. 추가 병력을 욱여넣는다고 해도 엄청난 희생이 따를 거다.

'그래도 어쩔 수 없어.'

「갓 컴퍼니」의 희망은 오직 하나. '비운', 그 사내뿐이다.

그를 지키지 못하면, 모든 전략이 무산된다. 병력의 희생을 감수하더라도 구해내야 한다.

'주예린 팀만 도착했었어도.'

「갓 컴퍼니」는 그간 모든 간섭력을 그쪽에 투자했다. 간섭력을 투자하는 방식은 간단했다. 50층에 올라와도 바로 전력 투입이 가능하게끔 하는 것. 그러기 위해서는 '초월' 시스템을 이용해야 했다.

레너드는 그간 전쟁에서 다양한 태생 5성들의 본체들을 확보했으며, 그 확보한 몬스터 위주로 '소수정예' 멤버들에게 배분했다. 50층에 오르자마자 전부 '초월'할 수 있도록 말이다.

'초월'은 모든 레벨의 한계를 넘어선다. 이곳 여러 차원의 힘을 온전히 가져다 쓸 수 있게 해준다.

[레너드 님! 방금도 네르갈의 지원 요청이 도달했습니다! 제발 신속한 결정을……! 어?]

흥분하며 보채던 '잭필드'의 눈이 휘둥그레졌다. 레너드가 고개를 갸웃했다.

"왜?"

[누, 누군가 도착했습니다.]

기계실 끝에 있는 자동문이 서서히 열렸다. 저 문은 외부에서 허가받은 자들이 접근할 때 열리는 것. 현재로써 허가는 탑 49층 클리어 보상으로 나오는 초대장을 활성화하는 것뿐이다.

"엉? 아, 설마!"

레너드는 불현듯 떠올랐다. 이틀 전부터 열심히 '키메라'(★★★★★★)를 사냥하고 있던 주예린 팀의 모습이.

쿠구궁!

문이 열렸다. 곧이어 그곳에서 총 다섯 인영이 걸어 나왔다. 위풍당당한 걸음걸이로.

가장 왼쪽에 있는 중딩, 서지호. 그 옆에 있는 튼실한 육체의 중년, 양종현. 가장 오른쪽에 위치한 할아버지, 지병수. 또 그 옆에 석궁을 쥐고 있는 미녀, 빈서율. 그리고 가장 가운데에는 완벽한 몸매와 후광이 비추는 듯한 외모의 주예린이 있었다.

[드, 드디어 왔군요!]

'잭필드'가 그 모습을 보며 탄성을 질렀다.

"……와줬군."

레너드 역시 감동받은 얼굴이었다. 다섯 명의 '소수정예' 멤버들은 천천히 다가가 그들 앞에 섰다. 곧이어 가장 가운데에 있는 여성의 시선이 레너드를 향했다.

"네가 레너드냐?"

"아, 그렇다네…… 반갑……."

"레너드건, 갓 컴퍼니건, 초대장이건 뭐건, 다 됐고. 오빠 어딨어? 피곤하니까 그것부터 빨리 말해."

그 여성은 카리스마가 흘러넘쳤다. 그리고 살짝 지쳐 보였다.

주예린은 기계실에 도착하자마자 직감했다.

가장 커다란 의자에 앉아 있는 중년 사내. 그가 '레너드'라는 것을.

그럴 수밖에 없었다. 애초에 기계실에 존재하는 생명체는 요정 하나와 사람 하나. 요정은 딱 봐도 운영자의 모습을 하고 있었고, 그럼 나머지 하나가 레너드겠지.

'레너드가 사람이었어?'

처음엔 그게 제일 놀랐다.

사이버에게 대항하는 또 다른 괴물일 줄 알았기 때문이다.

'……그리고 약하네?'

딱 봐도 알 수 있었다. 그는 그저 평범한 인간이었다. 소환수를 가지고 있지도 않았고, 느껴지는 힘도 미약했다.

혹여 힘을 숨기고 있을까도 고민해 봤다. 그런데 확실히 그건 아니었다. 탑에서 수없이 전투를 치르고 위기를 경험했던 베테랑으로서의 감이었다.

'뭐, 상관없지.'

레너드가 뭐 하는 작자인지보다 더 중요한 게 있었다.

'오빠와 서은채의 행방.'

'소수정예'가 한마음 한뜻으로 50층에 오를 수 있었던 이유. 일단, 그것부터 해결해야 했다. 그런데 돌아오는 대답이 가관이었다.

"마침내 와줬군. 참 잘됐어! 일단, 진정하고 들어보게. 비운님은 이곳에 없다네, 하하하. 그분을 만나기 위해서는 빠르게 전쟁 지역으로 이동해야 해. 우리를 도와 적진을 뚫어주게. 그럼 그분을 볼 수 있을 게야. 자세한 건 나중에 설명할 테니, 우선 따라오겠나?"

"……뭐?"

주예린은 어처구니가 없었다.

분명히 운영자 '아린'을 통해 약속했다. 50층에 오르는 즉시, 사라진 멤버들을 보여주겠다고. 「갓 컴퍼니」는 분명 그것을 조건으로 채찍질을 가했다. 최대한 빠르게 49층을 깨달라고.

근데 이제 와서 또 다른 임무를 준다고?

그리고 오빠가 없다고 말하면서 저렇게 웃어댄다고?

"……하아."

한숨이 절로 나왔다.

'레너드', 놈은 참, 애증의 인물이었다. 「갓 컴퍼니」의 이름을 통해 말도 안 되는 시련만 툭툭 들이밀고, 해결해달라 하는 작자. 마치, 게임에서 어려운 난이도를 얄밉게 던져주는 NPC를 보는 것 같은 작자.

그리고 하는 짓이 그냥…… 패주고 싶은 작자.

"야."

말이 좋게 나올 수가 없었다.

"약속은 지켜야 할 거 아냐. 여기 오면 오빠랑 은채 보여준다며? 분명 일주일 전까지만 해도 '아린'이 그렇게 전달했던 거 같은데? 왜 오니까 말이 달라지냐."

레너드는 당황했다. 사실 보여줄 계획이긴 했다. 그녀가 생각보다 빨리 오지만 않았어도 말이다. '비운' 님이 도착하는 건, 예정대로라면 3일 후니까.

그저 동기 부여였다. 그냥 곧 있으면 '비운' 님을 볼 수 있다는 생각에, 기쁜 소식을 앞뒤 안 가리고 전달했던 것뿐이다.

생각해 보면, 별일 아닌 거짓말이다. 그리고 굳이 할 필요도 없는 거짓말. 옆에 있던 '잭필드'는 그럴 줄 알았다는 듯, 고개를 절레절레 저었다.

"조만간 볼 수 있을 걸세. 하하하. 자네들이 도와준다면 말일세. 정말이야!"

주예린의 미간이 찌푸려졌다. 그냥 원인 모를 짜증이 솟구쳤다.

"야, 레너드라고 했냐?"

"왜 그러는가. 한시가 바쁘네."

"딴 건 모르겠고, 아까부터 왜 이렇게 쪼개냐. 기분 나쁘게."

"……그게 무슨?"

"아니, 됐고."

그녀가 주먹 관절을 풀며 레너드에게 성큼성큼 걸어갔다.

"……잉?"

"일단, 좀 맞자."

"헉!"

그와 동시에 주먹을 휘둘렀다. 그러지 않고서는 못 참을 것 같았기 때문이다.

당장 이 사건 때문만은 아니었다. 지금껏 1년 동안 탑을 오르면서 속 터졌었던 상황들을 떠올리며 언젠가는 욕을 한 바가지 먹여주겠다고 다짐했었다.

"자, 잠깐만. 지, 진정! 끄아악!"

옆에 있던 '잭필드'는 그 모습을 보며 고소하다는 듯 방관했다.

모 영화에 나오는 '진실의 방' 타임이 끝난 후-

"자, 잘못했습니다!"

레너드가 무릎을 꿇고 빌고 있었다. 그의 얼굴과 온몸 구석구석은 시퍼렇게 멍들어 있었다. 주예린은 후련한 표정으로 손을 털었다.

"하, 이제야 속이 좀 풀리네."

"흑흑, 제가 여태 지원해 드린 게 얼만데……."

"아직 덜 맞았구나?"

"아, 아닙니다!"

"엄살피우지 마라. 살살 때렸으니까."

주예린은 '합체족'으로 단련된 육체를 지녔다. 제대로 패면 일반인들은 죽을 수밖에 없다. 그렇기에 살살 건드리는 수준에서 그쳤다.

좀 아쉬운 감정이 없잖아 있었으나, 저렇게 빌빌거리는 모습을 보니 그나마 속이 좀 뚫리는 것 같았다.

"그래서 어떻게 된 건데?"

주예린이 커다란 의자에 앉으며 다리를 꼬았다. 일행들 역시 전부 '잭필드'가 마련한 의자에 앉아 커피를 마시고 있는 상태였다.

"그게…… 현재 비운 님이 위험합니다. 한시 빨리……."

"뭐? 그걸 왜 이제 말해!"

주예린이 다시 벌떡 일어났다. 나머지 일행들도 동작을 멈췄다.

"그게 무슨 소리죠?"

빈서율도 급하게 일어섰다.

"그, 그게……."

레너드는 천천히 설명을 시작했다. '비운'의 현재 상황과 그가 도착하는 3일 후까지, 최대한 땅을 점령해나가야 한다고. 그리고 그러기 위해서 '초월'이란 것을 해야 한다고.

"당장 안내하세요."

빈서율이 싸늘하게 말했다. 다른 일행들도 다시 장비를 챙겼다. 일행들은 3일 밤낮으로 수면도 없이 탑을 오른 상태. 분명 피곤할 거다. 그런데도 쉴 생각이 없어 보였다.

'합체족'의 효과였다. 능력치, 그것도 '체력'의 증가는 수면 피로도를 확 줄여줬다. 그래도 피곤한 느낌이 드는 건 어쩔 수 없었지만, 그게 중요한 게 아니었다.

"따, 따라오시죠."

어느새 공손해진 레너드가 일행들을 안내했다.

"그러니까, 오빠를 구하기 위해서는 그 요새를 쳐야 한다는 거지? 거기에 우리 도움이 필요한 거고."

'소수정예' 멤버들은 레너드의 안내를 받아 어떠한 장소로 이동하고 있었다. 그 시간을 이용하여 레너드는 현 상황들을 간략하게 설명했다.

"그렇습니다. 그곳은 놈들이 가장 중요하게 생각하는 구역. 그곳을 쳐야만 비운 님을 더욱더 안전하게 모실 수 있을 겁니다."

이미 '잭필드'를 통해 네르갈에게 전달해놨다. 현 접점 지역에서 가장 치열한 전투가 벌어지는 거점, '에르둔 요새'를 점령해달라고. 곧 막강한 지원군을 보내겠다고.

"왜, 시선이 끌리니까?"

"그렇습니다. 현재 병력도 많이 소실됐고 각지에서 전투 중인 병력을 뺄 수는 없는 상황이라……."

레너드가 조심히 답했다. 사실, 민감한 내용이기 때문이다. 결국은 주예린 팀을 희생시켜 비운 님을 구해내겠다는 말이니…….

그러나 주예린은 쿨했다. 그저 고개를 끄덕이며 수긍했다.

"알아, 알겠으니까. 오빠는 어디로 오는데?"

"현재 비운 님은 적진에서 아군 진영으로 날아오고 계신다는 것밖에는 알 수 있는 게 없습니다. 연락할 방도가 없어서……."

"흐음……."

주예린이 잠깐 침묵하는 동안, 레너드는 생각에 잠겼다.

'에르둔…….'

천혜의 요새였다. 현재 양 진영의 대치 상황에서 가장 애를 먹고 있는 요인이기도 한 '벨제붑' 진영의 거점으로, 뚫기만 한다면 적의 보급을 끊어냄과 동시에 비운 님이 올 수 있는 '통로'를 만들어 낼 수 있을 거다.

'어렵긴 하겠지만…….'

그곳에는 무려 '벨제붑'(★★★★★★)이 있다. 또한, 수많은 놈의 강력한 수하들이 득실거린다.

그뿐이랴? 그리고 놈들도 바보가 아닐 터, 대규모 병력이동을 보고 충분히 직감할 거다. 전력을 다해 부딪히려 한다는 것을. 그럼 그에 맞는 대비도 하겠지.

'그렇게 된다면?'

비운 님이 놈들의 진영을 뚫고 우리 쪽으로 오기 더 쉬워진다. '벨제붑'의 모든 시선이 에르둔으로 쏠릴 테니까.

물론, 아군의 피해는 엄청날 거다. 잘못하다간 주예린 팀도 희생될 수 있겠지.

'그래도 어쩔 수 없어.'

레너드는 고개를 좌우로 털었다. 지금은 피해를 생각할 때가 아니다. 오직 비운 님의 안전만을 생각할 때다. 무슨 일이 있어도 구해내야 한다.

"여러분들에게는 각각 '몬스터 초월 퀘스트'와 '체력 안정 포션'을 지급해드릴 겁니다. 그것과 네르갈의 도움만 있다면 충분히 놈들을 상대하실 수 있을 겁니다."

그래도 지금껏 '소수정예'에게 투자한 간섭력 정도면 비벼볼 수 있지 않을까? 그렇게 생각하기로 했다.

'초월'은 그만큼 사기니까.

"여기 받으십시오."

레너드가 이동하면서 물약을 지급했다.

"이게 체력 안정 포션인가 뭔가야?"

"그렇습니다. 제가 고안해낸 약으로 피로도를 대폭 낮춰주는 기능이 있습니다. 도움이 되실 겁니다."

"잘됐네, 좀 피곤했는데."

"……염치없는 것 알지만 부탁드리겠습니다."

그가 이동하며 굽신거렸다.

"알겠네."

"일단은…… 별수 없으니까요."

'소수정예' 멤버들은 고개를 끄덕였다. 염치고 뭐고, 나서줘야만 구할 수 있다는데 별수 없지 않은가.

"이번에도 거짓말이면 알지?"

주예린이 차갑게 물었다.

솔직히 그의 설명을 들으며, 많은 의문이 들긴 했다.

오빠와 함께했던 「몬스터즈」. 그 당시에 경험했던 것과는 전혀 다른 세상이었기 때문이다. 더는 층의 구분이 없었고, 악마인 '네르갈'이 아군이었으며, 애초에 50층부터가 이상했다. 원래 50층은 시련의 악마 '아스타로트'(★★★★★★)의 던전. 이런 기계실은 본 적도 없었다.

게다가 제일 궁금한 것. '레너드 스톤필드'는 왜 약할까?

「갓 컴퍼니」는 현재 '사이버'와 대립하는 유일한 단체다. 그리고 레너드는 그 「갓 컴퍼니」를 이끄는 수장이다. 약하려야 약할 수가 없는 존재인 것이다. 그런데 그런 그가 그냥 평범한 남성이라니?

"야, 레너드."

결국, 그녀는 참지 못하고 물었다.

"네, 말씀하십쇼."

"넌 인간이냐?"

"네? 그게 무슨……."

"아니면 인간의 탈을 쓴 다른 존재냐."

"민감한 질문이군요."

"민감은 무슨 확! 그리고 넌 소환수나 이런 거 없어? 집단의 수장이란 놈이 왜 이렇게 멍청하고 빌빌거리냐."

"……면전에 대고 너무하시는군요."

"입장 바꿔서 1년 지내봤으면 너도 이랬을걸?"

"큥."

레너드의 눈썹이 꿈틀거렸다. 곧이어 다시 말을 이었다.

"일단, 결론부터 말씀드리자면 저도 인간입니다. 여러분과 같은 평범한 인간이었죠."

멤버들의 시선이 레너드에게 주목됐다. 흥미를 끈 것이다. 사실, 다들 궁금했었다. 「갓 컴퍼니」가 뭐 하는 집단인지, '사이버'는 어떤 존재이고 왜 우리가 이 빌어먹을 곳에서 고통받아야 하는지, 레너드는 뭐 하는 놈인지. 등등을 말이다.

"소환수에 투자하지 않은 것은 그럴 필요가 없었기 때문입니다. 어차피 저는 전투에 참전하지 못하거든요. 혹여 참전할 수 있다 해도 제가 강한 몬스터들을 다뤄봐야 여러분들보다 효율적으로 다룰 수 없는 걸 알기도 했고요."

"그러니까…… 본인에게 쓸 간섭력이 아까워서 못 썼다는 거야?"

"그런 셈이죠. 다른 분들에게 투자하는 게 더 도움 될 테니까요."

"뭐, 그건 다행이네."

주예린이 머리를 긁었다. 그리고 안도의 한숨을 내쉬었다.

한 집단의 수장이 본인의 부족함을 아는 것. 그건 꽤나 칭찬해 줄 일이다.

"일단, 여러분들은 수십억의 인원들 중 튜토리얼에서 살아남은 분들이지요. 확실하게 검증된 분들이라는 겁니다. 그뿐입니까. 메인 퀘스트에 심지어 탑 등반까지. 어휴, 전 죽어도 그런 건 불가능합니다."

레너드가 고개를 절레절레 저었다.

주예린이 답답한 듯 되물었다.

"그래서, 이게 전부 어떻게 된 일인데? 이 탑은 뭐고, 사이버는 뭐고, 너희는 왜 게네랑 싸우고 있는데. 일단, 그것부터 설명해 봐라. 차근차근."

"흐음…… 복잡한 이야기가 되겠군요."

"그래도 해줘야 할 이야기지. 우리의 도움을 진정으로 얻고 싶다면 말이야."

사실이 그랬다. 아무 원인도 모르고 목숨 걸고 싸우라 하면, 그 누가 싸워주겠는가. 지금이야, 오빠를 구하기 위해 별 수 없이 나선다지만.

"으음, 그건 알겠습니다. 그런데 지금은 정말 시간이 없습니다. 나중에 비운 님을 모신 후에 다 함께 있을 때 설명드리겠습니다, 아, 도착했군요. 여깁니다!"

약 수십 분, 기계실 복도를 통과하자 시야 앞에 커다란 문이 보였다.

쿠구궁!

일행들이 다가서자 문이 자동으로 열렸다.

회색으로 칠해져 있는 넓은 공간.

주예린은 어쩔 수 없다는 듯 말했다.

"궁금하지만, 나중에 꼭 듣는다."

"물론입죠."

그리고 그곳으로 들어갔다.

[오셨습니까.]

공간 내부에는 운영자 '아린'이 있었다. 일행들은 두리번거리며 주변을 확인했다.

"아린."

레너드가 말했다.

[네, 레너드 님.]

"초월을 준비해라."

[알겠습니다.]

아린이 지팡이를 이리저리 휘두르며 몬스터들을 골라낼 동안, 레너드는 멤버들에게 설명했다.

"지금껏 지원해드린 태생 5성 몬스터들은 대부분 우리가 공수할 수 있었던 몬스터들이었습니다. 이곳은 그 몬스터들을 수집해 놓은 공간이죠."

"……이게 무슨."

멤버들은 놀랐다. 숨이 턱 막힐 정도로 강력한 기운들이 사방 곳곳에 도사리고 있었기 때문이다. 가만히 자고 있는 몬스터들의 존재감에 단순한 걸음걸이조차 힘들 정도였다.

"소환수로 소환된 몬스터의 본체는 보통 이렇듯 깊은 잠에 빠지죠."

"크으…… 넌 괜찮냐?"

"아, 저는 특수 처리한 물약을 먹어서……. 여러분들에게도 지급해 드리고 싶지만, 요즘 간섭력이 남아나질 않습니다. 좀

만 참으십쇼."

"어, 초월인가 뭔가. 빨리하자."

그래도 '합체족'으로 인한 단련 덕분에 견뎌낼 수 있었다. 아마, 일반인의 육체로 이곳에 들어왔다가는 큰일 날 거다. 막대한 기운의 압력에 쪼그라들어 죽거나 하겠지.

'초월' 준비는 빠르게 진행됐다.

먼저 '아린'이 현 멤버들이 가지고 있는 몬스터들의 본체를 직접 눈앞으로 이끌고 왔다.

[다들 '초월' 퀘스트, 도착하셨죠?]

일행들의 시야에는 각 몬스터별 초월 퀘스트가 도착한 상태였다.

[각자의 태생 5성 몬스터들을 꺼내주세요. 그다음 본체에 쌓인 기운들을 흡수하라 명령해 주시면 됩니다.]

'비운'이 사라진 1년의 기간 동안, 주예린 팀은 「갓 컴퍼니」의 지원으로 많은 태생 5성 몬스터들을 얻을 수 있었다.

각 멤버들은 안내에 따라 몬스터들을 소환했고, 몬스터들은 본능적으로 본체의 기운을 흡수했다.

[이곳은 특수 공간이라 초월 속도가 굉장히 빠를 겁니다. 초월을 마치신 분들은 저 끝 포탈로 이동하시면 되겠습니다.]

'아린'이 이것저것 설명하고 있을 때였다.

"크흠, 뭔가 잘못된 것 같네만……?"

가만히 서 있던 할아버지가 의문을 표했다.

"무슨 일이십니까?"

레너드가 나섰다.

"다른 인원들은 다 초월 퀘스트가 도착했다는데, 나만 아무것도 뜨지 않았네. 나도 태생 5성 '세계수 위그드라실'을 가지고 있는데 말이지……."

"아."

레너드가 깜빡 잊었다는 듯 이마를 쳤다. 그리고 설명했다.

"세계수의 본체는 구할 수가 없었습니다. 워낙 거대한 존재라……."

"그럼 나만 초월을 못 한다는 건가?"

뭔가 서운한 표정의 할아버지. 레너드가 땀을 삐질 흘렸다.

"세계수는 저희가 막대한 간섭력을 사용해 간신히 얻어낸 몬스터입니다. 그에 대한 반탄력으로 본체는 사이버 측 깊은 곳으로 이동해 버렸죠."

"반탄력?"

"밸런스를 맞추는 개념이라 이해하시면 편합니다. 그만큼 강력한 몬스터이기에 그렇습니다."

레너드는 세계수를 떠올렸다. 모든 탑의 차원을 잇는 커다란 물푸레나무. 이 '시련의 탑' 내에서 가장 거대한 몬스터.

사실, 세계수를 무리해서 얻은 것은 그저 사이버를 견제하기 위해서였다. 소환수로 등록된 몬스터는 수면에 빠지는 게 룰이기 때문이다.

"너무 상심할 필요 없습니다. 혹여 기회가 돼 초월만 할 수 있다면, 다른 분들보다 더 강력한 몬스터를 얻게 되실 겁니다."

요약하자면 이랬다. 당장은 초월하지 못하나, 엄청난 잠재력을 가지고 있으니 참고 있으라는 말. 레너드는 그런 식으로 할아버지를 달랬다.

"이해했네. 난 혹시 버그라도 걸린 줄 알았지. 그렇게 알고 있겠네."

할아버지는 별수 없이 고개를 끄덕였다. 그렇게 얼마의 시간이 흘렀다.

[초월이 끝나셨군요.]

모든 인원들의 초월이 끝났고, 다들 힘겹게 포탈 앞까지 이동했다.

[저곳은 72층 네르갈 진영 앞으로 연결된 포탈입니다. 저희가 지속적으로 모니터링 및 지원을 약속드리니…… 부디, 비운 님을 위해 싸워주시기 바랍니다.]

"비운 님을 위하긴 개뿔, 너희를 위한 거겠지."

주예린이 비아냥거렸다.

[서로가 원하는 뜻이 달라도 가는 종착지만 같으면 되는 거 아니겠습니까. 저희의 최우선 목표는 비운 님을 구하는 겁니다.]

"그래, 알겠으니……. 나중에 얘기하자. 일단은 급하니까."

주예린이 포탈로 몸을 던졌다. 나머지 일행들도 따라 몸을 던졌다.

슈우우웅!

블랙홀에 빠지기라도 하듯 느껴지는 강한 중력과 핑글핑글 도는 시야. 그렇게 한참을 이동했고, 곧이어 멤버들이 도착한 곳은 탑 71~80층대 20% 점령 지역, 접점 지역 '그란데리스 왕국'의 수도였다.

그란데리스 왕국의 수도 포탈을 통해 나온 일행들은 눈앞에서 기다리고 있는 여성을 보고 입을 다물지 못했다.

'……네르갈?'

주예린은 보는 즉시, 상대가 누군지 알 수 있었다. 70층의 악마, '시련의 탑'에서 가장 까다로웠던 보스 중의 하나. '네르갈'(★★★★★★)을 말이다.

죽은 자들을 다스린다던 여신. 역병과 파괴의 악마라 불리는 네르갈은 정말 소름 끼치게 아름다웠다. 그리고 강해 보였다.

'하, 끔찍했었지.'

주예린은 잠깐 옛날 생각을 떠올렸다. 한 달 동안 밤낮을 세어 가며 공략을 짰고, 수백…… 아니, 수천 번 도전해서야 겨우 클리어했던 탑 70층. 그리고 그 70층의 주역인 네르갈.

'……신기하긴 하네.'

「몬스터즈」에서 가장 만나기 싫었던 상대가 지금은 아군이라니. 그리고 이렇게 실감 나는 모습으로 만날 수 있다니. 주예린은 감회가 새로웠다.

'참, 언제봐도 간지난단 말이야.'

그녀는 원래 네르갈의 팬이었다. 검붉게 빛나는 커다란 한 쌍의 날개. 곱게 땋은 머리카락과 매력적인 턱선. 입고 있는 '죽음의 로브' 위로 드러나는 탄력적인 몸매. 외모가 딱, 그녀의 이상향이었기 때문이다.

왜 있지 않은가. 게임을 하다 보면 그냥 와- 예쁘다! 하고 생각하는 캐릭터가.

꿀꺽!

주예린은 군침을 삼켰다. 확실히 네르갈은 인게임보단 실물의 모습이 더 나았다.

[마침내 오셨군요. 접점 지역에 오신 것을 환영해요. 지원군들이시여.]

청아한 목소리가 울려 퍼졌다. 일행들은 그녀를 멍하니 바라봤다. 다들 악마족이라는 네르갈이 이렇게 아름다운 여성일 줄은 꿈에도 몰랐던 것이다.

[저와 계약으로 연결되신 분도 있었군요.]

곧이어, 네르갈이 양종현을 응시했다.

"아, 나 말이오? 그러고 보니 그랬었군."

'비운'의 S급 캐릭터 스킬, '네르갈의 재판'. 양종현은 '집단 소수정예를 배신하지 않는다.'라는 조건으로 담건호와 계약을 맺은 바 있었다.

"별 신경 쓰고 있지 않은 조건이라 까먹었었소. 어길 일이 없기에 말이지."

그가 대수롭지 않게 말했다.

[그렇군요. 그 마음이 느껴집니다. 양쪽 다 아직 조건을 어기진 않았어요.]

"어길 이유가 무어 있겠소."

그 계약의 조건을 판단하는 자는 비운도, 양종현도 아니다.

바로 네르갈이다.

그녀는 빙긋 웃으며 말을 이었다.

[어쨌든, 와주셔서 감사합니다. 더 환영해 드리고 인사도 나누고 싶지만, 아쉽게도 상황이 그리 좋지만은 못해요.]

"우리가 뭘 해야 하지?"

주예린이 다시 나섰다.

[우리는 레너드 님의 명령 하, 에르둔 요새를 공격해야 해요. 현재도 전투 중이지만, 놈들의 힘이 계속 늘고 있어 피해가 막심한 상태입니다. 저도 오랫동안 자리를 비울 수 없어 복귀해야 하고요. 바로 가실까요?]

네르갈의 말에 일행들이 고개를 끄덕였다. 별다른 불만은 없었다. 이미 말을 맞춘 상태였으니까.

'……딱 3일이다.'

주예린은 딱 3일만 싸워주기로 했다. 그냥 탑 등반의 연장선이라 생각하기로 했다. 분명 레너드가 3일만 싸워주면, 오빠를 구해낼 수 있다고 했으니까.

'만약 그 이후에도 오빠를 만날 수 없다면…….'

다시 생각해 봐야 한다. 레너드를 더 신뢰해야 할지의 문제를…….

일행들은 네르갈을 따라가며 정비했다. 레너드가 지급해 준 물약을 먹어 체력을 회복했으며, '초월'한 몬스터들도 점검했다.

확실히 '초월'은 대단했다. 각자의 몬스터들에게서 지금껏 다뤄보지 못했던 엄청난 힘이 느껴졌다. 그렇게 올리기 힘들었던 숙련도도 다 Max로 변경되어 있었고, 가지고 있는 기운 자체가 달라졌다.

'지금까지 열심히 키운 게 아까울 정도네.'

접점 지역은 가까웠다. 수도 성벽 밖을 나가 얼마간 이동했을까, 시끄러운 소리가 들려왔다.

콰강! 콰가강!

각지 각 곳에서 터져 오르는 폭음. 난장판이라고 봐도 좋을 정도의 바글바글한 몬스터들과 인간들.

두 진영이 싸우고 있었다. 천연 요새 '에르둔'을 지키는 '벨제붑' 진영. 그리고 그곳을 뚫기 위해 미친 듯 달려드는 '네르갈' 진영.

"……장관이네요."

빈서율이 넋 나간 듯 읊조렸다.

"마치 실감 나는 영화를 보는 것 같은 느낌이구먼."

더해지는 할아버지의 말에 주예린의 낯빛이 오묘해졌다. 긴장이 팍- 됐기 때문이다. 다른 일행들은 몰라도 그녀는 알았다.

'저것들…… 하나하나가 격이 달라.'

「몬스터즈」에서 탑을 등반하던 기억이 새록새록 떠올랐다. 그것도 71~80층을 올랐을 때의 기억이.

놀라웠다. 한 마리 한 마리가 그토록 까다롭던 몬스터였다. 그런 놈들이 이 전쟁터에만 수십만 마리가 모여 있었다. 저곳에서 총알받이를 하는 피라미 병력들조차도 과거엔 잡기 엄청 힘든 몬스터였다.

'지금껏 겪었던 임무와는 차원이 다르다.'

가슴이 콩닥거렸다. 솟구치는 긴장감에 허벅지 안쪽 오금이 저렸다. 전쟁터에 널리 퍼져 있는 기운들이 심장을 압박해 왔다.

부담될 수밖에 없었다. 아무리 몬스터가 '초월'했다고 해도 캐릭터가 강해진 건 아니었으니까. 그녀는 그저 갓 49층을 깨고 올라온 수준일 뿐이다.

"우리가 버틸 수 있을까요?"

빈서율이 물어왔다.

"3일은…… 어떻게든 버텨봐야지."

"하긴, 레너드도 생각이 있겠죠?"

"아니, 그 새낀 대책 없어. 그러니까 절대 방심하면 안 돼."

"……후, 맞다. 그렇겠네요."

주예린은 심호흡했다. 긴장하는 티를 내서는 안 됐다. 자신은 현 '소수정예'를 이끄는 리더니까. 리더가 약한 모습을 보일 수는 없는 거니까.

[이곳이 접점 지역이에요.]

네르갈이 치열하게 싸우는 병력들을 가리켰다. 주예린이 한숨을 내쉬었다.

"매번 이렇게 싸워온 거야?"

[너무 긴장하지 마세요. 지금은 답이 없어 보여도 초월을 이뤄낸 여러분들의 전력은 상상 이상일 겁니다. 비록, 벨제붑이나 그의 수하들을 상대하기엔 조금 부족할 수 있으나 저 앞에 있는 것들 정도는 쉽게 처리하실 수 있을 거예요.]

"그…… 래, 참 친절하네."

주예린은 마음이 복잡했다. 저 앞에 있는 것들 정도라니……. 그것만 해도 숨이 턱 막혀오는데…….

[여러분들껜 별다른 지시를 내리지 않을 생각이에요.]

"그럼?"

[그저 자율적으로 참전해 주시면 돼요. 레너드께서도 그러라 하셨고요. 여러분의 판단을 전적으로 믿으라 하셨습니다.]

"그렇군. 하여튼 저 요새를 같이 뚫어내기만 하면 되는 거지?"

[뚫을 수만 있다면 더할 나위 없겠죠. 하지만, 우리의 목적은 그저 시선을 끄는 것뿐이라는 것을 잊지 마세요. 너무 무리하지 않으셔도 됩니다.]

"오케이, 이해했다."

「갓 컴퍼니」는 주예린 팀에게 게릴라 역할을 부여했다. 그 의도는 분명했다. 지원하되 정 위험하면 회피하라는 거다. 그리고 주예린도 그게 편했다.

'그래도 생각은 해주네.'

'비운'을 더 안전하게 구하기 위해 급하게 투입했다지만, 회사 입장에서 주예린 팀도 히든 카드다. 막대한 투자를 했으니까. 고작 70층대에서 희생시키기엔 속이 아주 쓰릴 거다.

[그럼, 저는 이만 바빠서……. 잘 부탁드릴게요.]

곧이어, 네르갈이 사라졌고- 주예린 팀은 모여서 참전을 준비했다.

"당겨라!"

접점 지역 한복판. 여러 명의 병사가 초대형 원거리 공격 무기, 발리스타의 시위를 당겼다. 많은 사람이 붙었음에도 빽빽하게 늘어지는 게 꽤나 장력이 세 보였다.

"대장님! 저기 포격이!"

"제기랄! 피해!"

"끄아아악!"

"이곳! 부상자가 발생했다! 도와줘!"

콰가가강!

포탄의 날이 튀고, 화염이 솟구쳤다. 몬스터들의 피륙이 갈기갈기 찢겼고, 사방에 피가 낭자했다. 천연 요새 '에르둔' 앞은 그야말로 아비규환이 따로 없었다.

'젠장.'

한스는 원래 그란데리스 왕국의 병사였다. '벨제붑'과 국왕님의 통치 아래, 평화롭게 살던 한스는 어느 날 강제로 전쟁에 참여하게 된다.

이유도 없었다. 그저 마음속에 울려 퍼졌다.

「나 벨제붑이 명한다. 차원을 침범한 이단자들을 상대로 싸워라.」

한스는 각인처럼 새겨진 그 명령을 거절할 수가 없었다. 전쟁은 싫었지만, 명령을 거부하는 게 더 두려웠다.

본능적으로 알았기 때문이다. 명령을 어기는 즉시, 세상에서 받을 수 있는 모든 고통을 느낀 후 종국엔 대가리가 터져 즉사할 거라는 것을.

그래서 싸웠었다. 패색이 짙었지만 끈질기게 싸워 버텼었다.

'……결국은 졌지만.'

'네르갈'이라고 하는 이단자들 집단은 강했다. 폭풍처럼 밀어붙였고, 결국 그란데리스 왕국 전체가 점령당하고 말았다. 웃긴 건 그다음이었다.

평생을 모셔왔던 '벨제붑'님의 존재감이 지워졌다. 그가 내렸던 전투명령이 싹- 사라져 버렸다.

'뭐지?'

라고 말할 새도 없었다. 그 빈자리에 새로운 통치자가 자리 잡았으니까.

'네르갈.'

우리는 본능적으로 그녀에게 복종했다.

「저와 함께 싸워요. 사악한 통치자 벨제붑을 처리하세요.」

새로운 명령이 다시 자리 잡았다. 본능적으로 마음이 동했다. 지금껏 삶의 통치자였던 '벨제붑'이 정말 나쁜 놈처럼 느껴졌다.

왜 이런 현상이 벌어지는지 이유도 몰랐다. 그냥 따라야 했다. 원래 이 빌어먹을 차원은 알 수 없는 것투성이다.

"끄아아악! 제기랄, 한스!"

누군가가 절단된 다리를 부여잡고 울부짖은 것은 그때였다. 한스가 그동안 마음으로 섬겼던 상관, 제임스였다.

"제, 제임스 님!"

한스는 급히 달려가 응급처치를 진행했다. 옷을 찢어 묶어 지혈했고 비상용으로 지급된 진통 효과가 있는 환약을 소량 섭취시켰다.

"괜, 괜찮습니까?"

"크으윽, 난 신경 쓰지 말고 피해라."

"그럴 순 없습니다!"

"이 미친 세상, 너라도 살아남아야지."

네르갈 진영에 합류한 후엔, 그래도 꾸준한 승리를 이어왔었다. 벨제붑 진영에 있을 때보다는 훨씬 전투도 쉬웠었다.

그래서 희망을 품었었다. 전투가 끝난 후, 다시 본래의 고향으로 복귀할 수 있을 거라고.

근데 어느 순간부터 벨제붑 놈들이 강해지기 시작했다. 금지된 약이라도 빨듯, 힘이 더 세지고 피부가 질겨졌다. 그 이후부터 전쟁은 다시 어려워졌다.

"전방에 오우거 군단입니다! 놈들이 성벽 밖으로 나왔어요!"

누군가가 외쳤다. 한스는 제임스를 부축하며 급히 앞을 바라봤다.

"컥……."

그리고 절망했다. 눈앞에 커다란 봉을 휘두르며 달려드는 오우거가 보였기 때문이다.

수량은 대략 50마리 정도. 게다가 저건 평범한 오우거가 아니었다. 전설 속에나 등장한다는 '폭군 오우거'가 분명했다. 어릴 때부터 벨제붑이 성심성의껏 키웠다는 오우거. 지금으로

써, 저놈들을 피할 방도는 없었다.

"제…… 임스 님."

"그래, 한스. 나도 보고 있다. 정말 ×발같은 상황이구나."

"……그동안 감사했습니다. 흑."

다른 병사들도 마찬가지였다. 그저 털썩 주저앉아 희망을 잃었다.

우리는 오직 발리스타만을 다루는 공성병들. 저 오우거 웨이브를 막을 힘 따윈 없었다.

"한스, 어차피 알고 있었잖냐."

"그렇긴 하지요. 어차피 우린 이렇게 죽을 운명이었습니다. 그래도……."

"……."

"그래도 보고 싶습니다. 가족들이."

결국, 한스는 눈물을 떨어뜨렸다. 참전 전에 헤어져야만 했던 아내와 자녀들. 살아서 그들을 볼 수만 있다면, 악마에게 영혼이라도 팔 수 있을 것 같았다.

크아아앙! 콰가가강!

오우거들의 포효와 함께 전방의 발리스타들이 무너지기 시작했다. 몇몇 병사들과 기사들이 덜덜 떨며 막아보려고 안간힘을 써봤지만, 단 1초도 그들을 저지시킬 수 없었다.

결국, 한스는 눈을 질끈 감았다. 그리고 운명을 받아들이려 했다.

키라라라!

하늘에 떠 있는 빨간 드래곤을 보기 전까지는 말이다.

'드래곤……?'

한스는 저 멀리서 날아오는 드래곤을 멍하니 쳐다봤다.

'하다 하다, 참……. 이제는 드래곤까지……?'

한스는 절망했다. 그가 알기로 드래곤은 벨제붑 진영의 몬스터였으니까. 불과 몇 달 전까지만 해도 드래곤들은 참 듬직한 존재였다. 아니, 드래곤까지 갈 필요도 없었다. 당장 눈앞에서 학살극을 벌이는 '폭군 오우거'들도 예전엔 우리 편이었으니까.

"……끄윽, 한스."

상관, 제임스의 고통스러운 목소리가 들려왔다.

"네, 제임스……."

한스가 차분히 답했다. 드래곤의 출현으로 이미 실낱같던 희망까지 끊어졌다. 그러다 보니 오히려 초연해졌다.

"크라라……? 이게 무슨 소리냐?"

"아…… 무래도 드래곤이 나타난 것 같습니다."

"……그런 거 같더라."

"개 같네요. 참."

"크흐흑, 죽기 전에 드래곤도 다 보는구나, 그치?"

사실 드래곤이 몇 번 출현했다는 소식을 전해 듣긴 했지만, 이렇게 실제로 보는 것은 처음이었다.

"네, 그것도 하필 레드네요."

"성질이 가장 더럽고 흉포하다던……. 맞지?"

제임스 역시 미련 없이 포기한 모습이었다.

한스는 한숨이 나왔다.

사실 일말의 기대를 했었다. 혹시, 네르갈 진영에서도 지원 병력을 보내지 않을까? 적들이 강한 만큼, 우리도 강한 아군이 도와주지 않을까? 하는 기대 말이다.

그러나 역시 쥐뿔도 없었다.

"후우, 차라리 자결할까요?"

"……."

"세상에서 제일 끔찍한 고통이 작열통이라잖아요."

드래곤은 벨제붑이 통치하는 세계관 최강의 존재들이다. 통제하기가 까다로워 벨제붑도 함부로 다루지 못한다 들었는데……. 그런 드래곤이…… 왜, 하필 이곳 전장에 나타난단 말인가.

한스는 고개를 떨궜다. 그가 생각하는 이곳은 지옥이었다. 그저 끔찍한 악몽이었다.

시야가 흔들렸다. 눈물과 콧물이 저도 모르게 흘렀다. 볼가와 입가가 축축해졌다. 이성은 삶을 포기했지만, 육체는 삶을 간절하게 원하고 있었나 보다.

크라라라라!

어느새 근처까지 다가온 드래곤이 불을 뿜었다. 화끈한 열기가 느껴졌다.

'아, 이렇게 죽는구나. 다음 생에 또 만나 여보.'

그렇게 속으로 가족들과 작별인사를 할 때였다.

키아아아!

활활 타는 감각이 아닌, 끔찍한 오우거의 비명 소리가 사방을 울려 떨쳤다.

'응?'

한스가 다시 고개를 들었다. 놀랍게도 레드 드래곤은 전열에 있는 '폭군 오우거'들에게 브레스를 폭사하고 있었다.

강력한 불의 향연이었다. 엄청난 화력에 다섯 마리의 오우거가 흔적도 남기지 않고 녹아버렸다.

'이…… 게 무슨?'

급히 눈물을 닦은 후, 상황을 주시했다. 벨제붑의 친구라던 드래곤이 네르갈 진영을 돕는다? 벌어진 상황을 이해하려 애썼다.

곧이어 한스의 시야에 무언가가 보였다. 드래곤 위에서 뛰어내리는 다섯 명의 인간이었다.

'뭐야……. 인간이 드래곤을 다뤄?'

상식선으로 이해가 되지 않는 일이었다. 그러나 곧이어 상식을 초월한 전투가 눈앞에 펼쳐졌다.

"가라! 루가, 루핀!"

먼저, 석궁을 든 인간 여성의 외침에 묘인족 두 마리가 허공에서 튀어나왔다.

비슷하게 생긴 두 여성체의 묘인족들. 그녀들은 기민하게 움직이며 오우거들을 손쉽게 상대해 나갔다. 아니, 자세히 보니 상대가 아니라 학살이었다.

후웅! 후웅!

그녀들이 휘두르는 날카로운 발톱에 오우거의 육체가 뭉텅뭉텅 썰려 나갔다. 피와 진물들이 사방으로 튀었고, 떨어진 사지가 부르르 떨며 꿈틀거렸다.

'미친……?'

한스는 기함했다. 세상에, 오우거를 썰어버리는 고양이 인간이라니.

'설마…….'

그는 평소 고대지식에 관심이 많았다. 그렇기에 바로 떠올릴 수 있었다. 쌍둥이로 알려진 전설 속의 묘인족을…….

그리고 그녀들의 이름을…….

'말도 안 돼!'

두 마리가 힘을 합치면, 드래곤도 거뜬히 상대할 수 있다던 고대 묘인족계의 이단아.

'루가'와 '루핀'. 그 존재들을 고작 인간이 다룬다고?

믿을 수 없는 일이었다.

놀란 것은 그뿐이 아니었다. 레드 드래곤을 다루는 것 같은 여자. 그 여자가 까랑까랑하게 외쳤다.

"커사스! 진혼곡!"

순간, 튀어나온 리치 한 마리.

'……리치까지?'

리치가 정신을 집중했다. 곧이어 반경 500m, 시야에 보이는 모든 벨제붑 진영의 몬스터들의 머리에 푸른 빛줄기가 생겼다.

그리고-

콰아아앙!

얼마 지나지 않아 허공에서 막대한 기운이 떨어져 꽂혔다.

말도 안 되는 위력의 광역기였다.

'미쳤다…….'

키아아아! 크아아앙!

전열에 있는 폭군 오우거들이 정신없이 울부짖었다. 이번 공격으로 벨제붑 진영이 완전한 패닉 상태에 빠졌다. 후방에서 달려오던 다른 병력들도 정신을 못 차리고 있었다.

"퀸, 메이! 마무리해!"

마지막으로, 한 꼬마 남자가 외쳤다. 그러자 새 한 마리와 여우 한 마리가 튀어나왔다. 그들의 속도는 엄청났다.

사방을 누비며 공황에 빠진 적들을 유린했다. 처음 보는 형형색색의 기운들이 세상을 덮었다.

재앙을 부른다는 새 '퀸'. 상대의 공포를 먹고 자란다는 여우 '메이'. 한스는 이 두 마리의 몬스터 역시 알아봤다. 기록에서 읽은 적 있을 정도로 유명한 것들이기 때문이다.

'도대체 뭐야…… 저 사람들은.'

그는 정신이 없었다. 고작 다섯 명의 인간이 수많은 전설 속의 몬스터들을 부리고 있었다.

한스는 주먹을 꽉 쥐었다. 어느새 흐르던 눈물은 멈춰 있었고 심장이 쿵쿵- 뛰었다. 없어졌던 희망이 다시 차올랐다.

"한스……."

다리를 부여잡고 낑낑거리던 제임스가 그를 불렀다.

"……제임스 님."

"이게 무슨 상황이냐."

"저인들 알겠습니까. 네르갈 님 쪽 영웅들인가 봐요."

"그럼 우리 산 거야?"

"……그랬으면 좋겠네요, 정말."

한스는 두 손을 모았다. 그리고 눈앞의 다섯 영웅들을 향해 기도했다. 제발, 승리해서 무사히 복귀할 수 있도록 도와주시길.

Chapter 5

"종현 아저씨, 버프 떨어졌어요! 힐링도요!"

"조금만 더 버티시오! 아직 쿨타임이 남았소!"

서지호와 양종현.

"할아버지! 탱커가……!"

"난 초월한 몬스터가 없어서 힘드네……."

"언니! 이 정도면 된 거 같은데 빠질까요?"

빈서율과 지병수.

"아직! 조금 더 할 수 있어!"

그리고 주예린. 이들이 전쟁에 참여한 지는 벌써 이틀이 지났다. 주예린 팀은 정말 네르갈이 요구한 대로 '게릴라'를 펼쳤다. 초월 된 새로운 몬스터들을 적극적으로 활용하며 치고빠지니, 확실히 해볼 만했다.

'걱정했던 거보단 할 만해.'

주예린은 철저히 수비적으로 전투했다. 오빠를 보기 전에 죽게 된다면 그건 의미가 없으니까.

'……이제 슬슬 빠져볼까?'

그녀는 눈앞에 갈기갈기 찢긴 폭군 오우거들을 싸늘하게 쳐다봤다.

신기했다. 정확히는 모르지만 「몬스터즈」 당시 70 몇 층 즈음에서 만났던 놈들인데, 벌써 이렇게 압도적으로 학살할 수 있다니.

'이제 어느 정도 체계가 잡혔어.'

초월한 몬스터들을 다루는 데도 꽤나 시간이 걸렸다. 위력 자체가 달라졌기에, 그동안 쓰던 연계 공격들도 다 바꿀 수밖에 없었다. 초월하지 못한 몬스터들과 연계가 잘 안 됐기 때문이다.

그리고 이틀 차. 이제는 대부분 적응했다. 각 일행들이 몬스터들의 숨겨진 능력치까지 완전히 활용할 수 있도록 끊임없이 단련했기 때문이다.

"오늘은 이 정도면 됐어."

주예린이 회피 명령을 내렸다. 전쟁지역을 한차례 휩쓸었으니, 이젠 빠져서 다시 기운을 충전해야 한다. 어차피 시선을 끄는 게 목표라 했으니, 이 정도만 해줘도 충분했다.

"다들 아그니스에 탑승해요!"

"알겠네!"

"회피! 회피!"

일행들이 신속히 레드 드래곤 등 위로 날아올랐다. 합체족으로 단련된 몸이라 다들 점프력이 대단했다.

그렇게 도망칠 준비를 할 때였다.

콰아아아앙!

요새 쪽 진영에서 괴기한 물체가 날아와 바닥에 꽂혔다.

"으읏!"

엄청난 폭음과 뭉게구름에 주예린이 눈살을 찌푸렸다. 순간, 불쾌한 기운이 그녀의 신경을 건드렸다.

[주위에 감당할 수 없는 적이 나타납니다.]

[근처에 '히드라 킹'(★★★★★★)이 소환됩니다.]

'뭐지……? 히드라 킹?'

직감이 말해줬다. 이건 위험하다고. 네르갈보다는 아니지만 그래도 엄청난 기운을 가진 존재가 눈앞에 등장했다.

곧이어 구름이 걷혔고- 무언가 커다란 존재가 모습을 드러냈다. 뱀의 머리를 수십 개나 가지고 있는 괴생명체였다.

'기억난다.'

놈은 80층에 거주했던 '벨제붑'의 부하. 악마조차 두려워하는 맹독을 지닌 괴수. '벨제붑'만큼 까다로웠던 기억이 있었다.

[……드디어 찾았군. 이 날파리 같은 놈들.]

귀를 긁는 소름 끼치는 소리. 간담이 서늘했다. 그녀는 재빨리 머리를 굴렸다.

도망가야 하나. 싸워야 하나.

도망갈 경우, 놈에게 격추당할 수 있다. 만약, 허공에서 당하게 되면 차라리 여기서 싸우는 것만도 못하는 상황이 될 거다.

'그리고 우리는…….'

주예린은 신중하게 힘 대 힘을 재봤다. 생각해 보면, 우리 몬스터들의 기운도 만만치 않았다. 놈처럼 압도적이진 못했지만, 그래도 함께한다면 승산이 없는 것도 아니었다.

"다들 전투 준비."

그녀의 판단은 빨랐다. 레너드와는 다르게 말이다.

50층 기계실 내부. 레너드와 잭필드는 집중해서 모니터를 바라보고 있었다.

[레너드 님.]

"왜."

[집중하셔야죠.]

레너드는 우습게도 멍든 눈알에 달걀을 굴리고 있었다. 주예린에게 맞아서 생긴 멍이었다.

"크흠, 다 보고 있으니까 잔소리 좀 그만하게."

[주예린 님 팀이 생각보다 잘 해주고 있습니다. 과연 게임의 종주국인 대한민국 출신인 걸까요?]

"그 대한민국 사람들 중에서도 끝까지 살아남은 정예야."

[과연…….]

"밀어줄 가치가 있는 분들이지."

[몬스터 활용능력이나 전투 센스가 정말 차원이 다릅니다. 초월된 몬스터들도 벌써 저 정도까지 다룰 수 있다니……. 솔직히 놀랍기도 하구요.]

둘은 화면을 보며 감탄을 연발했다. 실제로 시선만 끌 생각이었던 전쟁이 벨제붑 진영에게 쉽지 않은 양상으로 흘러갔다. 이게 다 주예린 팀이 적극적으로 참전해 준 결과였다.

[아, 그리고 대충 윤곽이 나왔었던 비운 님의 이동 방향이 바뀌었습니다.]

"말해봐. 어디로 오시는데?"

레너드가 눈을 빛내며 집중했다.

사실, 이번 작전 최종 목표는 비운 님을 확보하는 것. 미안하지만, 전쟁보다 그게 더 중요했다.

[그게…… 갑자기 방향을 틀으셔서……]

"그니까, 어디로!"

[에르듄 쪽인 것 같습니다.]

"켁."

레너드의 목에 사레가 걸렸다.

"하필?"

[그렇습니다. 쉽게 넘어오시라고 시선을 끌은 건데……. 계획에 차질이 생겼습니다.]

"설…… 마, 전쟁에 참여하실 생각이신 건가?"

그가 난감한 표정을 지었다. 아무리 비운 님이라 해도 에르듄 요새의 후방을 홀로 친다는 것은 있을 수 없는 일이기 때문이다.

[아, 그리고 벨제붑 진영 역시 병력들을 전부 에르둔으로 돌리고 있습니다.]

"……뭐!"

레너드가 벌떡 일어났다. 그럼 상황이 더 심각해지기 때문이다.

[아무래도 놈들이 힘을 얻는 김에 한 방 싸움을 노리고 있는 것 같습니다. 그곳엔 아무래도 네르갈이 참전 중이니까요.]

"제기랄, 비운 님만 다른 쪽으로 오셨으면 완벽한 전략이었는데."

[어쩌실 겁니까?]

잭필드가 물었다. 별다른 기대는 하지 않는 표정이었다.

"어쩌긴, 별수 있냐? 비운 님이 그쪽으로 오시는 거라면 우리도 빠져서는 안 돼."

[계속 싸우실 생각이십니까?]

"어떻게든 사활을 걸어봐야지. 우리도 전 병력을 에르둔으로 돌린다."

[알겠습니다.]

고개를 끄덕이는 잭필드. 그렇게 양측의 병력이 모이기 시작했다.

골베론 위. 상공 1,000피트 즈음. 나와 서은채는 정자세로 앉아 기를 받아들이고 있었다.

호흡법은 언제나처럼 간단하다. 우선은 마음을 깊게 가라앉힌다. 잡념을 떨쳐내고 주변의 기운을 온전히 느낀다. 주변에 넘실거리는 자연의 기운들.

땅 밑에서도 하늘에서도 언제나 기운은 고르게 퍼져 있다.

"후우……."

먼저 폐 속에 있는 모든 공기를 밖으로 빼낸다. 아주 천천히 내쉬며 나에게 호감을 보이는 기운을 탐색한다.

"스읍……."

그다음 천천히 들이마신다. 복압으로 횡격막을 움직임과 동시에 주변의 기운을 다량으로 흡수한다.

엄청난 속도로 날고 있음에도 이 과정에는 무리가 없었다. 드래곤의 탑승 스킬 숙련도 Max의 효과는 그만큼 끝내줬다. 가속에 의한 흔들림이나, 맞부딪치는 바람의 효과가 거의 미미한 수준이었다.

접점 지역을 향해 출발한 지 어언 3개월 남짓. 그동안 우리는 끊임없이 기를 모으고 단련했다. 서은채도 어느새 벌써 익스퍼트 중급 수준의 경지까지 올라섰다.

익스퍼트라고 무시하면 안 된다. 우리는 베르트랑 기사들이 나눠놓은 경지로 구분하면 안 되니까.

익스퍼트는 오직 '기'의 수준. 합체족 효과와 각종 몬스터들의 버프까지 더해지면, 위력은 상상을 초월한다.

"이제 약 하루 정도 남았네요."

옆에서 서은채가 말을 걸어왔다.

나는 집중을 깬 후, 응답했다.

"그러게. 이동하느라 고생했다."

물론, 계속 이동만 한 것은 아니었다. 도중에 도시나 마을에 들러 충분한 휴식도 했다. 식사나 용변도 봐야 하고 무엇보다 골베론도 쉬어야 했으니까.

[주인!]

골베론의 발랄한 목소리가 들려왔다. 그녀와는 이동 간 대화로 나름의 교감을 쌓았다.

"왜."

[아무래도 불안해서. 정말 방향을 틀어? 주인도 느껴지잖아 저쪽에서 느껴지는 막대한 기운들이.]

"불안해하지 마라, 골베론."

약 3일쯤 남겨뒀을 때, 한쪽 공간에서 엄청난 '기'의 흐름을 느꼈었다. 먼 거리가 무색하게 느껴질 만큼 강대한 기운들의 부딪침이었다. 자연스럽게 실베론과 골베론은 경계했고, 나는 본능적으로 알 수 있었다.

'저기가 가장 치열한 접점 지역이구나.'

네르갈과 벨제붑이 맞붙는다는 곳. 그런데 생각했던 것만큼 위협적으로 느껴지진 않았다. 기운의 합은 거대했지만, 하나하나 따져보면 다 내 밑이었다.

[아무리 생각해도 좀 걸려서. 주인이 '벨제붑'보다 강하다지

만, 그의 수하들은 100이 넘어. 단신으로 부딪치기엔 무리야.]

골베론은 소환수와 캐릭터의 관계로 종속된 게 아니다. 그저 '용언'으로 충성을 맹세했다. 그렇기에 실베론처럼 맹목적으로 따르진 않았다.

그게 나쁘다는 건 아니다. 이처럼 의견을 내기도 하니까.

"단신은 아니지, 분명 네르갈 쪽도 있을 거다."

[그래도…….]

"우리가 떠나기로 했던 여정을 생각해라, 골베론."

[그러니까…… 세계의 끝을 보기 위해서는 꼭 벨제붑을 처단해야 한단 말이지?]

"응, 기회가 있다면."

[끄응…….]

사실 우리가 이동하던 접점 지역은 예상 경로와 달랐다. 하지만, 기운을 느낀 순간 난 곧바로 방향을 틀었다. 벨제붑은 '사이버'의 수하니까. 놈의 힘을 줄일 수 있는 기회를 놓치고 갈 수 없었다.

'게다가…….'

내 스킬. 아직도 깨져 보이는 이 스킬은 모든 기운들을 흡수한다. 만약, 저기 넘실거리는 기운들을 다 내 것으로 소화할 수 있다면?

'피해갈 이유는 없지.'

욕심이 났다. 나는 아직도 배고팠다. '사이버'를 상대하기 위해서는 배가 터지도록 먹고 또 먹어야 한다. 겨우 이 정도로 만족해선 안 된다.

'강해진다.'

한계가 느껴질 때까지. 만약, 한계가 느껴진다면? 뚫어내면 된다. 그게 또 성장의 발판이 되어줄 것이다.

[알겠어, 주인.]

내 말에 수긍하는 골베론.

[어차피 주인 말 들을 거, 왜 이리 말이 많냐?]

[넌 조용히 해! 좀!]

결국, 실베론의 핀잔을 들었지만 말이다.

키아아아! 그어어어…….

에르둔 요새 앞. 주예린 팀이 위치한 곳에서 치열한 격전이 벌어졌다. '히드라 킹'(★★★★★★)의 가세 이후, 적들이 뭉게구름처럼 몰리기 시작한 것이다.

"이거 완전히 작정한 거 같은데요?"

빈서율은 기계적으로 볼트를 장전했다. 그와 동시에, 전설의 묘인족 '루가'와 '루핀'을 지원 사격했다. 그 속도가 마치 신들린 듯 빨랐다.

"잘못하다간 고립되겠어요! 히드라 킹의 원거리 공격도 너무 까다롭고……! 피해야 하는 거 아니에요?"

"아니, 이젠 어쩔 수 없어."

주예린은 고개를 저었다. 그녀는 이미 판단을 내렸다.

'놈들과 한판 붙는다.'

벨제붑 진영도 거셌지만, 네르갈 진영도 만만치 않게 따라 붙었기 때문이다. 약 이틀 넘게 전쟁을 치러온 결과, 그녀도 감이라는 게 생겼다.

'네르갈은 우리가 이곳에서 버텨주길 원하고 있어.'

점점 더 몰리는 양 진영의 병력들.

냄새가 났다. 마치 거친 폭풍이 불기 전의 찝찝한 느낌.

분명 두 통수권자는 이곳에서 결판을 내려 하고 있었다.

이제는 가만히 있어도 흐름이 보였다. 드래곤을 타고 다녔기에, 넓은 시야로 전쟁을 파악했던 것도 한몫했다.

'히드라 킹이 나타난 이유도 뻔하지.'

놈은 원거리 공격에 특화된 몬스터다. 일단 전쟁에서 제일 까다로웠던 우리의 움직임을 묶어놓은 후, 그곳에서 한판 벌여보겠다는 거다.

'……함정이라면 함정이지만.'

또 기회라면 기회다. 그동안 볼 수 없었던 '벨제붑'을 볼 수도 있는 그런 기회.

"히드라 킹의 공격이 너무 거세요!"

"놈들의 사체를 이용해! 놈들을 방패 삼아 최대한 버텨내라!"

"……하지만!"

"붙어! 붙기만 하면 별거 아냐!"

아직까지 이 싸움은 우리가 주도해야 했다. 두 진영에서 가장 영향력 있는 존재는 '히드라 킹', 그리고 '소수정예' 멤버들이었으니까.

"종현 씨, 커사스 좀 치료해 줘요!"

"알겠소!"

"나머지는 전부 달려요!"

"네!"

"끝까지 버텨요! 네르갈의 지원이 올 때까지!"

주예린이 목청껏 외쳤다. 시끄러운 전쟁터에서도 또렷또렷하게 박히는 목소리였다. 확실히 멤버들의 움직임은 기민하고도 깔끔했다. 초월된 몬스터들을 적재적소에 활용할 줄 알았고, 지형지물과 널린 사체들을 잘 이용했다.

"……미친."

한스는 그 모습을 넋 놓고 바라봤다. 벨제붑 진영 몬스터들을 무시무시한 속도로 섬멸하며 히드라를 공략하는 영웅들을 보던 그는 결국 마음을 다잡았다.

신이 기도를 들어줬다. 꼭 살아서 가족을 다시 보고 싶다는 그 간절한 기도를.

그러나 신은 소원을 완전히 들어주지 않는다. 그저 기회를 줄 뿐이다. 그 기회를 잡는 것은 자신들의 몫.

"다들 정신 차려요!"

공황상태에 빠진 아군들을 향해 외쳤다.

"시위를 당겨요! 우리도 도움이 되어야 합니다!"

저 영웅들은 대단한 자들이다. 한스는 오랫동안 전쟁에 참여했기에 잘 알았다. 보통이라면 저런 끔찍한 존재가 나타났을 때, 전력을 보존하기 위해 도망간다. 죽을 둥 살 둥 싸우는 자신 같은 일반 병사들을 방패로 삼고 말이다.

그러나 저들은 그러지 않았다. 힘든 표정, 고통스러운 비명을 지르면서도 끊임없이 싸우고 있었다.

"으아아아!"

한스는 바로 내달려 후방에 있는 발리스타의 시위를 잡았다. 그리고 혼자서 미친 듯 당기기 시작했다. 장력이 거센 발리스타를 혼자서 당길 수 있을 리 없는 일. 투기 넘치는 한스의 모습을 본 다른 병사들도 함성을 지르며 다가왔다.

"한스으으!"

"같이 하자!"

"우리도 할 수 있다! 이길 수 있어!"

그들도 느낀 것이다. 혹시나 이길 수도 있겠다는 희망을.

"돌격!"

"개 같은 새끼들 다 박살 내자!"

그들의 용기는 전염처럼 번져 나갔다. 숨어 있던 사기가 피어올랐고 누워 있던 병사들과 기사들도 다시금 일어났다. 군화로 사체와 끈적이는 피를 밟으며 힘있게 진군했다.

그들이 '히드라 킹'을 맞상대할 수는 없다. 하지만, 영웅들이 놈에게 다가갈 수 있도록 길을 열어줄 수는 있다. 벨제붑 진영의 피라미 몬스터들을 상대하면서 말이다.

콰가가강! 푸숙! 서걱!

그렇게 웨이브와 웨이브가 부딪혔다. 피와 비명이 난자하는 충돌이 시작됐다.

창날에 꿰이고 방패에 부딪치고 이빨에 뚫리고- 시체는 쌓여갔다.

많은 생명들이 끊어졌다. 그런데도 그 수는 줄어들지 않았다. 오히려 늘어났다. 각지 각 곳에서 양측의 병력들이 끊임없이 추가됐다.

주예린은 창을 휘두르며 힘겹게 전진했다. 확실히 이곳 전쟁은 탑 저층과 차원이 달랐다. 양측 병력의 공격 하나하나가 부담스러웠다. 그녀와 멤버들이 히드라 킹에 붙는 이유는 단 하나. 함께하는 초월 몬스터들을 더 원활하게 통제하기 위해서다.

점차 상처가 늘어갔다. 간혹가다 히드라 킹의 독침에 스치기라도 하면 그 부위가 시커멓게 녹았다.

끔찍한 고통이 느껴졌지만 참았다. 그동안의 경험으로 인내심이 많이 늘었다.

'이럴수록 침착해야 해.'

심신을 차갑게 한다. 느껴지는 고통은 흘러내린다. 이미 결단을 내린바, 후회하면 안 된다. 생각은 나중에 하고 놈을 잡는 데만 집중한다. 주예린은 계속 마음을 되새겼다.

"아그니스!"

그녀가 눈을 부릅떴다. 어느새 멤버들이 히드라 킹 근처까지 접근했다. 네르갈 진영의 병력들이 알게 모르게 지원해 줬기에 가능한 일이었다. 놈은 근접전에 약하기에 이렇듯 달라

붙어 싸워줘야 한다.

[맡겨만 줘라, 주인.]

적발의 미녀가 허공으로 솟구쳤다. 그와 동시에 오른팔을 비스듬히 들어 올렸다. 이내 손에서 기하학적인 마법진이 생성된다.

화르르륵!

불타오르는 화염. 초월체의 고등급 마법이었다.

[크르르르…….]

물론, 놈도 가만히 있지 않았다. 마법의 기세를 알아챈 뱀 대가리들이 몸을 비틀어 공격을 피해냈다. 그와 동시에 독침들을 쏘아댔다.

"아그니스, 피해!"

[문제없다!]

초월한 레드 드래곤의 공중 마법은 유려했다. 놈이 쏘아내는 독침들을 여유롭게 피해냈다.

[배신한 드래곤이로군.]

히드라 킹이 머리를 털며 말했다.

드래곤은 원래 '벨제붑' 세계의 수호자. 벨제붑 진영인 자신을 공격하는 것을 탓하는 거였다.

[우리는 원래 소속된 존재가 아니다, 뱀 대가리.]

그렇게 두 존재의 거친 싸움이 시작됐다. 솔직히 말하면 '히드라 킹' 쪽이 더 우세했다. 하지만, 이쪽엔 아그니스만 있는 게 아녔다.

"루가, 루핀! 합세해!"

"퀸, 메이도!"

빈서율과 서지호의 외침에 총 4마리의 초월 몬스터도 합세했다.

두 마리의 쌍둥이 묘인족 자매. 그리고 전설 속의 새와 여우. 「갓 컴퍼니」가 주예린 팀에게 밀어줬던 태생 5성 몬스터들이었다.

푸슉! 사각! 서걱!

가까이에 붙은 몬스터들이 날카로운 발톱과 이빨을 이용해 놈을 차근차근 공략해 나갔다.

[이 잡놈들이!]

'루가'의 발톱이 뱀의 목 하나를 전방에서 깊게 베었고- '루핀'이 후방에서 연계하여 같은 곳을 한 번 더 베어내자 대가리 하나가 쿵- 하고 떨어졌다.

베어진 목 사이로는 끈적한 녹색 피가 흘러내렸다.

그들은 별다른 말이 없었다. 말할 여유도 없었다. 그저 주인의 명에 따라 히드라 킹을 공략할 뿐.

[꼴사납구나! 뱀 대가리.]

아그니스가 그 모습을 여유롭게 바라보며 손을 들었다. 손에서 다시 이글거리는 화염 구슬이 피어올랐다.

헬 파이어(Hell Fire). 화염 계열 마법의 최고위 공격 스킬. '화염의 정수' 스킬 숙련도가 Max에 달했기에 쓸 수 있는 기술이었다.

이윽고 지옥의 불이 방황하는 히드라 킹의 몸통으로 수직 낙하했다. 귀찮게 공격하는 네 마리의 몬스터 때문에 신경을 쓰던 히드라 킹은 그 공격을 미처 눈치채지 못했다.

그 결과-

[끄아아아아아!]

뱀의 대가리가 말린 오징어처럼 꿈틀대기 시작했다. 머리의 절반이 녹음과 동시에 고통 속에서 몸부림쳤다.

[키아아아!]

겁이 난 히드라 킹이 몸을 추스른 후, 신속하게 뒷걸음쳤다. 그 모습에 벨제붑 진영의 몬스터들이 요동쳤다. 그에 반해 네르갈 진영의 사기는 더더욱 올랐다.

"와아아아!"

"키아아아!"

병사들은 영웅을 환호했고- 몬스터들은 기쁨의 괴성을 질렀다.

"방심하지 말고 따라가서 잡아!"

주예린이 급히 외쳤다. 오빠가 귀가 닳도록 했던 말이 떠올랐기 때문이다.

시련의 탑은 한순간도 방심하면 안 된다.

그녀가 50층까지 오르며 한 번도 실패하지 않았던 이유였다. 헬파이어에 적중당한 히드라는 더는 위협적이지 못했다. 그저 도망가기에 바빴고 공격을 정신없이 막아내기에 급급했다.

'조금만…… 더.'

주예린이 속으로 응원했다. 이제 거의 공략에 성공했다. 히드라 킹만 잡아내는 데 성공한다면, 이곳을 벗어나는 건 일도 아니다.

슈우우웅!

하지만 모든 일이 그렇듯, 제대로 풀리는 법이 없다. 에르둔 요새 안쪽에서 커다란 덩어리들이 쏟아지기 시작했다.

"……."

콰가가강!

약 수백의 존재들이 마치 운석처럼 바닥에 틀어박혔다. 마치, 히드라 킹이 이곳에 처음 등장했던 것처럼.

'×발…….'

주예린은 속으로 욕했다. 저 존재들 하나하나의 기운이 엄청났기 때문이다. 곧이어, 시야에 온갖 로그가 올라오기 시작했다.

[주위에 감당할 수 없는 적이 나타납니다.]

[근처에 '메두사'(★★★★★★)가 소환됩니다.]

[근처에 '몰렉'(★★★★★★)이 소환됩니다.]

[근처에 '바신'(★★★★★★)이 소환…….]

끊임없이 뜨는 메시지들. 벨제붑 측 보스들이 본격적으로 참전을 선언한 것이었다.

불쾌한 기운이 사방을 가득 채웠다. 온몸을 짓누르는 압박감과 곳곳에서 느껴지는 지독한 살기. 주예린은 수많은 벨제붑 진영의 보스들을 보며 심한 무력감을 맛봐야 했다.

"……미친."

"이제 어떡하죠?"

일행들도 마찬가지였다. 다들 그저 몬스터를 모은 채 어쩔 줄 모르는 상태로 서 있을 뿐이었다.

'……몰렉에 바신에 보티스까지? 글라샬라볼라스는 또 뭐야?'

메시지 로그에 뜨는 다양한 6성 몬스터들. 아는 존재도 있었지만, 모르는 존재도 있었다.

하지만 한 가지 확실한 건- 놈들 하나하나가 '히드라 킹' 이상의 힘을 지녔다는 사실.

'하, 저런 걸…… 어떻게.'

절망하지 않을 수 없었다. 솔직히 말해서 지금껏 초월한 몬스터들이 있었기에 그나마 활약할 수 있었던 거지, 멤버들 단신의 힘으로는 피라미 병사 하나 상대하는 것도 버겁다. 우스워 보여도 다들 70층대의 몬스터들이었기 때문이다.

그런데 저것들은 보통 몬스터가 아니다. 무려 보스다.

수많은 패턴과 막강한 공격력을 지닌 그런 보스말이다. 그런 보스가 무려 수백이라니. 몸이 덜덜 떨려왔다.

느껴지는 압박감에 당장에라도 자세를 숙이고 싶었다.

주변을 둘러보니, 그녀만 그런 게 아니었다. 네르갈 진영의 병력들도 다들 벌벌 떨고 있었다. 그만큼 놈들과의 전력 차가 심했다.

'……개 같은 레너드.'

주예린이 이를 악물었다. 지금 우리더러 저런 놈들이 득실거리는 요새를 치라 한 거지? 본인은 편한 기계실에 앉아 모니터링만 하면서 말이다.

잠깐의 적막- 이윽고 한 존재가 걸어 나왔다.

몸집이 거대한 큰 뱀. 머리에 돋아 있는 커다란 뿔이 인상 깊은 존재였다.

'보티스…….'

주예린은 놈을 잘 알았다. '벨제붑'의 오른팔이자 탑 79층의 보스였던 놈. 갖가지 패턴을 떡칠한 변태 중의 변태 몹이었던 기억이 있다.

[공포에 빠져 있는 모습이 참 가소롭구나. 겨우 그 정도 병력으로 우릴 상대하려 했느냐?]

놈의 혀가 스르륵거리는 게 굉장히 끔찍했다.

[특히, 벨제붑 휘하에 있었던 자들이여.]

놈이 그란데리스 왕국의 병사들을 응시했다.

그리고 거만하게 말을 이었다.

[배신에 대한 대가를 치를 준비는 되었겠지?]

씨익 웃으며 말하는 놈의 행동에는 여유가 흘러넘쳤다.

"미…… 미쳤어."

"이건 도망가야 해."

네르갈 진영 병력들의 사기가 다시 떨어졌다. 피어올랐던 희망이 다시 절망의 구렁텅이 속으로 빠져 버렸다.

피하고 싶었다. 그러나 움직일 수 있는 자는 없었다. 인간들도 몬스터들도 압도적인 기운에 짓눌려 그저 지켜보고 있을 수밖에 없었다.

[그리고…….]

이윽고 뱀의 머리가 돌아갔다. 멍하니 바라보던 주예린의 눈동자가 커졌다. 놈이 바라보는 곳이 정확히 이쪽이었기 때문이다.

[최근 아주 귀찮은 녀석들이 나타났더군. 너희들도 죽을 각오는 됐겠지?]

보티스가 입을 열었다.

'제기랄.'

주예린이 속으로 욕했다.

놈이 목표를 특정했다. 그 말은 이곳에서 버틸 수 있는 확률이 더 급감했단 소리와 같다.

"언니, 빨리 피하는 게 좋겠는데요? 이건 진짜 감당 불가능해요."

[나도 동감이다. 놈들은 전부 이곳 세계관을 주름잡는 강자들. 지금 전력으로는 버티는 것도 무리다.]

빈서율의 말에 아그니스도 동의했다.

[로드께서 계신다면 몰라도…….]

주예린도 알았다. 피할 수 있었으면 진즉에 피했다. 하지만, 저 군세들을 상대로 피할 수 있을 리 없었다.

[크크크……. 가자꾸나, 저기 널려 있는 벌레들을 밟으러.]

놈이 낄낄거리며 내달리기 시작했다. 그것을 신호로 나머지 보스들도 일제히 달려들기 시작했다. 땅으로 오는 자도 있었고 허공으로 오는 자도 있었다.

쿠과가가가!

커다란 존재들의 질주에 천지가 흔들리기 시작했다. 공간이 터질듯한 압박감이 몰려들었다.

"다들 대비해!"

"언니!"

"어쩔 수 없어! 놈들에게 도망치는 건 불가능해!"

일행들은 초월 된 몬스터들을 앞에 진열했다. 뒤에서 '커사스'를 치료하던 양종현도 합류했다.

"놈이 온다!"

벨제붑 대신 괴물들을 통제하던 보티스는 다른 것을 제쳐두고 주예린 일행들에게 달려갔다. 그동안의 전쟁 경험으로 가장 이곳 필드에서 가장 까다로운 상대라 판단한 것이리라.

[저기에 부딪히면 다 죽는다!]

아그니스가 다급한 표정으로 주예린을 바라봤다.

"나도 알아!"

보티스의 질주. 놈의 패턴 중 하나인데, 저 몸통박치기에 상대하려고 해선 안 된다. 딜 계수가 무척이나 높은 데다가 방무뎀이기에 무조건 피해야 한다. 과거 「몬스터즈」 79층에서 태생 5성짜리 탱커로 막아보려다가 한 방에 골로 간 적 있다.

"언니, 일단 그 스킬부터!"

"알아! 종현 씨! 주문 완성됐어요?"

"준비됐소!"

"쓰세요, 당장!"

처음 등장하는 양종현의 초월 몬스터. 마녀족 '칼리'가 새로운 마법을 선보였다. 감당하지 못하는 상황이 벌어질 때마다 썼던 스킬이었다.

스르륵-

순간, 은푸른색 기운이 멤버들 전체를 감쌌다.

스킬 「은신 필드」(S급). 지정 대상을 10분 동안, 시야에서 감추는 스킬이었다. 시야를 감출 뿐만 아니라, 모든 물리 공격과 스킬 공격에도 면역을 가진다.

단점이라면, 숨겨진 대상들도 아무것도 하지 못한다는 점. 공격을 시도하거나 움직이면 은신과 면역이 풀리기 때문이다.

"다들 가만히 있어요."

"한 발짝도 움직이지 마시오. 은신이 풀릴 수 있으니."

"알고 있네."

일행들은 자리에 꼼짝하지 않고 섰다. 다들 경험자였기에, 주의는 간단히 했다.

[응?]

역시나, 달려오던 보티스는 질주를 멈췄다. 공격 대상이 갑자기 눈앞에서 사라졌기 때문이다.

[갑자기 어디로 사라진 거냐! 날파리 같은 놈들!]

이곳저곳을 기울이던 보티스는 금방 다른 곳으로 사라졌다. 그의 눈앞 우리는 그저 그런 존재였다. 다른 놈들보다 좀 더 까다롭긴 하지만 그래도 벌레. 그렇기에 집요하게 찾으려 하지 않았다.

"휴."

빈서율이 안도의 한숨을 내쉬었다. 은신 필드의 숙련도는 이제 Max. 다행히 보스급들에도 먹혔다.

"일단, 위기 하나는 건넜네."

"언니, 이건 해결책이 못 되는 거 알죠?"

"알지, 고작 10분 버티는 게 한계야."

"이제 어쩌시려고요?"

"일단, 지켜봐야지. 레너드도 생각이 있지 않겠어?"

"레너드 그놈 생각 없잖아요!"

"아니, 아니……. 레너드 말고 네르갈. 네르갈은 그래도 좀 똑똑해 보이던데?"

두 여자가 은신한 채로 떠들었지만, 솔직히 대책이 없었다. 딱히 방법이 나오지 않았다. 하긴, 갓 50층을 깬 인원들에게 몬스터 몇 마리 초월시켜 놓고 이런 전쟁터에 떨궈놓으면 어떻게 살아남겠는가. 지금은 그저 지켜보는 것 말고는 할 게 없었다.

'오빠…….'

주예린은 그의 빈자리를 느꼈다.

과연 오빠가 있었다면 어땠을까? 혹여 있었다 해도 이 상황에서 벗어나는 것은 불가능했을 거다. 그만큼 상황이 좋지 않았다.

변화는 금세 나타났다. 벨제붑 진영의 역공으로 네르갈 진영이 순식간에 초토화됐다.

"하- 이거 장난이 아닌데요?"

양떼 목장에 늑대 몇 마리를 풀어놓은 그런 느낌이 아니었다. 거의 굶주린 메뚜기떼가 곡물을 순식간에 휩쓸어버리는 그런 느낌이었다.

"종현 씨, 이제 몇 분 정도 남았죠?"

"5분 정도 남았소."

"……제기랄."

주예린이 망연자실한 표정을 지었다. 뭔가 리더로써 빠른 판단과 결정을 내려줘야 하는데 답이 보이지 않았다.

[크크크, 싱겁구나! 싱거워.]

[이런 것들에게 그동안 밀렸다는 것인가?]

[간만에 포식이구만, 크하하하!]

[위대한 벨제붑을 칭송하라!]

[사이버 님을 칭송하라!]

보티스를 필두로 한 악마들이 설쳤다. 일과시간에 맥주를 즐기듯 여유롭게 상대를 휘젓고 짓밟았다.

"끄아아악!"

"키아아아!"

육편이 튀었고 대가리가 박살 났다. 발톱에 꿰인 채로 질질 끌려다니는 몬스터들. 다리가 짓이겨진 채로 기어 다니는 인간들. 지옥이 따로 없었다.

[으음?]

그때였다.

쿠구궁!

다시 한번 공간이 뒤흔들렸다.

슈아아앙!

이번에는 네르갈 쪽 진영에서 덩어리들이 날아와 땅에 박혔다. 벨제붑 진영과 마찬가지로 수백의 존재들이었다.

[이 기운은…….]

보티스가 고개를 쳐들었고- 힘있게 전진하던 벨제붑 휘하의 보스들이 주춤했다.

'……드디어!'

주예린 역시 그 상황을 지켜보고 있었다. 공간을 두르고 있는 기운의 분위기가 한순간에 뒤바뀌었다. 마침내 네르갈 진영에서도 반응을 보인 것이다.

[주의! 주의! 주의!]

[주위에 감당할 수 없는 존재가 나타납니다.]

[근처에 '바씨고'(★★★★★★)가 소환됩니다.]

[근처에 '기미긴'(★★★★★★)이 소환됩니다.]

[근처에 '아몬'(★★★★★★)이 소환……]

메시지 로그도 비슷하게 떠올랐다.

네르갈도 악마족이라면 악마족. 그의 수하들 역시 대다수가 악마족이었다.

그리고-

벨제붑 진영과 다른 점은- 그녀가 직접 등장했다는 것.

[근처에 '네르갈'(★★★★★★)이 소환됩니다.]

그녀의 존재감은 거대했다. 아무리 상대들이 사이버의 버프를 받은 악마들이라 해도, '네르갈'은 무려 시련의 악마.

당연히 저들과 차원이 다를 수밖에 없었다.

[마침내 나타났는가…….]

이윽고 보티스는 양팔을 펼쳐 올리는 네르갈을 볼 수 있었다. 입을 달싹거리며 주문을 외우는 게 뭔가를 펼치려 하는 듯했다.

'아……?'

주예린은 알았다. 저 모션. 탑 70층을 깨면서 수없이도 봤었던 움직임이었기 때문이다.

[벨제붑의 개들이여!]

쿠궁!

그 순간 진동이 멈췄다. 적들의 움직임 소리와 아군의 비명도 멈췄다. 잡 소음하나 없이 쥐 죽은 듯 적막해졌다.

[넘실거리는 극독의 파도 속에서 영원히 잠기거라!]

기이한 침묵. 네르갈의 기운이 순식간에 천지를 뒤덮었다.

그 속에서 녹빛 파도가 범람하기 시작했다.

네르갈의 궁극기. 독 저항 레벨5여야 간신히 피할 수 있는 광역 스킬. 포이즌 필드(Poison field)였다.

지금의 주예린으로서는 헤아릴 수도 없는 힘.

그 힘이 적들에게 닿는 순간. 진짜 싸움이 시작됐다.

[더러운 암캐년. 시작부터 선을 넘는군.]

보티스가 분노를 터뜨렸다. 힘차게 전진하던 벨제붑 보스들의 속도가 늦춰졌기 때문이다.

[다들 막아라!]

각자 방어 스킬들을 펼치며 정신없이 밀려오는 독을 막아내기 시작했다. 미처 방어 스킬이 없는 놈들은 비명을 지르며 녹아내렸다. 고통스럽게 울부짖으며 버티는 놈들도 있었다. 그나마 튼튼한 놈들이다.

[같잖구나, 네르갈!]

보티스가 이를 바득 갈며 불을 뿜어냈다. 그 역시 어마어마한 파괴력을 지니고 있었다.

보티스는 79층. 네르갈은 70층. 아무리 네르갈이 시련의 악마라 해도 보티스 급의 보스를 무시할 수는 없었다.

콰아아아!

쏘아진 보티스의 불줄기가 녹색 독의 파도를 갈랐다. 그렇게 밀고 밀리는 줄다리기가 시작됐다.

[나의 종속들이여. 진군하세요. 간악한 벨제붑 무리들을 처단하세요.]

[감히 우리 차원을 넘보는 무리들이 할 소리냐! 다 찢어발겨라!]

두 악마의 외침. 그 외침에 맞추어 공격을 대기하고 있던 보스들의 전투가 시작됐다. 보티스도 달려 나갔고, 네르갈도 주문을 외웠다.

몇 달 만에 벌어지는 총력전. 보티스는 주예린을 잊을 수밖에 없었다. 지금 상대하는 저들은 벌레들이 아니니까.

방심할 수 없었다.

쿵! 쿵! 콰앙!

두 웨이브의 부딪침에 하늘이 울었고 땅이 갈라졌다. 가지각색 스킬들이 서로의 약점을 노리고 날아들었다.

"우리가…… 할 수 있는 건 없겠네요."

그 모습을 보던 빈서율이 자조 섞인 목소리로 말했다. 주예린이 답했다.

"당연하지, 지금껏 버텼던 것도 신기한 거야."

"……탑 고층은 원래 이런가요?"

"으음, 이 정도까진 아니지만……. 우리가 제대로 준비하지 못하고 올라온 건 맞지."

"레너드가 미친 새끼네요. 이런 곳에 던져놓는다고?"

"오빠를 구하기 위함이라잖냐."

"아……."

은신한 상태로 멀리서 지켜만 봐도 알 수 있었다. 전황이 벨제붑 쪽에 훨씬 기울었다는 것을. '사이버'의 버프를 받아 점점 강해지고 있었고, 애초에 벨제붑 차원이 더 높은 차원이다. 게다가 진짜인 '벨제붑'은 아직 등장하지도 않았다.

"이제 2분 남았소."

그리고 팀의 생명줄도 얼마 남지 않았다.

'상대하기 힘든 것 아네. 그래도 최대한 버텨주게.'

'비운 님이 도달하기까지 얼마 남지 않았어.'

'전력을 다해 싸우다 그분이 나타나면 최대한 구조해서 후퇴해 주게.'

'부탁하네…… 네르갈, 자네만 믿겠네.'

네르갈은 레너드의 부탁을 곱씹으며 전장을 둘러봤다.

'……이런.'

상황이 좋지 않았다.

콰득!

뱀파이어 형 악마가 아군의 목덜미에 어금니를 꽂아 넣는다. 목을 부르르 떨던 수하가 순식간에 미라처럼 말라간다. 옆에 있던 수하 하나가 도우려 달려들었지만, 옆에서 질주하던 코뿔소 형 악마의 뿔에 들이박힌다.

끼아아아!

몸 전체가 뿔에 꿰여 울음을 떨치다 절명한다.

한둘이 아니었다. 그녀가 바라보는 전방의 수하들이 처절하게 죽어가고 있었다. 주변, 어디를 둘러봐도 승기를 잡고 있는 쪽이 없었다. 자신의 병력들이 열심히 싸워주고 있는 것은 분명했지만, 확실히 승산이 없었다. 비참하고도 처절한 광경이었다.

'아아……'

주예린 팀을 게릴라로 투입한 것까지는 좋았다. 덕분에 시선을 제대로 끌어줬고 몇 달 전 전쟁에서 피해입은 보스들을 회복시킬 시간을 벌 수 있었다. 늦지 않게 상대의 공격에 맞추어 도착할 수 있었다.

하지만 근본적인 것이 해결되지 않았다.

'사이버'의 버프는 그만큼 강력했고-

이건 무차별적인 희생과 다름없었다.

'그분이 빨리 오셔야 하는데…….'

레너드가 집착하는 사람. 네르갈 진영 병력 전체보다 더 중요시하는 사람. 이 모든 전쟁이 그 사람을 구출하기 위한 전쟁이었다.

콰아아아!

시야 앞, 보티스의 입에서 섬뜩한 불길이 공간을 덮었다. 뜨거운 불길에 네르갈의 수하들과 병력들이 순식간에 녹는다. 네르갈의 등장은 그들에게 희망이었으나, 동시에 희망 고문이었다. 어차피 죽을 걸 잠시 지연시키는 정도.

네르갈은 망연자실했다. 「갓 컴퍼니」의 목표인 100층 점령. 지금도 이토록 절망적인데, 그게 가능하기나 할까? 레너드도 그래서 '비운'을 필요로 하는 것일까?

'우선…….'

자신이 나서야 했다. 잡생각이나 할 시간 따위 없었다.

적진에서 가장 강력해 보이는 보티스. 놈이 활개 치는 것을 중단시켜야 했다.

후우웅!

네르갈이 커다란 날개를 휘저으며 날아갔다.

[크크크, 왔구나…… 네르갈.]

보티스 역시 웃으며 네르갈을 맞이했다.

네르갈은 굳이 대답하지 않았다. 비장한 표정으로 놈을 향해 부딪혔다.

쿵!

두 거대한 존재의 충돌. 엄청난 에너지가 소용돌이치며 회전했다. 주변 몬스터들은 가늠할 수조차 없는 어마어마한 힘이 휘몰아쳤다.

[제법이구나, 계집년.]

[누가 뱀 아니랄까 봐 혀가 길구나, 보티스.]

불과 독의 싸움이었다. 녹빛의 기운과 적빛의 기운이 공간을 덮쳤다. 그 미증유의 기운에 주변 몬스터들도 잠깐 싸움을 멈출 수밖에 없었다.

콰강! 콰가강!

산이 무너지고 땅이 갈라지는 두 존재의 막대한 싸움에 제 몸 추스르기도 바빴기 때문이다.

"……시간이 다 되었소."

그 시각, 주예린 팀도 은신에서 벗어났다. 스킬, 「은신 필드」의 지속시간이 끝난 것이다.

"끄윽!"

"하, 할아버지! 탱커를!"

"아뇨! 아그니스 뒤에 숨어서 자세를 낮춰요!"

평온했던 공기가 단숨에 답답해졌다. 무려 수 킬로미터 밖에서 벌어진 싸움의 여파가 이곳까지 날아오고 있었다.

다행인 건, 한차례 휩쓸고 간 벨제붑 진영의 보스들이 저만치 앞까지 밀고 나가 있다는 것.

"……그래도 이 정도까진 버틸 만하군."

"그나마 훈련의 성과를 보는 거죠."

양종현의 말에 주예린이 대꾸했다.

'사실, 버티는 게 신기할 정도지.'

「몬스터즈」 당시 50층을 깼던 캐릭터로는 이곳에서 1분도 버티지 못했을 거다. 그만큼 이곳의 상황은 끔찍했다.

'하지만…….'

과거 「몬스터즈」 시절의 본인의 캐릭터와 지금의 본인의 캐릭터는 다를 수밖에 없었다. 멤버들은 이곳에 떨어진 이래로, 아니, '합체족'을 받은 이래로 꾸준하게 육체를 단련했으니까. 탑 등반 같은 어쩔 수 없는 경우를 제외하고는 단 하루도 훈련을 거른 적이 없었다.

그뿐이랴? 「갓 컴퍼니」가 히든 피스를 통해 각종 진귀한 능력치 상승 아이템을 지급했으며, 막대한 지원을 받았다.

저놈들과 직접 맞서 싸우는 것은 아직 무리지만, 이 정도의 기운은 버텨낼 수 있었다.

"네르갈이…… 저렇게 강한 존재였군요."

빈서율이 전방을 바라보며 읊조렸다. 두 존재가 워낙 거대하기에, 이곳에서도 대충 싸움의 윤곽이 보였다.

"그럼, 저래 봬도 나름 시련의 악마인데……."

두 존재의 싸움은 점차 네르갈의 우세로 기울었다. 보티스가 육탄전을 펼쳤지만, 네르갈은 유려하게 피해냈고 불보다는 독이 훨씬 더 강력했다.

[크아아아!]

보티스의 상태는 가관도 아니었다. 온몸이 푸른 독으로 인해 녹아내리고 있었으며 뿜어내는 불도 점점 미약해져 갔다.

과연, 네르갈은 한 차원의 수장이었다. 다 패배해가는 전쟁에서도 그 위용을 보여줬다.

[전장에 얼룩진 모든 극독이여 협곡을 자유롭게 거닐며 적들을 나락에 빠뜨리거라!]

네르갈의 공격은 보티스에 한정되지 않았다. 어느 정도 여유를 찾은 듯, 다른 보스들을 연달아 공격했다. 독의 파도로 공간에 퍼져 있던 극독들이 다시금 일어나 휘몰아쳤다.

콰가가가!

네르갈의 독은 신비했다. 공간을 마음껏 누비면서도 확실하게 피아식별을 했다. 벨제붑 진영의 보스들에게만 귀신같이 꽂아 들어갔고, 닿는 존재들은 전부 새카맣게 녹아 들어갔다. 실로 어마어마한 통제력이었다.

그러나 네르갈의 엄청난 기세도 그리 오래가지는 못했다.

쿵!

갑자기 공간에 등장한 미지의 존재. 거대한 파리 모양을 한 악마가 나타났기 때문이었다.

뿌드득! 빠드득!

놈의 등장에 네르갈 측 보스들의 형체가 무너져내리기 시작했다. 뼈가 비틀리고 살이 찢어지기 시작한 것이다. 별다른 힘도 들이지 않고 공간 전체를 통제하는 파리의 모습은 괴상하고도 기이했다.

네르갈 또한 당황했다. 거칠게 밀어붙이던 육체를 다급하게 뺐으며, 퍼져 있던 독 역시 뭉그러지며 사라졌다.

"……베, 벨제붑!"

주예린은 경악했다.

마침내 나타난 벨제붑. 느껴지는 놈의 기운이 상상을 초월했기 때문이다.

보티스도 네르갈도……. 저 시련의 악마 앞에서는 우스울 정도였다.

"이건…… 다 끝났네요."

"……."

"오빠가 도착한다고 해도 이제 구출할 수 있을지조차 모르겠어요."

"……그 정도인가?"

할아버지가 물었다.

"네, 지금 저 괴물을 막아낼 자는 존재하지 않을 겁니다."

주예린이 한탄했다. 멤버들의 낯빛도 일그러졌다. 지금껏 달려온 탑 50층은 정말 아무것도 아니었다는 걸 뼈저리게 느낀 것이다.

"……지금부터 이곳을 최대한 빠르게 벗어날 거예요."

결국, 주예린은 도주를 선택했다. 다행히 아직까진 네르갈이 시선을 끌어주고 있는 상태. 지금이 마지막 기회였다.

그러나-

[낄낄낄.]

기회는 어이없게도 날아가 버렸다. 네르갈 진영 쪽에 나타났던 벨제붑이 순식간에 이쪽으로 날아들었기 때문이다.

"헉."

"……미친?"

벨제붑의 생김새는 끔찍했다.

파리 모양의 형체. 우둘투둘하게 나 있는 돌기. 시뻘건 한 쌍의 눈. 징그럽게 나 있는 털.

[사이버께서 말씀하셨지. 최우선으로 네놈들부터 없애 버리라고.]

놈이 기운을 전방으로 폭사하며 말했다.

'……제기랄.'

일행들도 초월된 몬스터들도 그 자리에서 전부 굳었다. 막대한 기운 때문에 움직일 수도 없었다. 다리는 후들거렸고 눈앞이 까마득해졌다. 그야말로 절체절명의 상황이었다.

'오빠.'

주예린은 안타까웠다. 무려 1년이라는 시간이었다. 그동안 잠도 줄이고 피와 땀을 흘려가며 노력했다. 오직 오빠와 서은채를 찾기 위해서.

[내가 온 이상, 더는 회피할 수 없을 것이다, 그러니 그만…… 체념하고 운명을 받아들여라.]

그런데 그 노력의 결과가 고작 이런 죽음이라니……. 그녀는 눈을 질끈 감았다. 그리고 절망했다.

벨제붑이 고개를 갸웃하기 전까지만 해도 말이다.

그 시각-

[주인, 느껴지는가?]

골베론 위에 앉아 있던 실베론이 말을 걸어왔다. 목적지에 나타난 기운의 변화를 감지한 것이었다.

"그래, 끈적하니 불쾌하군."

[저게 바로 이곳 차원의 통수권자 '벨제붑'의 기운이다.]

"너희랑 비슷한 정도인데?"

나는 눈을 감고 전방의 기운을 탐지했다. 거의 도착했기에 가능한 일이었다.

[물론! 괜히 로드라는 지위가 붙은 게 아니라구!]

밑에서 골베론이 답했다. 답을 들은 실베론이 고개를 저었다.

[느껴지는 것이 다가 아니다. 놈의 패턴이나 비대칭 스킬들은 우리라 해도 무시하지 못해. 기운이 저 정도여도 놈은 끔찍하게 강하다. 나와 골베론이 합세해도 승산을 장담하지 못할 정도야.]

"나는?"

[주인은 다르겠지.]

"그럼 됐어."

[정말 괜찮겠는가?]

"벨제붑이라 해봐야 내 상대가 아니라며."

[놈들의 함정일 수도 있다.]

"함정?"

[주인도 알지 않는가. 사이버가 항상 주인을 주시하고 있다는 것을.]

하긴, 그랬다. 뭐든 쉽게 가려고 하면 놈의 함정에 빠졌었지. 하지만, 그 함정은 항상 나를 강하게 해줬다.

누가 보면 사이버가 아군인 줄 알 정도였다. 내 성장엔 항상 사이버가 관여했었으니까.

"그렇다고 도망칠 수는 없지."

창을 고쳐잡았다. 간만에 잡아보는 묵빛 창, '무명'(無名)이었다.

그 후, 심호흡했다. 골베론의 속도가 빨랐기에 놈들의 기운이 급속도로 가까워지고 있었다.

[주인이 그렇다면야, 나 역시 전력을 다해 돕겠다.]

이제 전투가 얼마 남지 않았다. 승리를 확신하는 전투라도 긴장이 안 될 수는 없었다. '벨제붑'은 무려 80층의 악마니까.

최선을 다해서, 전력을 다해 상대할 예정이었다.

'기운은 대충 예측이 가능해.'

조금 세 보이는 놈들이 벨제붑 진영. 비교적 약해 보이는 놈들이 네르갈 팀이겠지.

'우선 벨제붑부터 처단한다.'

내 머릿속에는 놈들의 생김새와 특징들이 전부 들어 있다.

내 머리가 그렇게나 좋았을까? 싶을 정도로 상세하게.

가서 대충 윤곽만 봐도 누가 벨제뷥의 수하들인지 답이 나올 거다.

[주인! 준비해! 도착하기까지 약 1분 전이야!]

"그래, 너희도 준비해라."

[물론이지!]

자, 그동안 기다리고도 기다렸다. 내 힘을 온전하게 실험해 볼 수 있는 그 접점 지역에 마침내 다 도착해간다. 나는 찌뿌둥한 몸을 풀며 대기했다.

[띠링-]

그때였다. 시야에 메시지 하나가 올라왔다.

"어?"

옆에 있는 서은채도 반응하는 걸 보니, 그녀에게도 뜬 것 같았다.

[「갓 컴퍼니」의 전파가 닿는 공간입니다.]

[오류가 제거됩니다.]

['용사 채팅창'이 활성화되었습니다.]

'오!'

나는 두 눈을 크게 떴다. 그동안 막혀 있던 채팅창이 풀렸기 때문이다.

[새로운 용사가 입장합니다.]
[새로운 용사가 입장합니다.]
[캐릭터 '비운'이 채팅방에 참여합니다.]
[캐릭터 '서은채'가 채팅방에 참여합니다.]
[용사 채팅창 (144/147)]

아아, 감회가 새로웠다. 이 익숙한 메시지 로그. 1년이란 시간밖에 흐르지 않았지만 뭔가 아련한 향수가 느껴졌다.

[병아리콩(Lv.78):응? 자, 잠깐?]
[아리아리동동(Lv.75):헐……. 비운 님?]
[문스터(Lv.80):ㅆㅂ?]
[조류족성애자(Lv.79):떫?!]
[몬스터콜렉터(Lv.71):엥?]

반가웠던 아이디들도 보였고-

[모찌(Lv.80):오빠!]
[빈서율(Lv.80):건호 씨!]
[서지호(Lv.80):누나아아아!]
[지병수(Lv.80):자네, 어딘가!]

[양종현(Lv.80):이, 이곳으로 오지 마시오!]

걱정했던 일행들도 보였다.

Chapter 6

주예린 팀이 절망하던 그 순간-

[……뭐지, 이 기운은……?]

벨제붑이 고개를 갸웃했다. 의아한 놈의 반응에 주예린은 질끈 감았던 눈을 떴다. 당장에라도 공격할 것 같던 괴상한 파리가 움직임을 멈췄기 때문이다.

놈은 하늘 어떤 곳을 넋 놓고 응시하고 있었다.

[그렇게 치고받고 싸우던 드래곤 로드 두 마리가 어찌한 일로……?]

아그니스의 눈도 번쩍 떠졌다. 그녀 역시 멀리서 다가오는 기운을 느꼈기 때문이다.

[아아, 로드시여…….]

아그니스는 골베론을 섬기는 드래곤. 그 엄청난 존재감과 반가운 기운에 온몸에 전율이 오름을 느꼈다.

벨제붑은 계속 말을 이었다.

[……게다가 정체 모를 기운을 가진 자를 데리고 말이지.]

놈의 관심은 더 이상 이곳에 있지 않았다. 새로운 강자들의 등장에 온 신경이 쏠렸기 때문이었다. 그 덕에 주예린 팀은 생명을 연장할 수 있었다.

"……뭐라도 나타난 거야?"

주예린이 아그니스에게 물었다. 그녀는 고개를 끄덕이며 답했다.

[그렇다, 주인.]

"그게 뭔데?"

[드래곤 로드이신 골베론 님과 실베론 님의 기운이 느껴진다.]

"……뭐, 실베론?"

주예린의 눈이 커졌다. 다른 일행들도 마찬가지였다.

"시, 실베론이라면?"

"건호 씨?"

"거, 건호가 나타난 겐가!"

때마침, 일행들의 시야에 메시지가 떴다.

[캐릭터 '비운'이 채팅방에 참여합니다.]

"허엇!"

할아버지가 탄성을 내질렀다. 마침내 비운, 그러니까 담건호가 이곳 전장에 도착한 것이다.

멤버들이 지금 할 수 있는 건- 도망도 공격도 아니었다.

어차피 저 파리 앞에서 이곳을 벗어날 수 없다. 그렇기에 그들은 각자의 마음을 담아 채팅을 쳤다.

걱정하는 자들도 있었고, 그저 이름만을 부르는 자들도 있었다.

'씨이, 오빠…….'

주예린은 눈물이 날 것 같았다. 문득, 두 번째 메인 퀘스트 당시가 떠올랐다. 성벽에서 밀리고 있을 때, '아스모데우스'(★★★★★)를 처치하고 사람들을 구했던 오빠의 모습이.

항상 그는 그랬다. 위기의 순간에 나타나 백마 탄 왕자님처럼 우리를 구해줬다.

[비운(Lv.80):오랜만이네, 이 채팅창은……. 다들 살아계셨군요. 잘 지내셨습니까?]

[서은채(Lv.80):지호야! 누난 괜찮아!]

[비운(Lv.80):근데, 이곳으로 오지 말라니……. 그게 무슨 말입니까?]

곧이어, 떠오르는 둘의 채팅. 아무래도 저 둘은 우리가 이곳에 있다는 걸 모르는 듯싶었다.

'아아, 이곳에 오면 안 되는데…….'

주예린은 생각했다. 그런데도 차마 손이 떨어지지 않았다.

솔직히 그가 와줬으면 좋겠다 싶었다. 불가능하단 사실을 알아도 그랬다. 혹여나 하는 기대감. 왠지 오빠라면 이곳 상황을 멋지게 해결해 줄 것만 같았다.

'그동안 너무 힘들었다고…….'

1년 전까지만 해도 항상 그에게 의지만 했었다. 그러나 이번 1년간 처음으로 남들을 이끌고 책임을 져야 했다.

이제는 다시 그에게 기대고 싶었다. 솔직히 지쳤기 때문이다.

[양종현(Lv.80):벨제붑이 있는 곳! 그곳에 우리가 있소! 위험하니 어서 돌아가시오!]

[지병수(Lv.80):맞네, 우회해서 지나가면 레너드가 맞이할 걸세!]

양종현과 할아버지가 이곳으로 오는 비운을 말렸다. 레너드가 무리한 이유가 오직 그를 구하기 위함임을 알고 있던 것이다.

죽는 건 본인들만으로도 족했다. 괜한 피해를 주고 싶지 않았다.

[비운(Lv.80):그렇다면 더욱 빨리 가야겠군요. 조금만 기다리세요.]

역시. 오빠는 오빠였다. 후퇴를 모르는 남자. 불가능한 퀘스트도 가볍게 해내던 남자.

크라라라!

하늘에서 큼지막한 황금빛 드래곤이 등장한 것은 그때였다. 벨제붑을 향해 어마어마한 속도로 날아드는 드래곤의 모습에 네르갈 진영도 벨제붑 진영도 모두 시선을 빼앗겼다.

위대한 골드 드래곤의 본체. 그리고 그 위에 탑승하고 있는 괴이한 존재들과 실버 드래곤, 그리고 두 남녀.

그중 한 남자의 힘은 정말 무시무시했다. 방금 등장해서 존재감을 뿜어내던 벨제붑이 아가처럼 보일 정도.

[……저게 비운 님이라고?]

네르갈은 놀랐다. 그리고 깨달았다. 비운 님은 그냥 이곳으로 온 게 아니었다. 저들을 다 박살 내러 온 것이었다.

[드래곤 로드들이여! 부르지도 않았는데 이곳까진 무슨 일인가?]

벨제붑이 급하게 날아올라 저들을 맞이했다. 일단, 대화를 해보려 했다. 저 전설의 드래곤 두 마리는 본인이라 해도 절대 무시 못 한다. 나쁘게 마음먹으면 전황을 언제든 바꿀 수 있는 존재들이기 때문이다.

그러나- 드래곤 위에서 창을 들고 날아오는 한 존재 때문에 대화를 이을 수 없었다.

[……무슨?]

섬광처럼 날아드는 작은 존재. 놀랍게도 그는 평소 벌레처럼 생각했던 인간이었다. 그러나 인간답지 않은 기운을 가진 인간.

[허억?]

푸아악!

단숨에 피가 터져 나왔다. 벨제붑은 믿을 수 없다는 표정으로 아래를 응시했다. 몸집에 나 있는 커다란 구멍. 곧이어 이어지는 통증.

[끄아아아아아!]

이해할 수 없는 일이었다. 어떻게 고작 벌레가 이런 힘을 가질 수 있단 말인가.

그는 급히 방어막을 둘렀다. 약 한 시간 동안 어떠한 공격이든 막아주는 사기적인 실드였다.

"응, 패턴해제."

그러나 사내의 간단한 손놀림에 방어막이 바로 깨졌다.

[……미친?]

벨제붑은 경악했다. 본인을 이곳의 지배자로 만들어줬던 무적의 스킬이 단 한 순간에 박살 났기 때문이었다.

[이…… 개같……]

벨제붑이 입을 부르르 떨었으나 더는 말을 잇지 못했다. 사내의 창에서 어마무시한 힘이 솟구쳐 올랐기 때문이었다. 하얀 기운과 검붉은 기운이 섞인 말도 안 되는 기운이었다.

"반갑다, 실험체."

사내가 창을 제쳐 올리며 여유롭게 자세를 취했다. 허공에 자유롭게 붕- 떠 있는 상태로.

"처음 시도해 보는 섬창이다. 이 사이버 부하 새끼야."

곧이어 사내가 눈을 부릅떴다. 그리고 강렬하게 뿜어져 나오는 기운. 지금까지 가지고 있던 기운이 몇 배로 증폭됐다. 단언컨대, 벨제붑은 그런 말도 안 되는 기운을 본 적이 없었다.

[커어어어어!]

벨제붑은 정신이 없었다. 기운만으로도 온 내부가 진탕되는 느낌이었다. 그는 급히 자신의 기운을 끌어올려 방어했다. 시뻘건 눈알이 더 시뻘게질 정도로 온 힘을 다한 기운이었다.

에너지와 에너지의 부딪침. 그 넘실거리는 '기'의 폭풍 속에서 모든 존재들은 숨죽이고 웅크릴 수밖에 없었다.

"뭐하냐?"

그러나 곧이어 내질러지는 묵빛 창. 그리고 고막을 찢을듯한 굉음!

콰아아앙!

그 소리에 모든 존재들이 눈을 감고 귀를 막았다.

[아, 안 돼에에에!]

벨제붑은 안간힘을 써봤지만 별수 없었다. 끝없이 밀려오는 무한대에 가까운 에너지에 처절한 비명을 지르며 단박에 소멸해 버렸다.

좌중이 침묵에 빠졌다. 그 강력했던 벨제붑이…… 이곳 차원의 통수권자가 단 한 방에 먼지로 소멸해 버린 것이다.

"마, 말도 안 돼."

"건호 씨…… 당신은……."

일행들도 놀랐고-

[저, 저, 저, 저게 무슨!]

[베, 벨제붑이시여!]

벨제붑 진영도 혼란에 빠졌다.

그에 비해-

[싸, 싸우자!]

[이길 수 있다!]

"와아아아아!"

"죽어라, 이 개새끼들!"

절망 속에 빠져 있던 네르갈 진영은 흥분했다. 그들은 시원한 쾌감을 맛봤다. 자신들을 억눌렀던 그 강력한 존재를 한 방에 죽인 정체 모를 존재에게 경의를 표했다.

[이, 이게 레너드 님이 그토록 바라던…….]

네르갈 역시 가슴이 들끓어 올랐다. 비운, 비운……. '히든 카드'라며 노래를 부르던 레너드를 단숨에 이해해 버렸다.

믿을 수 없는 일이었다. 계획에 없던 이변이었다. 구조 작전이 단박에 섬멸 작전으로 바뀌는 이변 말이다.

[수하들이여.]

네르갈은 벅차오르는 마음을 진정시키며 병력들을 통제했다.

[남아 있는 간악한 벨제붑 무리들에게 응징을 가하라!]

그리고 다시금 힘내어 공격을 시작했다. 벨제붑 하나가 없어졌다 뿐이지, 아직도 놈들은 분명히 강력했다.

하지만, 이제는 비운 님이 돕는다. 그를 따르는 드래곤들이 돕는다. 무조건 해볼 만했다.

크라라라라라! 키라라라라!

실베론과 골베론 역시 나섰다. 둘은 본체의 모습으로 브레스를 뿜어대며 적들을 학살하기 시작했다.

[금빛 용아병들이여!]

[은빛 용아병들이여!]

처처척!

총 40기의 용아병이 허공에서 떨어져 내렸다.

그들도 강력했다. 이빨 검을 휘두르며 적들을 베어내고 찔러냈다. 비록 악마 한 마리와 1:1로 상대하지는 못했으나, 여럿이 모여 공략하면 상황이 달라진다. 벨제붑의 악마들은 그렇게 한 마리, 한 마리 쓰러져갔다.

"미쳤네요……."

빈서율이 멍하니 말했다. 옆에 있던 아그니스가 고개를 저었다.

[아직…… 끝이 아니다.]

"네?"

[나도 곧 전투 준비를 해야겠군.]

멤버들은 이해하지 못했다. 아그니스가 마법진을 그리며 싸울 준비를 하고 있었기 때문이다.

그리고 곧이어- 일행들은 아그니스의 준비를 이해할 수 있었다. 두 드래곤 로드의 웅장한 소리가 들려왔기 때문이다.

[나…… 골베론을 따르는 모든 드래곤 무리들이여.]

[나…… 실베론을 따르는 모든 드래곤 무리들이여.]

금빛, 은빛 소환진이 허공에 아로새겨졌다. 드래곤 본체만큼 거대한 소환진이었다.

[로드의 소환에 응하라!]

[로드의 소환에 응하라!]

"저…… 건?"

주예린이 옆을 봤다. 함께 있던 아그니스가 사라져 있었다.

그리고-

쿠구궁!

거칠게 열리는 문과 함께 소환진에서 수많은 형형색색의 드래곤들이 나타나기 시작했다.

드래곤 로드 특수 능력의 발동이었다.

[근처에 용족 '레드 드래곤 아그니스'(★★★★★★)가 소환됩니다.]

[근처에 용족 '그린 드래곤 후르츠'(★★★★★★)가 소환…….]

무수히 뜨는 메시지들. 각각 실베론과 골베론을 따르는 총 100마리의 드래곤들이었다. 이 세계를 수호하는 존재들의 모임에 악마들이 경악했다.

[그…… 모이기 힘들다는 드래곤들이?]

[저것들마저 배신을!]

이제는 전황이 완벽하게 네르갈 쪽으로 기울었다. 그러나 아직 끝이 아니었다. 이제 시작이라는 듯, 창을 든 사내의 심장에서 붉은빛이 일렁였다.

'불지옥을 연다.'

벨제붑을 처리하고 드래곤들을 풀어놓은 나는 혼자 마음속으로 읊조렸다.

[아공간 '불지옥'이 활성화됩니다.]

심장 속에 있는 화염의 정수가 활발하게 가동했다. 그와 동시에 내가 모아뒀던 순수한 '기'가 정수에 섞여들기 시작했다.

쿠구구구!

순간, 섬뜩한 화염의 기운이 공간을 억눌렀다. 스킬, 「화염의 군주」(EX급)는 놀랍게도 내가 내부에 쌓아놓은 기운에 반응했다. 이는 3개월 이동 간 훈련하며 깨달은 결과였다. 캐릭터 스킬이기에 내가 강해진 것에 직접적인 연관을 받는 것 같았다.

콰강!

곧이어 익숙한 원형문이 허공에 나타났다. 공간 전체가 뜨겁게 달아오르기 시작했다.

'기를 컨트롤해야 해.'

본래 불지옥은 함부로 쓸 수 없는 기술이었다. 피아식별을 하지 않고 주변 모든 것을 불살라 버리기 때문이다. 더군다나 내 기운을 모조리 흡수한 불지옥이라면 더 그렇다.

'하지만…….'

그동안 꾸준히 연습했다. 숙련도가 올라갈수록, 그 기운도 내가 컨트롤 할 수 있다는 걸 깨달았다. 심력을 많이 소모해야 했지만, 그래도 이제는 어느 정도 다스릴 수 있다. 지금처럼 말이다.

[끄아아아!]

[이, 이런 불의 힘이라니!]

[뜨거워!]

네르갈 측 악마들은 자유로웠지만, 벨제붑 측 악마들은 괴로워했다. 아직 문을 열지도 않았는데도 몸부림치는 악마들.

증폭된 불지옥의 위력은 어마어마했다.

"끄으……."

물론 나 역시 엄청난 기력을 소모하는 일이었다. 날뛰는 기운을 통제하려 애쓰니, 식은땀이 줄줄 흘러나왔다.

콰가강!

고통스러워하는 악마들을 드래곤 100마리와 용아병 40기가 한꺼번에 덮친다. 이빨로 팔을 물어뜯기도 했고, 검으로 커다란 몸체들을 푹푹 쑤셔대기도 했다. 그런데도 내 기운의 압박 때문에 놈들은 몸을 제대로 가누지도 못했다.

'……좋네.'

이 정도면 거의 일인 군단이나 다름없었다. 드래곤 로드들, 그 로드를 따르는 용아병과 가지각색의 드래곤들, 그리고 아공간 속에 봉인되어 있던 화(火) 속성 몬스터들까지.

결국은 다 내 명령을 따르는 것과 마찬가지니까.

그리고-

['불지옥' 내 테이밍된 몬스터들이 출동을 준비합니다.]

['불지옥' 문을 여시겠습니까?]

곧이어 지옥의 문이 천천히 열리기 시작했다.

끼이이이!

들려오는 소름 끼치는 소리. 봉인되어 있던 탑 저층의 몬스터가 꾸물꾸물 튀어나왔다.

'인페르노'. '샐러맨더'. '그레이트 만티코어'. '발록'. '이프리트'. 그리고- '피닉스'까지.

내 기운을 받은 소환수들은 그 힘마저 거대해졌다. 과연, EX급(번외급) 스킬인 데는 이유가 있었다.

테이밍된 몬스터가 발전하기까지 하다니……. 딱, 지금의 나에게 어울리는 스킬이었다.

"얘들아, 마음껏 휩쓸어라."

나는 온 힘을 다해 녀석들을 통제했다. 특유의 흐름에 몸을 맡기며 날려 보냈다. 안타깝게도 저들을 통제하는 동안에 난 움직일 수 없다. 온 기운을 때려 박아 운용하기 때문이다.

콰아아아! 콰드드득!

그렇게 대학살극이 펼쳐졌다. 죽지 않는 피닉스가 열기를 내뿜으며 전장을 날아다녔고 각자 소환수들도 이전보다 증폭된 코어 스킬들을 남발했다. 이들까지 더해지자, 악마들이 기를 쓰지 못했다. 그저 속절없이 죽어 나갔다.

"아, 맞다. 얘들아. 보티스, 저놈은 남겨둬야 한다."

네르갈과 한차례 싸웠는지 온몸에 구멍이 송송 뚫려 비틀거리고 있는 커다란 뱀. 기존에 통제했던 대로, 드래곤들과 용아병 역시 놈은 건들지 않았다.

'놈은 화(火) 속성이니까.'

사실, 이동 간 연습하며 화염의 군주 스킬 레벨이 1 올랐었다. 그 말인즉슨, 테이밍 가능한 몬스터의 수가 1 증가했다는 뜻. 나는 79층의 악마 '보티스'를 테이밍할 생각이었다. 저 수많은 악마들 중, 그나마 놈이 제일 강해 보였으니까.

화르르륵!

놈들은 도망가지도 못했다. 불지옥이 펼쳐지는 10분의 시간 동안, 그저 괴로워하며 죽어갔다.

[어찌…… 인간 하나가…… 이런 힘을…….]

네르갈과 그쪽 진영 보스들은 멍하니 그 장면을 보고 있었다.

[……말도 안 됩니다.]

[그동안의 전쟁이 무색할 정도로 쉽게…….]

[게다가 '사이버' 버프를 받은 놈들 아닙니까.]

[저…… 게 갓 컴퍼니의 히든카드?]

나누는 대화들이 들려왔다.

'겨우 이 정도로…….'

나는 만족하지 못했다. 솔직히 말해서 이들에게 실망했다.

'사이버'(★★★★★★★). 놈의 아득한 힘을 미리 느껴봤기 때문이다.

고작 이 정도의 힘으로 그놈을 친다고?

'절대 불가능하지.'

레너드가 어떤 생각을 하고 있는지는 모르겠지만, 다른 대책이 필요해 보였다.

'일단 이곳부터 정리하고 그다음 생각하자.'

'불지옥'의 지속시간이 끝났다.

그렇기에 다시 발을 굴렀다. 상황은 빠르게 정리됐다. 드래곤들은 남은 악마들을 정리하고 에르둔 요새로 진격했다.

정신 차린 네르갈도 병력들을 이끌고 함께 진군했다. 아직, 벨제붑의 악마들을 제외하고도 놈의 남은 피라미 병력들이 있기 때문이었다.

물론, 상황은 완벽한 승리. 굳이 내가 신경 쓸 필요는 없었다. 내가 지금 신경 써야 할 것은.

[끄으으으…… 크흐흐…….]

눈앞에 비틀거리고 있는 뱀, 보티스였다.

"안녕?"

[크으으…….]

내 발랄한 인사에 놈이 기분 나쁘다는 듯 인상을 찌푸렸다.

"이렇게 보니, 또 나름 반갑네."

[……그, 그대는 누구인가. 누구길래 이런 말도 안 되는…….]

"쩝, 옛날에 만났을 때는 이렇게 약하지 않았었는데."

[나를 아는가……?]

"그럼, 알고말고."

「몬스터즈」 게임에서 봤다. 물론, 실물로 본 건 처음이다.

[어떻게……?]

놈은 이미 싸울 의욕을 잃었다. 온몸의 상처는 둘째치고 이미 자신의 팀이 모두 소멸했기 때문이다. 게다가 내가 벨제붑을 한 방에 잡는 걸 봤으니, 더욱 그럴 수밖에.

"그딴 건 알 거 없고. 순순히 오라를 받아라."

[……그게 무슨?]

나는 씨익 웃으며 놈에게 손을 뻗었다. 심장 속 정수가 모션에 맞춰 활발하게 움직였다.

['보티스'(★★★★★★)를 테이밍하시겠습니까?]

역시. 짜릿한 기분이 들었다. 79층의 악마를 수하로 만들 수 있을 줄이야. 「몬스터즈」 당시엔 상상도 못 했던 일이다.

"한다!"

키아아아!

내 외침과 동시에 보티스가 힘차게 포효했다. 그러더니 온순하게 대가리를 땅에 대고 드러눕는다.

완전한 복종의 표시. 이렇게 또 한 마리 획득했다. 내 기운을 온전히 받은 '보티스'는 앞으로 내 소중한 전력이 되어줄 거다.

"아저씨."

"응?"

"역시, 괴물 오브 괴물이시네요. 진짜 혼자서 이곳을 정리할 줄이야. 고생하셨어요."

어느새 따라붙은 서은채가 손수건을 내밀었다. 골베론의 보물창고에 있던 값비싼 비단 손수건이었다. 내가 고개를 갸웃하자, 손가락으로 이마를 가리켰다.

'아…….'

불지옥을 과하게 운용하다 보니 이마가 축축해져 있었다.

너무 집중하다 보니, 느끼지도 못했다.

"고생은 무슨, 땡큐."

그렇게 잠깐 숨을 돌리고 있을 때였다.

"누나아아!"

"건호 씨!"

"오빠!"

저 멀리서 일행들의 외침이 들려왔다. 1년 만에 보는, 기대 이상으로 성장한 멤버들. 그들이 힘차게 달려오고 있었다.

재회의 순간이었다.

탑 50층. 기계실 내부. 레너드 스톤필드와 잭필드는 입을 떡 벌리고 있었다. 그들의 눈앞 커다란 화면에는 전쟁터의 상황이 3D로 펼쳐지고 있었다.

[레, 레너드 님…….]

"마, 말하게."

[전쟁이…… 끝난 것 같습니다.]

"확실히 끝났지. 나도 눈이 있다네."

[그랬었군요.]

"음? 그건 무슨 반응인가?"

[아, 아닙니다.]

그들은 힘이 빠진 채로 축 늘어졌다. 그동안 전쟁터를 관찰

하면서 정신없었기 때문이었다. 의자에 앉아 노곤해진 몸을 다스리던 레너드는 조금 전 상황을 떠올렸다.

'처음 비운 님이 등장할 때만 해도 악을 질렀었지.'

하필, 벨제뷥이 등장한 시점에 도착하다니…….

상식상 그러면 안 됐기 때문이었다.

'원래는 무조건 소멸이었으니까.'

이 시점에 80층의 대 악마를 막는다고? 아무리 비운 님이라 해도 절대 불가능한 일이었다.

그런데 상황이 이상하게 흘러갔다. 오히려 비운 님의 창에 벨제뷥이 한 방에 소멸해 버렸고 초월 상태의 드래곤 로드 두 마리까지 데리고 나타났다.

'실베론은 그렇다 쳐도.'

골베론까지 말이다.

그녀는 간섭력이 부족해서 소환수로 채택조차 못 했던 존재였다. 그런 존재가 아무런 시스템의 제약 없이 비운 님을 따르고 있었다.

두 번째 놀랐던 것은 바로 '화염의 군주'. 본래 저렇게 강하게 만들어진 스킬이 아니었다. 그저 탑 저층을 쉽게 깨도록 하기 위해 제작했던 스킬인데 제작자의 의도를 완전히 벗어나 버렸다. 완전히 새로운 스킬로 재탄생한 것이다.

'역시…… 비운 님이야.'

그는 다시 한번 고개를 끄덕였다. 레너드에게 있어 그는 확실히 신적인 존재였다. '히든카드'를 넘어선 사이버 공략의 '핵심 키'나 마찬가지인 존재.

'……기도를 들어주셨어.'

사이버가 마련해 놓은 함정에서 어떤 일이 벌어졌는지는 잘 모른다. 그쪽엔 「갓 컴퍼니」의 전파가 닿지 않기 때문이다.

하지만, 비운 님은 대단했다. 그는 항상 그랬다. 어떠한 시련에도 해결책을 찾아냈고 그걸 간단하게 박살 내왔다.

그렇기에 '사이버'도 두려워하는 거고. 자신이 의지하려 하는 것이다.

[정말 말도 안 되는 힘입니다……. 이게 어떻게 된 걸까요?]

잭필드가 물음에 레너드가 고개를 저으며 말했다.

"그걸 나한테 물으면 어떡하나."

[넵?]

"캐릭터들의 스킬을 파악하는 게 자네의 역할이지 않나?"

[아……. 큥, 그게 시스템에서 인지할 수 있는 능력이 아닙니다.]

"자세히 말해보게."

[소스 코드를 통해 뒤져봐도 이해할 수가 없습니다. 존재하는 스킬이 아니라, 그냥 비운 님이 만들어낸 스킬 같아요.]

"……그게 가능하다고?"

[제 판단으로는 그냥…… 버그 같습니다.]

"버그라……."

하긴, 비운 님의 플레이 스타일은 항상 '버그' 위주였다. 시스템의 틈을 기막히게 찾아내고 그걸 노련하게 이용해 왔으니까. 이번에도 그 방법을 찾으신 게 분명했다.

"우선, 당장 만날 준비하게."

레너드는 일단, 그를 만나보기로 했다. 그의 능력을 정확히 판단하고 앞으로의 계획을 함께 설계할 생각이었다. 과거 「몬스터즈」에서 99층을 돌파할 때도 그랬었으니까.

[하지만, 레너드 님은 여기서 못 움직이시잖아요.]

"내가 간다는 말 안 했네."

[그럼?]

레너드가 웃으며 손짓했다.

"아린, 나와봐."

[네, 레너드 님.]

쪼꼬미 요정이 허공에 나타났다.

"간섭력을 줄 테니, 가서 비운 님과 소수정예 멤버분들을 정중히 모셔오게."

[네, 알겠습니다.]

뿅!

아린이 고개를 한 번 숙이더니, 사라졌다.

에르둔 요새 점령. 80층의 악마, 벨제붑 소멸. 모든 벨제붑 진영 병력 격퇴.

끝나지 않을 것 같던 오랜 전투가 한순간에 끝나 버렸다.

비운, 서은채. 그리고 그와 함께 등장한 드래곤들. 그들은 강력한 힘으로 나름 팽팽했던 균형의 실을 끊고 이길 수 없었을 것 같은 싸움을 종식시켰다.

그야말로 깔끔한 승리.

네르갈 측 진영은 환호했다. 그란데리스 왕국의 인간 병력들도, 몬스터들도, 네르갈 쪽 보스들도……. 모두들 진심으로 기뻐하며 축배를 들었다.

거의 1년이 넘도록 지속되던 전쟁이었다. 괴물과 괴물이 맞닿는 치열한 전투 속에서 많은 전우를 잃었고 가족들을 떠나보내야 했다. 본인들 또한 언제 죽을지 모른 채로 피곤한 싸움을 지속해야 했다.

그런 전투가- 마침내 끝난 것이다. 적어도 이 세계에서는 말이다.

물론, 피해가 없는 건 아니었다. 인간 병력들은 부상자들을 이끌고 각자의 도시로 복귀했고, 네르갈 측 몬스터들은 이리저리 돌아다니면서 사망자들을 태웠다. 로드의 부름에 응했던 드래곤들은 다시금 뿔뿔이 흩어졌다.

[후우.]

네르갈이 한숨을 쉬었다. 이제부터 할 일이 태산이었기 때문이다. 현재 「갓 컴퍼니」 측이 점령한 지역은 20%, 나머지 80%를 마저 점령해야 했다. 그렇게 되면 탑 80층까지 완벽하게 정복이 된다.

벨제붑이 소멸해 버렸으니 점령은 식은 죽 먹기일 거다. 다만, 세계가 워낙 크기에 많은 시간이 걸릴 거라 예측할 뿐.

그래서 네르갈은 소수의 병력을 이끌고 출발했다. 비운을 포함한 '소수정예' 멤버들은 남겨두고.

"후우."

나는 가부좌를 틀고 앉아 호흡을 돌렸다.

양옆에는 골베론과 실베론이 서 있었다. 호위하고 있는 것이다. 네르갈에게 양해를 구해, 이곳 악마들이 남긴 찌꺼기 기운들을 흡수하겠다 한 터. 그는 당연히 수락했다.

아니, 수락하지 않으면 어쩔 건가? 내가 먹겠다는데.

스킬, '□■■■□'(□□). 녀석은 굶주린 아귀와 같았다. 한없이 넓은 내 그릇에 끊임없이 기운을 담아냈다.

예전과 같은 고통도 없었다. 바다에 드넓은 강물이 들어온다고 해도, 해수면이 급격하게 변하는 건 아니지 않은가. 게다가 이제는 호흡하면서 주변도 살펴볼 수 있었다. 이는 연공법이 점점 발전하면서 생긴 효능이었다.

'어디 볼까?'

나는 눈을 가늘게 뜨고 주변을 둘러다 봤다. 근처에는 서은채가 일행 다섯 명에게 '기 연공법'의 수련 방법을 설명하고 있었다. 그들은 신중한 표정으로 그녀의 말을 따랐다.

'잘하고 있네.'

일행들도 '기'에 대해 알아야 했다. 더 높은 탑에 함께 오르려면 그들도 발전해야만 한다. 아무리 내가 강력해진다 해도 분명 혼자로는 한계가 오는 날이 있을 테니까.

'무럭무럭 강해져라.'

개인적으로 몬스터 초월보다 중요한 게 캐릭터의 힘이다. 그게 내가 초반부터 '합체족'을 고집한 이유다. 이곳 특성상 캐릭터, 즉 본인이 약하면 어딜 가더라도 위험할 수밖에 없다. 말도 안 되는 수준의 보호족이나 탱커족이 있지 않은 이상 말이다.

이번 전투만 봐도 그렇다. 초월된 몬스터들은 나름 활약한 것 같았지만, 캐릭터가 약하니 제약이 생기지 않는가.

'그래도 솔직히 놀라긴 했지.'

일행들이 벌써 50층에 오른 후, 이곳 전쟁까지 참여했을 줄이야. 네르갈이 전장을 정리하는 동안, 오래간만에 만난 우리는 회포를 풀었었다.

그동안 있었던 일들을 하나하나 들었고- 나 역시 있었던 일을 간략하게 설명했다.

서 씨 남매는 서로 부둥켜안고 눈물을 흘렸고 나 역시 일행들과 따듯한 포옹을 했다. 그리고 주예린을 격려했다.

'대견해.'

너무도 잘해줬다. 솔직히 탑을 시도할 거라 기대하지는 않았는데……. 오직 나와 서은채를 위해 노력했다니 감동하지 않을 수 없었다.

후우웅!

기운은 재빠르게 흡수되어 갈무리 됐다. 커다란 '기'가 뭉쳐 있다 보니, 속도는 더욱 빨라졌다. 더 큰 질량 쪽으로 당기는 힘이 작용한다는 뉴턴의 '만유인력의 법칙'이 '기'에도 통용되나보다.

'나쁘지 않군.'

악마들을 모두 다 소멸시켜 버렸기에, 최상 컨디션의 기운들을 얻지는 못했지만 그래도 만족할 정도는 됐다.

그리고. 시간이 어느 정도 흘렀을 때-

[근처에 요정족 '운영자'가 소환됩니다.]

"오?"

작은 요정. 운영자 아린이 뿅- 하고 나타났다.

쉐넌과 비슷한 생김새. 그러고 보니, 그 꼴 보기 싫은 요정은 잘 있으려나? 못 본 지도 1년이 넘었네. 그래도 나름 미운 정이 들었었는데.

[반갑습니다. '소수정예' 여러분. 「몬스터즈」 운영자 '아린'입니다.]

나는 자세를 풀고 일어났다. 먹을 만한 '기'는 이미 다 흡수한 상태. 이제 탑 50층으로 가서 '레너드'를 만나야 했다. 일행들도 아린이 있는 쪽으로 몰려들었다.

"오랜만에 보네?"

[그렇습니다. 비운 님. 덕분에 당사가 커다란 승리를 거둘 수 있었습니다. 아마 80층을 점령하게 되면 더 막대한 간섭력 통제권을 얻어올 수 있을 겁니다.]

"그래, 어쩐 일이냐. 우릴 50층으로 데려가려고 온 거겠지?"

[맞습니다.]

"안내해라."

레너드에 관해서는 주예린에게 대충 들었다. 그냥 평범한 중년 남자라 했고, 자세한 이야기는 내가 가면 들려준다고. 그동안 당한 게 있기에, 한대 쥐어 패주려 했는데 이미 지가 손 봐줬단다.

'그건 그거고, 난 나지.'

결과는 좋았지만, 아직도 치가 떨린다. 47층 '히든 피스'를 준비했다 해놓고 말도 안 되는 사지로 몰아넣은 놈.

두 존재의 싸움에서 매번 말리기만 해서 결국 내가 목숨 걸고 해결하게 하던 놈. 문득, 죽창을 든 사내가 떠올랐다.

나에게 '섬창'(殲槍)을 선물했던 사내.

'오직 자신만 생각해라. 누구도 믿지 마라. 저놈들이나 갓 컴퍼니나 다 개새끼들이니까.'

그는 분명 사이버나 레너드나 둘 다 개새끼라 했다. 자신을 갓 컴퍼니 직원이라 밝혔음에도 말이다.

'얼마나 개새낀지 한 번 얼굴이나 봐야지.'

평범한 사람이라 했으면 오히려 더 잘됐다.

적어도 패는 건 쉬우니까.

[따, 따라오십시오.]

내 분위기가 이상했는지, 아린이 말을 더듬었다. 그리고 곧이어 우리를 포탈로 안내했다.

"초월 방에 연결되어 있는 포탈인가 보네? 그때랑 똑같은데?"

주예린이 나섰다. 아린이 고개를 끄덕였다.

[그렇습니다. 입장하시면, 레너드 님이 기다리고 계실 겁니다.]

"쩝, 이거 어지러운데."

주예린이 나를 바라봤다. 먼저 들어가도 되겠냐는 뜻.

나는 고개를 끄덕였다.

주예린을 선두로 우리는 차례차례 포탈에 몸을 던졌고- 그렇게 나는 '히든 피스'에 빠진 후, 약 1년 만에 탑 50층에 도달할 수 있었다.

잠시 동안의 부유감이 끝난 후 빛이 사그라들었다.

[탑 50층, '기계실'에 도달합니다.]

[탑 50층은 현재 '레너드 스톤필드'가 점령하고 있습니다.]

눈을 떴다. 먼저 보이는 것은 전시장에 전시되어 있는 수많은 몬스터들이었다.

'이게 초월 된 몬스터들인가?'

주예린에게 들었다. 「갓 컴퍼니」는 모아둔 간섭력을 이놈들을 확보하는데 투자했다고.

"아아! 비운 님, 마침내 오셨군요."

[비운 님의 무사 귀환을 환영합니다.]

그리고 눈앞에는 한 중년 남자와 남성 요정이 고개를 숙이고 있었다.

"네가 레너드냐?"

"그, 그렇습니다. 우선 따라오시죠. 모시겠습니다."

레너드는 생각보다 예의 있었다. 주예린에게 듣기로는 싸가지에 밥 말아 먹은 놈이라 들었었는데…….

일단, 제대로 이야기를 나누기 전에 자리부터 이동해야 했다. 넘실거리는 기운에 일행들이 많이 불편해하는 것 같았다.

우리는 기계실로 이동했다. 이동하면서도 흠칫거리며 주예린의 눈치를 보는 게, 아무래도 때렸다는 게 효과가 있는듯했다.

'그건 다행이야.'

솔직히 고민했었다. 사이버에 비해서 많이 멍청해 보이는「갓 컴퍼니」, 그리고 그의 수장 레너드. 만약 놈이 내가 건들지 못하거나 통제하지 못하는 존재였으면, 많이 암담할 거라 생각했기 때문이다.

다행히도 놈은 내 말에 귀를 기울여 줄 것 같았다. 그러기만 하면 된다.

「몬스터즈」에서 탑을 공략할 때도 그랬다. 놈들에 대한 정보만 있으면, 모든 작전을 내가 설계하는 게 훨씬 편했기 때문이다.

"주예린에게 대충 사항은 들었다."

나는 기계실에 마련된 의자에 앉았다. 일행들과 레너드도 각자의 자리에 앉았고 잭필드는 열심히 커피를 날랐다. 오랜만에 마셔보는 커피는 꽤나 달콤하면서도 따듯했다.

"그, 그렇습니까?"

"그전에."

"넵!"

놈이 군기 있게 답한다.

"코리안 모드는 도대체 뭐였냐."

"아…… 그, 그게."

"분명, 간섭력을 이용해서 준비한다고 했는데 말이지."

"……죄송합니다. 비운 님을 위해서 최선을 다해 준비해 놨는데 갑자기 사이버가 간섭해서……."

블라블라블라…….

뭐, 솔직히 예상은 하고 있었다. 레너드가 생각이란 게 있는 놈이면 그런 곳에 날 집어 던져놓을 리 없을 테니.

"됐다, 이해했어."

뻔했기에 굳이 듣지 않았다. 본인이 잘못했다는 걸 알기만 하면 된다.

굳이 매를 들 힘도 없었다. 뭔가 한차례 사건이 끝나니 정신적으로 피곤했기 때문이다.

무엇보다 빨리 '터'로 가고 싶었다. 못했던 등급 업그레이드도 하고 싶었고, 그리웠던 현대식도 먹고 싶었다. 몬스터 요리나 중세시대 음식은 정말 더럽게도 맛없었으니까. 특히, 빈서율의 요리가 그립다.

"죄, 죄송합니다."

"앞으로 똑바로 해라."

"넵!"

"그럼 주예린에게 얘기해 주려고 했던 거나 말해봐."

"얘기하려던 거라면……?"

내가 다시 한번 눈을 치켜떴다. 저게 한 번에 못 알아듣고?

"아, 아! 이 탑의 존재 이유랑 사이버가 누구인지, 왜 이 사달이 난 건지에 대한 건들 말이죠……?"

저게 알면서…….

이제 원인을 들을 때가 왔다. 솔직히, 매번 궁금했기 때문이다. 왜, 내가 이곳에서 이들을 위해 싸우고 있는지. 왜, 잘 굴러가던 현실이 이 모양 이 꼴이 된 건지. 분명 예전부터 50층에만 도달하면 다 설명해 주겠다 했었으니…….

"그래, 천천히 말해봐."

"으음…… 그게."

놈이 눈꼬리를 내리깔고 머뭇거린다.

"또, 뭐."

"시, 실은 지금 상황이 많이 바쁩니다."

"상황?"

"네, 얘기하려면 시간이 엄청나게 소모될 건데……. 사실, 탑 80층까지 점령 작업이 아직 많이 남아서……. 간섭력도 회수해야 하고……. 정비하는 것도 제가 통제해야 합니다. 설명하는데 정리도 좀 필요하고요……. 혹시, 괜찮으시다면 오랜만에 탑 밖에서 바람 좀 쐬시며 쉬고 계실 수 있습니까? 제가 준비됐을 때, 아린을 통해 호출하겠습니다."

"뭐, 언제 듣든 상관은 없지."

나는 자리에서 벌떡 일어났다. 커피도 내려놨다. 사실, 나도 생각이 같았기 때문이다. 살짝 피곤했기에, 좀 쉬다가 듣고 싶은 마음이 컸다.

"시간은 얼마나 주면 되냐."

"으음…… 한 달이면 충분합니다."

"한 달?"

"넵!"

흠, 한 달이면 좀 긴데…….

좀 줄여보자.

"2주."

"네?"

"무조건 2주 안에 준비해라. 안 그러면 맞는다."

"크, 크흠."

바로 아니라고 대답 안 하는 거 보니 가능은 한가보다. 저게, 아까부터…… 그냥 확 계획했던 데로 패버릴까?

"당분간 휴가 좀 다녀온다 생각할 테니."

"최, 최대한 노력해 보겠습니다."

"아니."

"네?"

"무조건 해내라. 안 그러면 진짜 뒈지는 거야. 네놈이 나한테 던졌던 시련보다는 이게 훨씬 쉬울 거다."

"크읏."

할 말을 잃은 놈을 뒤로하고 난 옆에 있는 아린을 바라봤다.

"탑 밖으로 안내해."

[알겠습니다, 비운 님.]

아린과 잭필드가 고개를 꾸벅였다. 뭔가 속 시원하다는 표정이었다.

그래. 네놈도 갑질 한번 당해봐야지.

앞으로도 계속 놈은 내가 통제할 거다. 스파르타식으로 말이다.

[병아리콩(Lv.78):뭐? 무슨 소리야! 당연히 오늘도 파티지!]

[폭행몬스터즈(Lv.78):또? 주에 한 번은 하지 않냐.]

[병아리콩(Lv.78):또라니? 이처럼 특별한 날에!]

[조류족성애자(Lv.79):맞지. 비운 님도 복귀하셨고 모찌 님도 50층 돌파하셨는데 당연히 해야지. 이번엔 다 모이자.]

[병아리콩(Lv.78):ㅇㅇ, 오늘은 빠지는 거 용납 못 한다. 다 모여라.]

[아리아리동동(Lv.75):소수정예 터로 모이면 됨?]

[병아리콩(Lv.78):ㄱㄱ, 거기가 제일 깔끔하지. 고인물들, 올 때 다들 음식 최대한 조리해서 와. 맨날 서울 언니가 해주는 것만 축내지 말고.]

[카드값줘체리(Lv.73):그러나 그게 제일 맛있는걸……?]

[병아리콩(Lv.78):시끄러.]

[조류족성애자(Lv.79):술도 챙기는 거 잊지 말고.]

[문스터(Lv.80):ㅇㅋ.]

[담배하나피까츄(Lv.70):가즈아~]

'아아…….'

처음 탑 밖으로 나온 순간, 느낀 감정은 말로 표현할 수가 없었다. 뭔가 아련한 옛 향수가 느껴지는 기분. 그러면서도 무언가 이질적인 기분. 1년 만에 나온 탑 밖은 많은 것이 변해 있었다.

우선, 탑 주변에 '터'가 바글바글했다. 마치 탑을 중심으로 하나의 커다란 도시가 들어선 것 같은 느낌이었다.

동, 서, 남, 북. 모든 방향이 자리 없이 빽빽하게 들어차 있었다.

모든 상업과 교통의 중심지. 과연, 과거에 예상했던 대로였다. 하늘 끝에 보이지 않을 정도로 솟아 있는 탑은 당연히 지역의 랜드마크가 될 수밖에 없었다. 지역 어디에 있든 보이기에 방향 잡기도 편할 거다.

게다가 「몬스터즈」의 최종 콘텐츠는 탑. 나중을 위해서라도 당연히 자리를 선점하려 들 수밖에 없었을 터. 그렇게 사람이 모였을 거고, 원래 사람이 뭉치다 보면 더욱 많은 사람이 모이게 되는 법이다.

"많이도 변했네."

나는 탑 주변을 둘러다 봤다. 탑 입구에 줄 서 있는 많은 사람들. 동양인도 있었고 가지각색 피부의 서양인도 있었다.

주변을 거닐며 왁자지껄 떠드는 자들. 모여서 전투를 준비하는 자들과 몬스터와 교감을 쌓는 자들까지. 그야말로 시장통이 따로 없었다.

나와 서은채는 그 모습을 넋 놓고 감상했다.
“적응 안 되지?”
그 모습을 보던 주예린이 빙긋 웃으며 다가왔다.
“기억나? 오빠가 함정에 빠지고 나서 바로 서버통합 이벤트 했었던 거.”
“응, 기억나지.”
“거기서 합류된 사람들 때문에 인구수가 완전히 급증했어. 처음엔 이 정도까진 아니었는데 시간 지나니까 자연스럽게 이렇게 되더라. 탑 저층은 정보도 많이 풀려서 보상 얻어 보겠다고 도전하는 사람들도 많고.”
“그렇겠네.”
“웃긴 건 뭔 줄 알아?”
“뭔데?”
“자기들끼리 모여서 무슨 기구 같은 것도 만들더라고.”
“기구?”
“응, 사람들이 많이 모이다 보니까 몇몇 대형 집단이 합쳐서 단체도 만들었어. ‘생존자 연합’인가 뭔가…… 하는 건데……. 사실 자세히 몰라.”
오, 행정 기관 비슷한 건가? 하긴, 지금까지는 무법지대였으니까 무력이 있는 자들이 합하면 해볼 만도 했다. 그게 멸망한 세상 속에서 삶의 가치를 조금이라도 높이는 길이라면 말이다.
“소수정예랑 용사 채팅방 멤버들은 그냥 가입 안 했거든.”
“왜?”

"그냥 복잡해서? 어차피 우리는 '터'에서 생필품 다 구할 수 있기도 하고 어차피 할 일이라곤 탑 오르는 것밖에 없었거든. 괜히 시시비비 걸리기도 싫고."

"가입하라고 요구하지는 않고?"

"전혀. 애초에 탑 서쪽은 금지(禁地)야. 오지도 못해."

안 그래도 우리가 서쪽으로 이동하자, 사람들이 수군대는 소리가 들렸다.

"헉, 저기는 가면 큰일 나는 곳 아녀?"

"그 사람들인가 보지. 소위 말하는 한국 랭커들."

"아……. 성격 더럽다던데."

"악명이 자자하지."

"저기에 발 들여서 살아나온 사람이 없다던데?"

"몬스터 먹이로 인육을 준다는 소문도 있어."

"말조심해. 귀 밝은 랭커들도 있당께."

대충 조심하라는 말. 절대 건들면 안 된다는 말인 듯싶었다.

"……도대체 무슨 짓을 했길래?"

"난 별짓 안 했어. 그냥 탑에 오를 채팅방 멤버들 다 서쪽에 자리 잡으라 했지. 그래야 가르치기 편하니까. 그리고 별 터치 안 했는데 어느새 이 모양이 되어 있더라."

상황이 머릿속에 그려졌다. 주예린이야 탑 공략에만 집중했을 거고, 나머지 성격 더러운 채팅방 멤버들이 몇 번 무력을 행사했겠지. 예를 들어 폭행몬스터즈, 유현동 같은 놈들.

나야 관심 없다. 도리 같은 것은 진즉에 버렸고, 지금은 오직 내 생존만이 목표다. 그리고 '사이버'와 끝을 보는 것. 사람들이 뭘 하든, 누가 간섭하든 신경 쓰지 않을 거다.

'오, 여기는 변한 게 없네?'

얼마 지나지 않아 집단 소수정예의 '터'가 나왔다. 탑은 많은 것이 변했지만 '터'는 그대로였다. 옛날에 예쁘게 디자인했던 그대로.

[건…… 호?]

그때였다.

[건호오오오오오오!]

뭔가 예전보다 더 창백하고 말라보이는 쉐넌이 힘차게 날아왔다. 그러고는 앙탈을 부린다.

[왜, 왜! 이제 온 거야! 이 나쁜 놈!]

"뭐야, 얘는 안색이 왜 이래? 뭐 잘못 먹었어?"

[그게 무슨 소리야! 내가 얼마나 걱정했는 줄 알아?]

"……네가 날?"

내가 고개를 갸웃했다.

[그럼! 다른 요정들은 주인들이 골드를 팍팍 쓴다고 자랑하는데, 나는 그동안 완전 찬밥 신세였다구. 다들 티는 안 내는데 막막 버려진 요정이라고……! 히잉!]

"쩝, 네가 그럼 그렇지……."

[앗, 잠깐만? 히에에에에엑?]

곧이어 쉐넌의 날개가 찌릿 솟았다. 동공이 커졌고 죽어 있던 낯빛에 안색이 돌기 시작했다.

[세상에나! 그 골드 뭐야?]

"아……."

'허어…….'

놀랍진 않았지만 그래도 감회가 새로웠다. 퀘스트도 깨지 않고 가만히 있었는데 이렇게 많이 쌓여 버리다니…… 공돈이 생긴 기분이었다.

[꺄아아아! 건호! 건호! 사랑해! 쪽쪽!]

"저리 가라."

나는 쉐넌의 다리를 잡아 휙- 날렸다.

'골드는 다 쓸데가 있지.'

탑 50층을 정복하면 풀리는 VIP 상점. 조만간 그곳을 개방할 생각이었다.

"일단, 흩어져서 푹- 쉬고 있죠. 오랜만에 샤워들도 좀 하고요. 다들 모여서 파티 준비한다고 하니까, 부르면 나오시면 돼요."

주예린이 일행들을 통제했다. 항상 그래왔던 것처럼 자연스러운 모습.

나 역시 고개를 끄덕였다.

"그러자."

"네, 언니."

"그러도록 하지."

일행들도 많이 피곤해 보였다. 49층을 깨자마자 전쟁에 참여했다 들었다. 그곳에서 갖은 고생을 했으니 지치지 않을 리 없었다.

'나도 오랜만에 좀 쉬어야겠군.'

주거지로 들어왔다. 집은 누가 청소라도 해둔 듯 깔끔하게 정리된 상태였다. 들어오자마자 가장 먼저 한 것은 바로 목욕이었다. 배고픔은 이따가 파티에서 해결하면 될 터였고, 수면보다는 찝찝함이 좀 컸다.

켈피로 샤워했다고는 하지만 진득하니 뜨끈한 물에 몸을 담가본 기억이 예전이었다. 나는 입었던 썬더 장비를 벗어놓고 따듯한 물에 목욕을 시작했다. 그리고 눈을 감고 생각을 정리했다.

'50층 이후부터는 기존에 내가 겪었던 탑이 아니야.'

시련의 악마 '아스타로트'(★★★★★★)가 존재해야 할 50층엔 웬 기계실이 자리 잡고 있었다. 이건, 「몬스터즈」에서 겪었던 일이 아니다.

'게다가.'

네르갈과 벨제붑의 세계처럼 10층마다 하나의 세계관이 있는 거라면…….

'쩝.'

큰일이었다. 내가 「몬스터즈」에서 겪었던 모든 공략과 지식들이 소용이 없어졌다는 말이었으니까.

70층대에서 나왔던 드래곤들도 마찬가지다. 기억 상 71층~80층까지 클리어할 때, 드래곤이란 존재는 본 적도 없었다.

그런데 이번엔 등장했다. 둘 중 하나다. 뭔가가 바뀌었든지. 아니면, 소환수로 설정될 수 있는 몬스터들은 기존 「몬스터즈」에서 보스로 등장하지 않은 시스템이든지.

'그냥 이제는…….'

모조리 다 처음부터 시작하는 거라 생각해야 한다. 그래야 마음이 편하다. 괜히 기존 정보로 설쳤다가 하나뿐인 목숨을 잃을 수도 있다.

'그래도…….'

레너드가 80층까지 점령해놨다 했으니 남은 층은 총 20층뿐. 만약 그것도 각 하나의 세계관이라 가정하면, 총 2개의 세계밖에 남지 않았다.

그리고 그 세계 마지막엔 놈.

'사이버'가 기다리고 있겠지.

나는 눈을 부릅떴다. 아직도 그때 당시 놈의 눈동자를 떠올리면 식은땀이 흐른다.

'일단, 일행들 호흡법부터 숙달시키자.'

다행히도 아까 확인했다. 시련의 탑 주변에는 그래도 다른 곳에 비해 '기'가 많이 응축되어 있었다. 거기서 훈련해도 될 것 같았다. 주변 사람들이 이상하게 생각할 수 있겠지만…….

'그리고 고인물들.'

주예린이 키웠다던 채팅방 고인물들. 그들도 분명히 전력이 될 수 있다. 도움 안 된다는 생각을 가지면 안 된다. 만약, 탑 등반이 전쟁방식이라면? 최대한 비대칭 전력들을 늘려둬야 한다.

놈이 어떤 방식으로 나올지는 전혀 모르는 거니, 사소한 거라도 하나하나 다 대비해둬야 한다. '사이버'와 「갓 컴퍼니」사이에서의 변수는 바로 우리, 유저들이니까.

'그렇다면…….'

레너드가 준비할 2주. 그 쉬는 시간 동안 내가 해야 할 일이 뭘까?

'우선 탑을 깨주자.'

어느 정도 검증된 인원들, 예를 들어 탑 30층에 근접한 인원들을 추려 50층까지 버스를 태워준다. 그다음 레너드에게 거기서 얻은 간섭력으로 몬스터 초월방에 있는 몬스터들을 지급하라 한다.

어차피 개개인이 소지할 수 있는 몬스터의 한계는 10마리니까 이들이 사용하면 최대한의 효율을 볼 수 있다. 탑 30층에 근접했다는 건 어느 정도 실력에 검증이 됐다는 의미니까. 분명 센스도 남다를 거다.

'합체족이랑 기에 대한 정보도 풀어야겠지.'

초창기 튜토리얼 때처럼 정보를 독식할 생각은 없었다. 그때는 내 생존이 달린 문제였고. 지금은 탑 밖의 인원들이 무슨 짓을 하더라도 내 손끝 하나 건드릴 수 없을 만큼의 전력 차다. 선택된 인원들에게는 호흡법도 알려줄 생각이었다.

이런저런 생각을 마치니 시간이 많이 흘러 있었다. 물기를 닦고 새로운 옷으로 갈아입자, 마침내 채팅창에 호출이 들어왔다.

[병아리콩(Lv.78):우리들의 영웅~ 소수정예 언니·오빠들! 잘 쉬셨나요? 파티 준비 끝났으니 나오세요~]

[빈서율(Lv.80):요리도 해뒀어요. ㅎㅎ.]

나는 피식 웃었다.

저 발랄한 채팅도 그리웠는데. 그래도 살아남아서 다행이었다. 이런 모습이라도 다시 볼 수 있으니.

덜컹!

문을 열고 밖으로 나섰다. 이제 1년 만에 제대로 된 휴식을 즐겨볼 생각이었다.

Chapter 7

파티는 봐줄 만했다. 그동안 보지 못했던 가지각색의 음식들과 음료들, 그리고 다양한 종류의 술이 공원 테이블에 세팅되어 있었다.

"우와, 뷔…… 뷔페식이었어요? 세상에, 이게 얼마 만이야."

"맛있겠군."

군침이 절로 넘어갔다. 나와 함께 고생했던 서은채 역시 눈이 반짝반짝했다.

정말 오랜만이었다. 이런 류의 음식을 먹어본 지는.

고인물 중에 요리사 출신이라도 있는 건지, 아니면 그동안 빈서율의 요리실력이 급격하게 는 건지, 대부분의 음식들이 화려했다. 시각뿐만 아니라 후각에서 느껴지는 향 역시 끝내줬다.

"바, 바로 먹으면 되는 거죠?"

"그럼."

침을 삼키는 서은채에게 빈서율이 빙긋 웃어줬다. 나 역시 개인 접시를 하나 들고 이것저것 주워 담기 시작했다. 위장이 크고 칼로리 소비도 많기 때문에 양껏 퍼다 산을 쌓았다. 물론, 서은채도 마찬가지였다.

사람들은 바글바글했다. 거의 대다수의 채팅방 용사들이 이곳으로 모인 듯했다. 나와 서은채는 대충 주변 빈 테이블에 앉아서 식사를 시작했다.

파티는 별다른 통제 없이 자유로웠다. 각자 원하는 사람들과 원하는 자리에서 술을 마시고 담소를 나눴다.

"크하하! 마시자고!"

"비운 님의 무사 생존을 위하여!"

"시련의 탑 정복과 우리의 생존을 위하여!"

"캬아! 오늘은 마시다 죽는 거야!"

다양한 사람들이 웃으며 우리의 귀환을 축복해 줬다. 맞은편에 앉아 있던 서은채의 눈이 반짝인 것은 그때였다.

"와⋯⋯ 아저씨, 이것들 되게 비싼 술 아니에요?"

"음, 그럴걸? 나도 잘 몰라."

각 테이블에는 각종 주류가 널려 있었다. 다양한 로고가 붙어 있는 위스키, 브랜디, 코냑, 보드카 등등⋯⋯. 평소 이런 류의 술을 접해보지 못했던 나였기에 가격대는 몰랐다.

"이게 다 소수정예에서 제공하는 술들이란 거죠?"

"그렇다던데."

빈서율이 일행들과 합의 아래, 모아뒀던 걸 한 번에 풀었다고 들었다.

"언제 이렇게 모았대요?"

"서율 씨가 꼼꼼한 거지."

주거지(Lv.5) 효과 중 하나였다. 냉장고에 신선한 식자재와 향신료, 각종 술이 충전되는 것.

빈서율은 매일매일 나와 서은채의 냉장고를 뒤져 랜덤으로 충전되는 재료들을 꺼냈다고 했다. 안 그래도 운이 좋은 그녀라 값비싼 술과 재료들이 계속 창고에 가득 차게 됐고, 파티할 때마다 이런 식으로 비워주는 거였다.

어차피 쌓아놔 봤자 일행들이 술을 자주 즐기는 것도 아니었고 별다른 쓸모도 없었으니까.

"왜? 마셔보게?"

"그래도 돼요?"

"맘대로."

"헤헷."

그렇게 시간이 흘렀다. 남은 소수정예 멤버들도 내가 있는 곳으로 모였고, 그동안 많은 사람들이 내 앞을 지나갔다. 기존에 알던 사람들은 나를 반겼고, 일면식이 없던 사람들도 순차적으로 찾아와 인사를 했다.

"허허- 반갑습니다. 처음 뵙겠습니다, 비운 님."

"몬스터즈 때부터 팬이었습니다."

"담배하나피까츄입니다. 잘 부탁드립니다."

"저 기억 나시죠? 카드값줘체리입니다."

대충 이런 식이었다. 파티에 처음 참여하는 나와 서은채를 위해 먼저 나서서 인사해 주는 것이리라.

'나름 반갑네.'

실물은 처음이었지만, 그래도 채팅창에서 간혹 봤던 사람들이었다. 또한 「몬스터즈」 시절에도 게임을 하면서 눈에 익기도 했던 자들이었다. 이곳에 있는 사람들 모두 10주년에 가까워질 때까지 남아 있던 고인물들이니까.

'좋다, 편안하군. 이런 게 휴식이지.'

그동안 했던 고행이 한 번에 날아가는 기분이었다.

맛있는 음식과 밝은 사람들. 선선한 날씨와 끝내주는 배경. 마음 같아선 레너드에게 준 2주 동안 푹 쉬고 싶었다.

'그러나 그럴 순 없어.'

해야 할 일이 많았기 때문이다.

레너드만 믿고 있을 수 없었다. 놈만 믿고 있다가는 또 '사이버'에게 거하게 뒤통수를 얻어맞을 거다.

'쩝, 내일까지만…… 쉬자.'

그래도 내일까지는 괜찮다. 다들 괴물괴물하지만, 나도 어느 정도 동력이 필요한 사람이니까.

목욕하면서 계획했던 것은 모레부터 시행할 예정이었다. 어차피 이들도 지금은 파티를 즐기고 있기 때문.

"비운 오빠!"

어느 정도 시간이 더 흐르자, '병아리콩' 이유주가 쪼르르- 달려왔다. 항상 느끼는 건데, 얘는 좀 귀여운 거 같다. 아이디부터가.

"응, 그래. 무슨 일이니?"

"저…… 그 무슨 일이 일어난 거 같은데. 어떡하죠?"

그런데 지금은 표정이 살짝 애매했다.

뭔가 할 말이 있어 보이는 눈빛.

나는 늘어뜨렸던 자세를 다시 바로잡았다.

"말해 봐."

"파티에 폭행몬스터즈 오빠랑 조류족성애자 오빠가 없어서 채팅창으로 불러봤거든요?"

폭행몬스터즈 유현동. 조류족성애자 정태경.

그나마 탑 서쪽에 초창기에 들어왔던 멤버들이다.

"그래? 걔네들이 파티에 빠진 건 본 적이 없는데. 뭐라는데?"

주예린이 옆에서 나섰다. 그녀도 관심을 가질 만한 내용이었던 거다.

"근데, 아무 말이 없어요. 거의 저만큼 채팅창만 바라보고 사는 죽돌이들인데."

"무슨 일 생긴 거 아냐?"

"그러니까요. 좀 이상해요."

걱정스러운 표정의 이유주. 아무래도 그 둘과 정을 많이 붙인 것 같았다.

'한번 봐볼까?'

나는 혹시나 해서 눈을 감고 기감을 펼쳤다. 가까이에 있는 기운을 죽이고 먼 곳의 기운을 느끼려 했다.

그리고-

'음?'

멀리서 기척을 잡았다. 분명 탑 서쪽이 분명한데, 그곳에서 일종의 전투가 벌어지는 느낌이었다.

'서쪽은 금지(禁地)라며?'

다수의 몬스터와 맞서 싸우는 소량의 몬스터. 그중 몇 마리가 조류족인거 봐서 분명히 무슨 일이 일어난 게 분명했다.

"다들 여기서 기다리고 있어라."

천천히 일어났다. 그러자 주예린과 이유주가 고개를 갸웃한다.

"잉? 왜, 오빠? 무슨 일 있어?"

"왜요?"

어느 정도 눈치를 챈 느낌. 난 대수롭지 않게 말했다.

"그냥, 어디 있는지 알 거 같다."

"정말요? 그럼 저도……!"

"괜히 다 같이 가서 파티 분위기 망칠 필요 없잖아. 내가 가서 좋게좋게 마무리 짓고 올게."

그녀들을 대충 타이른 후, 자리를 떴다.

식사는 이미 예전에 다 끝났고- 사실, 나는 사람들이 모여 있는 파티 자리를 그렇게 좋아하지 않는다.

혈투, 전쟁, 도전. 파티보단 차라리 이런 게 더 재밌다.

가장 재밌는 관람 거리가 싸움 구경과 불구경이라지 않은가. 그래서 가보고 싶었다. 어차피 이곳 근처에 내 목숨을 위협할 만한 자는 존재하지 않는다.

'대충 해결해 주고 가서 자야지.'

몸도 씻었고 식욕도 해결했겠다. 이제는 수면욕을 해결해 줄 차례였다.

퉁!

나는 발을 굴러 하늘을 날았다. 그리고 얼마 뒤, 기척이 느껴졌던 곳 근처에 도착했다. 일단, 멀리서 상황을 지켜봤다.

콰아앙!

몬스터 수백의 스킬들이 날아가 이곳저곳에 부딪힌다. '터'로 이루어진 공간들이 내구도를 잃고 부서진다.

"크하하, 서쪽엔 괴물들이 산다더니만! 이거 별거 아니 구만?"

"100명이서 공격하는 주제에 말이 되는 소리를!"

"끌끌, 우리가 몬스터를 다 꺼냈다고 생각하느냐?"

상황은 대충 이랬다. 정확한 이유는 몰랐지만, 외국인 집단들이 힘을 합해 정태경과 유현동을 공격하고 있었고-

"유현동! 그냥 대꾸하지 말고 컨트롤 해!"

"크읏! 제기랄."

"채팅창으로 지원 요청 안 돼?"

"시간이 없어!"

그들은 수적으로도 질적으로도 완벽하게 밀리고 있었다. 하긴, 그럴 수밖에 없었다. 상대가 100명이면 몬스터는 더 많다. 비록 전부 꺼내고 있는 것 같지는 않았지만, 그래도 이건…… 거의 전쟁이나 다름없었다.

"아까 그 자신감 있던 모습들은 어디 갔나. 크하하!"

"그만 좀 도망 다니시지?"

신기한 건 저들끼리 서로 대화가 통한다는 것. 서버 통합하면서 모종의 언어 패치를 진행했다고 들었다.

'흐음…….'

옷깃만 스쳐도 인연이라는 데, 그냥 두고 볼 수는 없다. 일단, 말려보기로 하고 창을 들었다. 아직, 허공에 떠 있는 상태였다.

부우웅!

그리고 저들에게 큰소리로 위협을 해줄 만한 스킬은…….

['디스트럭션 쇼크웨이브'를 가동합니다.]

이것만 한 게 없다. 내가 가진 최고의 양학용 기술.

"후우."

호흡을 한 번 하자, 오른쪽 손아귀에 황금빛 기운이 몰려들었다. 나는 거기에 '기'를 살짝 첨가했다.

쿠구구구…….

곧바로 흔들리는 공간. 응축된 기운에 밝아지는 시야.

'기'는 곧바로 스킬을 증폭시켜갔다.

'증폭된 디스트럭션…… 파멸의 힘.'

과거에는 힘겹게 쏘았지만, 이제는 쉽게 통제할 수 있다. 일직선? 부채꼴? 이런 식으로 형태를 한정하지 않을 수도 있었다. 지금처럼 말이다.

수우우욱! 콰가가가가강!

몸에서 무언가 빠져나가는 느낌과 함께 에너지가 수백 가지의 광선 다발로 나뉘어 대지에 꽂혔다. 외국인들의 몬스터들을 직접 타격하지는 않았다. 단순히 위협용이니까. 그저 그들의 이동 경로 바로 앞에 떨어뜨렸다.

"뭐, 뭐야! 갑자기!"

"이게 무슨?"

마치 벼락처럼 콰콰 내리꽂혔다. 돌이 튀고 나무가 부서졌다. 바닥이 갈라지고 '터' 역시 미관상 좋지 않게 변했다.

"다, 다들 괜찮나! 일단 추격을 멈추고 모여!"

"라져!"

놈들이 당황하며 공격을 멈췄다. 당연히 정태경과 유현동을 사냥하던 것도 중단했다. 정체 모를 공격에 상황을 파악하고 재정비하는 것. 일단, 기본은 된 놈들이다.

퉁!

나는 창을 한 번 털어낸 후, 정태경과 유현동이 있는 쪽으로 다가가 착지했다.

"어떻게 된 일이냐."

"비, 비운 님!"

"역시 형님이셨군요. 굉장하십니다."

조류족성애자는 뿔하피를 본 이후로 항상 나에게 형님이라 불렀었다. 그들은 나를 본 순간, 곧바로 안도했다. 살았다고 생각하는 것이리라.

"형님. 저들은 서버통합 때 넘어왔던 외국인들입니다."

"외국인?"

"네, 각 국가 랭커들끼리 뭉친 거 같은데 마냥 무시할 수만은 없습니다."

"왜 공격하는 건데?"

"한국인들이 탑 서쪽을 모두 점령하는 것에 대해 불만이 있답니다. 고인물들의 소문이 사실인 지 한 번 확인도 할 겸 내려온 거죠."

"일종의 서열정리라는 거네?"

"그런 거 같습니다."

흐음.

그런 것 치고는 너무 다굴이었는데. 일단, 이들 말만 듣고 판단할 수는 없으니 저들에게도 확인 한번 해봐야겠다.

약 100명 정도의 외국인. 놈들은 잔뜩 긴장한 채, 방어 태세를 갖추고 있었다.

하긴, 표정이 굳을 수밖에 없었다. 방금 보여준 한 수는 저들이 지금껏 한 번도 보지 못했을 법한 그런 수준이었을 테니까.

'다 별 볼 일 없군.'

외국 랭커라길래 살짝 기대했었다. 혹시 '사이버'와 전투함에 있어 도움 될 만한 인물이 있는지도 확인했는데…….

'하나도 없어.'

심연의 눈동자로 파악한 결과가 그랬다. 스킬 구성이나 몬스터 등급 등을 보았을 때, 그냥 말 그대로 운 좋은 사람들의 모임. 「몬스터즈」는 기본적으로 운빨좆망겜이니까.

"네놈도 이쪽 서쪽 사람들 중 한 명이냐!"

그들 중 한 명이 나선 것은 그때였다. 금발의 곱슬머리를 가진 체격 좋은 백인 남성이었다.

"그렇다면?"

나 역시 고개를 끄덕이며 나섰다.

곱슬머리 백인 남성. 아무래도 녀석이 여기 모인 놈들을 대변하는 사람 같았다.

나는 놈을 살폈다. 놈뿐만 아니라 주변에 있는 모든 몬스터들의 움직임을 느꼈다.

진형을 잡은 다양한 종족들. 곰족도 보였고 늑대족도 보였다. 후방에 암살족도 몇 마리 있었으나, 내 감각을 피할 수는 없었다.

"이곳에 몰려와서 굳이 이들을 공격하는 이유가 뭐지?"

나는 최대한 점잖게 물었다. 가능만 하다면 유혈사태 없이 끝내고 싶었다. 난 폭력보다 평화를 지향하는 사람이니까.

좋게 달래서 보낼 수 있으면 그것만큼 좋은 게 없다.

"대한민국 랭커들이 탑 주변 일정 지역을 무단으로 점거하고 있다 들었다."

놈이 나서며 말했다.

"무단 점거?"

나는 눈을 가늘게 떴다.

그런 얘기를 들은 적은 없는데……? 그냥 초창기 서쪽에 자리 잡은 적은 있어도 따로 통제한 적은 없었다. 누가 들어오는 것을 딱히 막은 적은 없다는 것이다. 주예린도 분명 그렇게 알고 있었다.

"그렇다. 서버 통합 이벤트에서 우승했던 것은 인정한다만, 그렇다고 한 국가가 일정 지역을 모두 점령하는 것은 말이 안 된다고 본다. 그것도 보통 지역이 아닌 랜드마크 주변을 말이다."

"개소리! 땅문서도 없는 세상에 니 거, 내 거가 어딨냐?"

"맞아, 게다가 애초부터 이곳은 우리 터였잖아. 먼저 찜한 사람이 임자지, 그걸 비키라는 거야?"

유현동과 정태경이 거세게 반항했다.

나는 한숨을 쉰 후 말했다.

"그래서?"

일단, 더 들어볼 생각이었다. 놈은 계속 말을 이었다.

"두고 보다가 각 국가의 정예들이 나서 합쳤지. 한국 랭커가 최강이라는 근거 없는 소문을 근절하고, 기구에 가입하지도 않은 채 괴뢰군처럼 뭉쳐 있는 너희들을 처단하기 위해서."

기구? 저번에 주예린이 말했던 '생존자 연합'인가 뭔가 하는 건가?

"처단한다고?"

"그렇다. 아무리 너희가 대단하다 해도 겨우 한 국가의 랭커들이다. 다수 국가 연합을 상대하기엔 한참 부족할 거야."

"흐음, 그래?"

"물론이지."

"그러니까 정리하자면……."

나는 간단하게 결론을 내렸다.

그리고 되물었다.

"탑 서쪽에 있는 한국놈들이 마음에 안 드니까 무력으로 싹 밀어버리겠다는 거네?"

"뭐, 대충 그렇다고 볼 수 있지."

"그게 그 기구인가 뭔가 하는 단체의 입장인가?"

"공식적인 건 아니지만……. 여기 모인 이들의 입장은 된다. 왜, 갑자기 무섭기라도 하나? 어디 기회라도 한 번 줄까?"

"기회?"

"그래, 너희들끼리 회의할 기회. 도망가기로 하겠다면 굳이 잡진 않겠다. 크하하."

뭐지. 병신인가?

아무래도 놈은 자신들의 힘을 너무 과신하는 거 같았다. 불과 몇 분 전에 '디스트럭션 쇼크웨이브'를 보여줬음에도 말이다. 쩝, 너무 약하게 했나?

"아까부터 저런 개소리를 하길래 못 참고 덤벼들었죠."

"근데 수준은 엄청난 거 같았습니다. 놈의 말에 따르면 지금 펼쳐져 있는 병력이 30%도 안 된다 했어요. 아마 대충 몬스터 두 마리씩만 소환해 놓은 거 같은데요?"

정태경과 유현동이 부가 설명했다.

뭐든 상관없었다. 저들 수백 수천이 있어도 나한테는 안 된다.

나는 다시 놈에게 물었다.

"만약 못 간다면?"

"뭐?"

"우리 땅이라 뺏기기 싫다면 어떻게 할 건가?"

놈이 피식 웃었다.

"뭘 들었냐. 아까 무력으로 밀어버린다고……."

"죽일 거야?"

"뭐?"

"다 죽일 거냐고."

"아, 너희들 말인가? 반항하면?"

"어."

"물론이지. 원래 세상이 다 그런 거 아니겠냐. 그게 무서우면 굽힐 줄도 알아야지."

"오케이, 알겠다."

나는 고개를 끄덕였다.

이미 상황 정리는 끝났다.

놈들은 공격했고- 의견이 갈리면 상대의 목숨을 앗아가겠다 선포했다.

그것은 곧 전쟁 선포와도 같다.

만약 내가 힘이 약했으면? 여기서 뒈졌을 거란 말이다.

그러기에 나 역시 굳이 봐 줄 이유는 없었다. 이곳에 별다른 소속감이 없다 해도 말이다.

"그럼 내가 무력을 쓴다 해도 억울하진 않겠네?"

"뭐라?"

"나도 너희가 별로 마음에 들지 않아서 무력으로 밀어버리려 하거든."

"크큭, 아까 보여준 술수를 믿고 그러는가 본데, 그때는 우리도 방심했었다."

"그래, 보면 알겠지."

더는 들을 것도 없었다. 말로 보여줄 것도 아니고.

이미 칼을 뽑은 이상 확실하게 혼쭐을 내줄 필요가 있었다.

"탑 서쪽에 악명이 퍼져 있다고 했지?"

"흥, 근거 없는 소문일 뿐이지. 이제 곧 바뀔 소문."

"아무래도……."

"……."

"오늘 그 악명이 더 늘 것 같구나."

나는 씨익 웃었다.

동시에 '뿔하피'와 '실베론'을 소환했다.

나는 속으로 다짐했다.

'할 거면 확실하게 간다.'

그래야 다시 이런 귀찮은 일을 당하지 않는다. 물론, 굳이 다 쓸어버릴 필요는 없다. 소문을 내줄 사람은 남겨놔야 하지 않겠는가?

[오랜만이야, 주인님!]

[불렀는가, 주인.]

내가 가장 애용하는 두 몬스터.

오늘의 무대는 너희가 장식할 거다.

'골베론은 못 데리고 나왔으니까.'

골드 드래곤은 70층대 지역에 남겨두고 온 상태다. 어쩔 수 없었다. 그녀는 소환수가 아니니까.

[탑 밖은 오랜만이군.]

[주인님! 저것들 다 처리하면 돼?]

실베론과 뿔하피가 기분 좋게 기지개를 켰다.

"이, 일 년 만에 보는…… 뿔하피?"

그 모습을 본 조류족성애자 정태경이 감탄했다. 분명 전투가 벌어지기 직전인 긴급한 순간임에도 그는 전혀 긴장하지 않았다.

"아아, 이 더할 나위 없는 자태를 또 볼 수 있다니……. 난 죽어도 좋아."

그저 여유롭게 구경할 준비를 했다.

유현동도 마찬가지였다. 그는 오히려 소풍이라도 온 것처럼 바닥을 고르게 해 자리를 잡았다.

"정신이 이상한 놈들이었군."

서양인 중 한 명이 말했다.

유현동이 비웃었다.

"글쎄?"

"쯧, 상황 파악도 못 하고 건방지게 여유나 부리고."

"그건 두고 봐야 하지 않을까?"

"저건 아까부터 도망가던 게 왜 저렇게 여유를 부려? 갑자기 미치기라도 한 거야?"

"그만!"

결국, 곱슬머리 금발 사내가 나섰다.

금방 조용해지는 공간.

그가 나를 바라보며 입을 열었다.

"설마, 혼자서 우리 전부를 상대하기라도 하겠다는 건가?"

"상대는 무슨."

"뭐?"

"너희는 내 유희 거리조차 되지 못한다."

"진짜 미쳤나 보군."

"바로 시작해라. 실베론, 뿔하피."

나는 팔짱을 꼈다. 창을 쓰지도 않을 생각이었다.

지금 해보고 싶은 건, 뿔하피에게 내 '기'를 나누어 주는 것. 이것 역시 이동했던 3개월간 꾸준히 연습했던 거다.

[주인, 전부 다 죽이면 되는가?]

[주인님! 얘네 다 죽여?]

"일단, 지금 보이는 몬스터들은 다 죽이고, 굳이 도망가지 않고 버티는 놈들도 그냥 싹 다 죽여라."

[명을 받들지.]

슈우웅!

순식간에 '기'가 빠져나갔다. 뿔하피가 가진 반쪽짜리 화염의 정수. 거기에도 '기'를 불어넣을 수 있었다. '기'는 그야말로 무궁무진한 활용도를 가지고 있었다.

[꺄악! 힘이 넘친다! 주인님 좀만 더 줘!]

[재미있겠군.]

내 말과 함께, 놈들도 달려들기 시작했다.

실베론이 손을 뻗었다.

지잉!

은빛 마법진이 허공에 새겨짐과 동시에 나와 일행들을 보호하는 투명막이 생겨났다. 주인이 귀찮을까 봐 펼쳐주는 그의 배려 마법이었다.

"고마워, 실베론."

[금방 해결하고 오지.]

번쩍!

그와 동시에 빛이 터졌다. 본체로 변신하기 시작한 것이다.

크라라라!

기다란 꼬리. 날카로운 이빨과 발톱. 전신을 뒤덮은 은색 빛깔의 거대한 드래곤이 1년 만에 탑 밖에 등장했다.

"드, 드래곤?"

"놈이 믿고 있는 게 그거였나!"

"도, 도망쳐야 하는 거 아닙니까?"

"그래 봐야 태생 5성 몬스터 중 하나일 뿐이야! 달려들어!"

"우리가 훨씬 유리하다!"

크르르르!

저들의 대화에 실베론이 비웃었다.

나 역시 웃었다.

'과연 그럴까?'

저들은 '초월'을 모른다. 저들뿐만이 아니라 대한민국 랭커라 불리는 이들도 '초월'이 뭔지 모른다. 「몬스터즈」 게임에 등장하지 않았던 개념이니까.

그리고 그 '초월'은 '각성' 따위와 다르다. 진정으로 그 몬스터가 가진 잠재능력을 100%까지 끌어내 준다.

[학살에는 브레스가 제격이지.]

콰드드드!

실베론이 거침없이 날아올랐다. 그 튼튼한 몸체에 살짝이라도 스치는 집과 나무, 몬스터들이 순식간에 산산조각이 났다.

후웅!

가까이 다가가던 몬스터들 또한 겨우 날갯짓 한 번에 다 찢어발겨 졌다.

"미, 미친?"

이어서-

달려오는 이들을 향해 실베론이 입을 벌렸다. 이윽고 전격의 숨결이 공간을 뒤덮었다. 적들에게 생각할 기회조차 제공하지 않았다.

파츠츠즉!

"끄아! 끄아아아아아! 끄아아!"

"끼아아아!"

온 세상이 하얗게 변했다. 몬스터들과 사람들의 비명 소리가 들려왔다. 전류가 흐르는 소리와 함께 탄내가 공간을 가득 채웠다.

"와아……."

유현동과 정태경이 입을 떡 벌렸다. 우리야 투명막이 막아준다지만, 다른 곳은 아니었다. 밖에 존재하던 사람들과 몬스터들의 절반 정도가 눈 녹듯 녹아버렸다. 고작, 단 한 방에 말이다.

"무…… 슨 몬스터가."

"어, 엄청나게 발전하셨네요."

"옛날에 이벤트에서 봤던 건 애교 수준인데요?"

아무리 태생 5성이라 해도 이런 광역기는 불가능하다. 초월, 그것도 완벽한 1티어 소환수인 '드래곤 로드'이기에 가능한 공격이었다.

다음은 뿔하피였다. 내 기를 한껏 받은 뿔하피가 남은 생존자들을 향해 날갯짓했다.

호루스의 깃털 폭파. 유도기능이 달린 깃털 하나하나에 화염의 기운이 깃들었다. 거기에 내 '기'가 반응해 증폭하니…….

쾅!쾅!쾅!쾅!쾅! 쾅!쾅!쾅!쾅!쾅!

거의 융단폭격이나 다름없었다. 남아 있는 몬스터들은 반항도 채 못하고 갈기갈기 조각나 버렸다.

뿔하피는 계속 날았다. 뿔을 날려 상대의 미간을 뚫었고 발톱으로 몸통 자체를 그어버렸다. 한 치의 머뭇거림조차 없었다.

"끄아아악! 살려줘!"

"이, 이곳은 지옥이야!"

"도, 도망가!"

스킬 두 방에 상황이 역전됐다. 서양인들은 새로운 몬스터를 꺼낼 생각조차 못 했다. 압도적인 전력 차에 사고 능력을 상실해 버렸다. 그저 덜덜 떨며 도망가기 바빴다.

"그 끈질기던…… 놈들이."

"단 두 방에……?"

도망가는 자들은 굳이 추격하지 않았다. 소문을 내줄 사람이 필요하기도 했고 솔직히 불필요한 학살은 나도 싫었다.

아마, 곧 소문이 퍼지겠지.

차라리 그게 나을 수도 있다.

'쩝.'

솔직한 감정은 안타까움이었다. 상대가 내 생각보다 더 약했기 때문이다. 분명, 저기서 파티를 즐기고 있는 고인물들도 이 정도 수준밖에 안 될 거다.

'더 급해지겠군.'

이래서는 안 된다. 적어도 '사이버'와의 전투에서 조금이나마 도움이 되어주려면 이 정도 수준이어서는 안 된다. 잠깐 머리를 식히러 왔는데, 마음이 더 복잡해져 버렸다.

"다 정리된 것 같네, 이만 가자."

"넵! 형님!"

"역시, 비운 님이십니다!"

이들은 당장의 모습에 신나하는 것 같지만…….

'……뭐.'

일단, 지금은 깊게 생각 말자. 모레부터 제대로 훈련시키면 되는 거니까.

이틀이 빠르게 지났다. 파티는 성황리에 마무리됐고- 난 그동안 휴식을 취하며 생각을 정리했다.

물론, 그동안 못했던 등급 업그레이드도 마무리했다. '소수정예' 창고에는 일행들이 탑을 오르며 얻었던 각종 재료들이 산처럼 쌓여 있었고- 나는 가지고 있는 몬스터를 전부 6성(★★★★★★)으로 업그레이드했다.

총 10개의 칸 중 7개의 칸을 차지했다. 이제 3개의 몬스터만 등록하면 된다.

'뭐, 아직까진 괜찮으니까.'

급할 건 없었다. 지금은 나 자체의 성장에 초점을 두고, 혹여 꼭 영입하고 싶은 몬스터가 생기면 그때 생각하면 된다. 골드 드래곤 '골베론'처럼 말이다.

분명, 81~100층을 공략하다 보면 기회가 올 거다.

'굳이 초월방에 있는 몬스터들을 노릴 필욘 없어.'

거기 있는 몬스터들은 이미 나에게 미치지 못한다. 굳이 키우는 데 시간 낭비할 이유는 없다. 차라리, 고인물들에게 주는 게 더 낫지.

[모찌(Lv.80): 고인물들아. 다들 잘 생각해 봤어?]

[모찌(Lv.80): 소수정예랑 계약할 사람은 지금 모두 탑 앞으로 모여.]

[모찌(Lv.80): 일단, 어제 하겠다고 한 사람 48명이랑, 추가로 생각 있는 사람도 와도 된다~ 딱 50명까지야!]

[모찌(Lv.80):마지막 기회인 거 알지?]

계획은 실행됐다. 바로 어제, 50층 직행버스에 참가할 자들을 모았고 많은 이들이 참여를 약속했다. 진정한 고인물이 될 수 있는 기회라나 뭐라나.

당연히 제한은 있었다. 먼저 탑 27층 이상 돌파한 자들만 참여 가능. 그리고 「언제나 비운의 편으로 함께 싸운다.」라는 조건으로 네르갈의 재판을 걸 수 있는 자들.

원래 세상엔 공짜란 없는 법이다. 내가 내 시간을 사용해 키워주는 만큼, 나를 따르겠다는 약속도 받아내야 했다. 나는 자선사업가가 아니니까. 그런데도 많은 이들이 참여하는 데는 분명한 이유가 있었다. 법이 없는 세상에서 주어지는 강한 힘이라는 것은 그만큼 매력적일 수밖에 없기 때문이다.

'힘은 곧 생존과도 직결되지.'

저번 외국인 집단과의 싸움만 봐도 답이 나온다. 내가 힘이 없었다면? 엄청 억울한 상황이 벌어졌을 거다.

"오빠."

"응?"

"혼자 인솔할 거지?"

"그래야지."

"하긴, 에르둔 요새 전투 때 보니까 벨제붑도 한 방에 잡더만……. 50층 정도야 금방 깨고 나오겠네."

소수정에 멤버들은 전부 탑 앞에 나와 있었다. '기'가 그나마 충만한 탑 주변에서 '기 연공법'을 연습하기 위해서였다. 내가 인원들을 키워주는 동안 이들은 여기서 최대한 그 스킬을 익혀야 했다.

"자세를 편하게 하세요."

"천천히 숨을 들이쉬고 내뱉으셔야 해요."

"과정을 너무 의식하지 말고 자연스럽게 호흡이 되다 보면 뭔가 보일 거예요."

"그걸 놓치시면 안 돼요."

서은채는 훌륭한 스승이었다. 과거 알렉산드로가 했던 말들을 그대로 기억하고 이들에게 전달했다.

"보통은 한 달에서 두 달 정도 걸릴 거예요. 오빠는 일주일 만에 익혔지만……."

거기에 본인이 힘겹게 달성했던 경험들까지 섞었다.

"쟤들은 저기서 뭐 하는 거야?"

"몰라, 이상한 사람들 한둘이냐. 관심 끄자."

별수 없이 탑 밖 인원들에게 시선을 끌릴 수밖에 없었지만, 일행들은 개의치 않았다. 그저 묵묵히 눈을 감고 서은채의 목소리에 집중했다.

그렇게 1시간이 흘렀을까. 약속했던 채팅방 고인물들이 모였다.

인원은 총 50명. 기존보다 두 명이 더 붙었다.

대부분이 반가운 얼굴들이었다. 채팅방에서 자주 보던 인원들.

문스터. 병아리콩. 폭행몬스터즈. 카드값줘체리. 이런 애들 말이다.

"제가 50층까지 깨주는 간섭력으로 많은 보상을 받을 겁니다."

나는 이들에게 간단하게 브리핑했다.

앞으로의 성장 방향과 해야 할 일들을.

"갓 컴퍼니랑은 이미 얘기된 사항이니 걱정하지 않으셔도 됩니다."

저것에 관한 건 어제 확답을 받아뒀다. 어떻게? 서은채가 가진 '요정왕 오베론'의 스킬, 「운영자 연결」을 이용하면 된다.

10분간, '아린'과 대화를 나눴다. 그리고 아린은 딱 50명의 인원들에게 초월방의 몬스터들을 선물하겠다고 약속했다.

'사실상 명령이지.'

이미 운영자들도 깨달은 거다. 내가 '레너드' 위에 있음을.

혹여 그렇게 생각하지 않다고 하더라도 저들이 할 수 있는 건 없다. 내가 파업을 선언하면, 사실상 「갓 컴퍼니」는 끝이나 마찬가지기 때문이다.

"여러분 모두에게 태생 5성 확정 소환권이 지급될 거고요. 특히 받은 '합체족'은 꼭 등록해야 합니다. 탑 고층부터는 절대 몬스터의 힘만으로 등반할 수 없습니다. 우선 본인이 강해지는 게 기본이에요. 물론, 그 과정엔 많은 고통이 따를 겁니다."

"그럼 나중에 우리도 저런 거 배우는 건가요?"

이유주가 손을 들었다. '저런 거'라 함은 호흡법을 익히고 있는 멤버들을 말하는 것이리라. 나는 고개를 끄덕였다.

"네가 그 정도 수준까지 올라온다면."

"넵!"

"또 다른 질문 있습니까?"

저들은 토 달지 않았다. 묵묵히 고개를 끄덕였다. 나를 온전히 믿겠다는 거다.

하긴, 저들에겐 기회다. 그 누가 「몬스터즈」 랭킹 1위의 버스와 교육을 받겠는가. 당연히 시키는 대로 해야지.

"좋습니다. 그럼 바로 가시죠."

나는 창을 들고 탑 쪽으로 향했다. 총 51명이 가입한 파티를 이끌고 말이다.

그렇게 다시 들어간 탑은 쉬웠다. 그냥 하품 나올 정도로 간단했다.

'기', '제3의 감각' 그리고 '패턴해제'. 그 세 가지로 모두 클리어 가능했다. 다른 인원들은 아무것도 하지 않았다.

"헉, 헉……. 왜 이리 빠르셔?"

"그냥 따라가다 보면 탑이 클리어돼 있는데?"

그저 쫓아오기 바빴다.

슈우웅! 콰아아앙!

나는 그간 쌓인 스트레스라도 풀 듯 힘차게 날아 재꼈다. 허공에서 가볍게 창을 내지르면, 모든 것이 무너졌다. 모든 것이 소멸했다.

'……다르다.'

뭔가 느낌이 달랐다. 1년 전에 내가 올랐던 탑 저층. 이게 과연 그 어려웠던 곳이 맞나 싶었다.

일단, 이곳에는 '기'라는 게 없었다. 70층대와 기계실 내부에 넘실거렸던 그 '기'가 말이다. 즉, 여기서는 아무리 호흡법을 해봤자 기운을 늘릴 수 없다.

'……아?'

문득 뇌리가 번뜩였다. 혹시 이런 거 아닐까? 하는 생각이 들었다. 50층 이하는 모든 사람들이 도전할 수 있는 스테이지의 개념이다.

즉, 무언가가 만들어낸 허상일 가능성이 크다는 거다. 실존하는 공간이 아니라.

'일리 있는데?'

생각해 보면 그렇다. 내가 죽였던 10층의 '아스모데우스'를 다른 유저들도 똑같이 죽인다. 20층도 30층도 마찬가지다. 그럼 그것을 과연 진짜라 할 수 있을까? 탑을 나갔다 들어가면 다시 살아나는 데 말이다.

그런데 50층 이후부터는 다르다. 「갓 컴퍼니」의 기계실 이후, 새로운 차원이 나타나고 새로운 세상이 보인다. 오직 하나의 몬스터만 존재하며, 죽은 50층의 아스타로트나 80층의 벨제붑은 더 이상 나타나지 않는다. 즉, 진짜라는 거다.

더군다나 거기는 '기'라는 것이 존재한다.

'그럼 설마…….'

레너드가 고집했던 50층 등반. 그게 새로운 세상에 입장하기 위한 기본적인 조건이자 시험인 건 아닐까?

물론, 확실한 건 아니다. 자세한 건, 곧 레너드가 설명해 주겠지. 딱히 중요한 것도 아니고.

나는 28층부터 순식간에 쭉쭉- 클리어해 나갔다. 47층 아래로는 어차피 한 번 깼었던 부분들이기에 보상이나 경험치는 없었다. 열심히 따라오는 인원들에겐 이미 '네르갈의 재판' 저주도 건 상태였다.

30층, 37층, 40층, 47층……. 거의 잠도 자지 않고 왕복 이동을 했다. 일주일이라는 기간 동안 말이다.

굳이 '히든 피스'까지 찾아 깨주지는 않았다. 물론, 원하는 자들에게는 위치를 알려줬다. 필요하면 나중에 직접 가서 깨라 했다.

'히든 피스'가 대부분 깨달음과 관련되어 있기 때문에, 직접 클리어해 주는 건 별 의미가 없기 때문이다. 혼자 솔플로 해야 하는 부분들도 많기도 하고 말이다.

"하앗!"

창을 찔렀다. 변이를 다 마친 키메라였다. 마지막 보호막을 덮고 있는 놈.

그러나- '섬창'(殲槍) 한 방에 49층의 보스가 녹아버렸다. 원래는 보호막을 두르고 이곳 모두와 자폭하는 놈. 그러나 내 포크질 한 방에 허무하게 끝이 나버렸다.

그와 동시에 안내 메시지가 올라온다.

버스의 마지막을 장식하는 알림이었다.

[축하합니다!]

[시련의 탑 49층을 클리어하셨습니다.]

[생존자 전원에게 특수한 보상이 지급됩니다.]

[생존 인원 총 51/51명]

[클리어 보상:레너드의 통제실 초대권, 1,000,000골드]

['담건호' 파티가 '현재 랭킹 1위(49층)'를 달성합니다.]

[클리어 시간 - 02:03:15]

[추가로 각각 20,000골드씩 지급됩니다.]

49층 보상은 나도 먹었다. 지금에 오니, 그렇게 좋은 보상은 아니다.

"이, 일주일 만에 50층에?"

"그것도 혼자서…… 과연 랭킹 1위라는 건가……?"

"진짜, 사람 맞으세요?"

반면에 50명의 인원은 입에 함박웃음이 폈다. 별다른 노력도 하지 않았는데, 보상 더미가 계속 쏟아지니 그럴 수밖에. 거기에 평소 얻기 힘들다던 태생 5성 몬스터들까지 말이다.

'지금 많이 웃어둬라.'

지옥 훈련은 아직 시작도 안 했으니까.

[갓 컴퍼니가 '담건호' 파티를 초대합니다.]

[응하시겠습니까?]

"그래라."

기계실 내부. 수많은 인원을 맞이하는 잭필드.

[반갑습니다, 용사들이시여. 갓 컴퍼니의 본진, 기계실에 오신 것을 환영합니다.]

'레너드'는 없었다. 한창 바쁜지 마중 나올 시간도 없는 것 같았다. 건방지지만 봐주기로 했다. 내가 무리한 숙제를 제시한 거니까. 아마 열심히 71~80층 차원을 점령하면서 나에게 설명할 자료들을 준비하고 있을 거다.

"이, 이게 어디요?"

"기계실?"

"50층이 이런 곳이었어?"

당황하는 인원들.

잭필드가 친절하게 웃었다.

[하하, 다들 따라오시죠. 설명하기 전에, 드렸던 몬스터 초월부터 진행하겠습니다.]

요정의 안내에 따라 일은 물 흐르듯 빠르게 진행됐다. 각 인원들의 몬스터에 맞는 초월체를 가져와 초월을 진행시켰다. 아직, 약하기에 직접 초월방에 들어가진 못했다.

그동안, 잭필드는 인원들을 이해시켰다. '초월'에 관해서도 알려줬고 이곳 세계에 대해서도 간략하게 설명했다. 불과 며칠 전 있었던 에르둔 요새 전투에 관해서도 설명했다. 내가 아는 내용은 다 나온 것 같았다.

"그렇게 된 것이었군요."

"역시……. 비운 오빠."

"결국, 우리는 사이버가 이끄는 집단과 싸워야 할 운명이라는 거지?"

"탑 100층엔 사이버가 존재하는 거고?"

일행들 역시 기본 탑 27층까지 돌파했던 자들. 잔머리가 굵고 머리 회전이 빠른 자들이다. 그렇기에 금방 이해했다.

우리는 잠깐의 대화 후, 탑 밖으로 나왔고-

그렇게 또 일주일이 흘렀다.

후우웅!

무기 휘두르는 소리가 훈련장을 가득 메운다. 주변에서 열기가 피어오른다. 벌써 며칠째, 이곳은 고통스러운 신음과 땀으로 후끈후끈했다.

"멈추지 말고 휘둘러라!"

오랜만에 듣는 '아델 드 베르트랑'의 목소리. 그는 일주일 째 고인물들의 체력관리를 도맡아 하고 있었다.

"동작이 완벽해질 때까지 휘두르고 또 휘둘러라. 쯧쯧, 체력이 이래서야……. 원."

아델이 고개를 뒤흔들었다. 그는 창류, 도검류, 검방류 등등, 가리지 않고 교육했다. 지금 중요한 건, 기술이 아니라 체력이기에 그랬다.

"하악, 흐윽."

"제기랄! 힘들어!"

"어, 언제까지…… 하는 거야."

고인물들이 거친 숨을 내쉬었다. 침을 질질 흘리는 자들도 있었다.

그럴 만도 했다. 일반인보다야 훨씬 나은 체력이라지만, 그래도 나나 아델의 입장에선 꽝이다. 그런 그들이 휴식시간도 없이 한나절을 움직이고 있다. 탈진이 올 수밖에 없었다.

"탑 고층의 전투는 만만치 않습니다. 휴식시간 없이 약 3일간 움직여야 할 때도 있으며, 다가오는 적들의 공격에 직접 피해야 할 때도 있을 겁니다. 계속 움직이세요. 지금의 피와 땀이 분명히 나중의 전투에서 목숨을 지켜줄 겁니다."

나는 계속 조언했다. 다행히 그들은 거친 숨을 내쉬면서도 포기하지 않았다. 처음에는 왜 체력 훈련을 해야 하는지 이해하지 못하는 자들도 있었으나 금방 가라앉았다.

능력치의 증가. 그 버그의 효능을 눈앞에서 직접 봤기 때문이다. '소수정예'가 그동안 말도 안 되게 강했던 이유도 깨달았고. 이들 대부분이 만렙에 가깝다. 벌써 만렙인 자들도 있다. 그렇기에 더 이상 캐릭터의 발전이 어려운 상태였다.

"여러분들도 아시지 않습니까? 노력 없이 얻는 강함은 없습니다. 제가 시키는 것은 한계가 있습니다. 스스로 노력하고 쟁취하세요. 한계를 부수는 겁니다."

내가 다 해줄 순 없었다. 그건 '소수정예' 멤버들도 마찬가지였다. 나는 저들이 목말라 할 때, 우물에 데려다주는 것밖에 해줄 수 있는 게 없다. 그 물을 퍼다가 마시는 것은 저들의 몫이다.

"으아앗!"

"그래, 해보자!"

"우리도 강해지자!"

누군가가 파이팅을 외쳤다. 좋은 자세다. 원래 혼자 하면 못 버티는 것도 누군가 옆에서 같이하면 버틸 수 있는 법이다. 군대에서의 행군이 그랬었지.

탑 밖에 나온 후- 지옥 훈련은 이처럼 계속됐다.

천천히 할 수 있었지만 그러지 않았다. 시간이 없었기 때문이다. 언제 사이버가 또 개입할지 모르는 일이니까.

"수면은 최소화하세요. 주어진 휴식시간에는 초월했던 몬스터들과 최대한 교감을 쌓는 겁니다."

충분한 대화를 통해 초월 능력을 판단하고 저들의 콤보나 전투 방식들을 다 습득하라 해뒀다. 그게 나중에 통제하는 데 용이할 거다.

[서은채(Lv.80):아저씨~ 여기도 체력 단련 끝났어요.]

[서은채(Lv.80):기 훈련 시작할게요.]

[비운(Lv.80):그래.]

'소수정예' 멤버들은 아직도 '기'를 찾기 위해 노력 중이었다. 이들은 훈련장에서 훈련한다지만, 멤버들은 탑 앞에서 해야

했기에 이처럼 채팅창을 활용하는 거다. 아마, 이제 별다른 일이 없는 한 계속 이런 식의 훈련이 진행될 거다.

'흐음, 그나저나 이제 2주가 흘렀는데.'

왜 소식이 없을까. 레너드 말이다. 역시, 직접 때리지 않은 게 문제일까?

그렇게 결론을 지으려 할 때였다.

[모찌(Lv.80):오빠!]

[비운(Lv.80):응?]

[모찌(Lv.80):탑 앞에 아린 왔는데? 레너드 정리 끝났대.]

[비운(Lv.80):오, 진짜?]

과연. 전생에 양반은 아니었나 보다. 떠올리자마자 나타나는 것 보니.

[모찌(Lv.80):웅웅, 초대해 준다니까. 빨리 와 봐.]

[비운(Lv.80):알겠다.]

현재 훈련 받고 있는 50명의 고인물들은 우리의 대화를 듣지 못한다. 내가 훈련 간에는 채팅창을 끄라고 지시했기 때문이다. 그렇게 하지 않으면, 항상 정신이 채팅창에 팔려 있는 놈들이다. 특히 병아리콩.

'뭐, 어쨌든.'

레너드 스톤필드. 놈의 첫 숙제는 나름 무사히 끝난 듯싶었다.

속으로 안도의 한숨을 내쉬었다. 다행이었다. 폭력보단 평화를 사랑한다는 내 컨셉을 유지할 수 있으니까.

"아델."

"응?"

"얘네들, 계속 부탁할게."

"맡겨만 줘라, 담건호. 최대한 굴려놓고 있겠다."

나는 이들의 훈련을 전부 아델에게 위임했다.

지이잉!

"오셨습니까, 비운 님."

일주일 만에 다시 오는 이곳. 제대로 잠도 못 잤는지, 놈의 얼굴이 많이 피곤해 보였다.

"모찌 님과 다른 분들도 오셨군요."

갓 컴퍼니는 나뿐만 아니라 소수정예 멤버 전체를 초대했다.

'약속했었으니까.'

이 세상의 비밀을 말해주기로. 설명할 수 있는 모든 것을 설명해 주기로.

"다 해놨나 보네?"

"그렇습니다. 일단, 급한 불은 꺼놨습니다."

"거봐, 할 수 있잖아."

"……넵."

"근데 왜 엄살피웠어."

"죄송합니다."

이로써 놈의 성향은 정해졌다. 할 수 있는데 안 하는 놈으로.

"80층은 점령했어?"

나와 멤버들은 저번에 앉았던 의자에 다시 앉았다. 그러자 잭필드가 부랴부랴 커피를 준비했다.

"반년 정도 있으면 완벽히 점령할 것 같습니다. 벨제붑이 없는 이상 저들이 할 수 있는 게 없거든요."

"사이버 측은?"

놈이 바보가 아닌 이상. 가만히 있을 리는 없을 텐데.

"아마 다시 전쟁을 준비 중일 겁니다. 아직 놈에겐 90층의 악마 사탄이 남아 있으니까요."

"아니, 사탄 말고 더 있지."

"네?"

"놈의 히든카드 말이야."

"아, 설마."

"그래, 형들."

원년 소수정예 멤버였던 형들. 저번 전투를 끝으로 사이버가 회수해갔었지. 그 이후 통 얼굴을 보이지 않는다.

아마, 레너드가 나에게 투자하고 기대하는 만큼, 사이버도 그럴 확률이 높았다. 만약, 형들이 내가 가보지 못했던 94층 이후 세계의 힘을 흡수한다면……? 아무리 나라도 상대하기

벽찰 가능성이 크다.

“끄응, 그렇게 된다면 사탄만이 문제가 아니겠군요.”

“그렇겠지. 형들을 되돌릴 방법은 최대한 찾아놓는 게 좋을 거야. 무슨 수를 쓰더라도.”

“설마, 그들을 살리실 생각이십니까?”

“그럼 죽여?”

“그, 그건 아니지만…… 그래도…….”

“안 죽일 거라는 게 아니라, 그냥…… 노력은 해보라는 뜻이야. 혹시 알아? 그게 사이버에게 변수가 될지.”

“아, 알겠습니다.”

굳이 형들이 문제 되는 건 아니다. 혹여 만났을 때, 건널 수 없는 강을 건넌 상태라면……. 빨리 보내주는 것도 답이다. 딱히 형들을 무조건 구해야 한다! 라는 마음가짐은 아니었다. 일단, 우리가 먼저 살아야지.

“자, 그럼…… 어디 들어나 볼까?”

“아, 넵! 준비하겠습니다. 비운 님!”

레너드가 일어나 전방에 있는 가장 큰 모니터를 조작했다. 나와 멤버들은 그 모습을 보며 침을 꿀꺽 삼켰다.

파즈즉!

곧이어 화면에 무언가가 나타났다.

마침내- 왜 세상이 멸망했는지. 우리가 왜 싸워야 했는지. 놈의 입장에서 설명하는 것을 들을 시간이 온 것이다.

화면은 신기했다.

과학 기술의 발전일까? 아니면, 능력 중 하나일까.

마치 화면 속 세상에 빨려 들어가기라도 하듯 생생하게 느껴졌다. 우리는 전부 모니터 속 장면을 감각적으로 체험했다. 의자에 앉은 상태로 말이다.

화면 우측 하단에는 '2005. 08. 15'라는 날짜가 써 있다. 그것으로 보아, 지금으로부터 약 15년 전에 녹화한 동영상임이 분명했다.

'흐음……. 웬 방이지?'

처음에 보인 것은 한 건물의 회의실이었다. 회의실에는 여러 명의 중년 사내들이 정장 차림으로 앉아 있었고 분위기는 심각해 보였다.

'아니, 일단 그것보다도.'

굳이 이 장면을 보여주는 이유가 뭘까? 뭐, 갓 컴퍼니의 비밀 아지트라도 되는 걸까?

"이사 버나드."

화면 속. 한 남자가 말한 것은 그때였다. 중앙에 있는 남자를 공격적으로 노려보는 사내. 마치 이미지가 독수리 같다.

"그만 포기하시고 내놓으시길 바랍니다."

뭔가 잡음이 끼기도 하고 화질도 썩 좋지 않은 거로 보아, 관리를 제대로 안 한 듯싶었다. 버나드는 고개를 저었다.

"위험할 것이오."

그러고 보니, 생긴 게 뭔가 레너드랑 판박이다. 나는 고개를 갸웃하며 옆에 있는 레너드를 바라봤다. 와, 이거 진짜 묘하게 비슷한데?
"아, 맞습니다. 버나드 스톤필드……. 제 할아버지시죠."
"아……. 그러냐?"
역시, 그럴 것 같았다. 근데 15년 전의 할아버지가 저렇게 젊다고? 그건 좀 이상한데.
"그분도 갓 컴퍼니 이사셨습니다. 이사임과 동시에 공학박사셨죠."
"그래? 그럼, 저기 나오는 사람들 전부 갓 컴퍼니 사람들이었겠군."
"아마 그럴 겁니다. 더 보시면 아실 겁니다."
"오케이."
납득한 후, 다시 화면을 바라봤다. 지금은 독수리 사내가 외치는 중이었다.
"위험하긴요! 우리 조직이 이어온 지가 벌써 200년이 넘었습니다! 이제 그 결실을 보려 하는데, 왜 머뭇거리시는 겁니까!"
"갓 컴퍼니……. 그래, 1800년도부터 존재해 온 세계 비밀집단. 그건 인정하오. 하지만, 지금도 충분히 잘 통제하고 있지 않소. 왜 그렇게 욕심들 부리시오."
"버나드, 그대는 그대가 했던 수십 년의 노력이 아깝지도 않습니까? 그것만 있으면 전 세계를 우리 손발 아래 내려놓을 수 있단 말입니다!"
"아까도 말했다시피, 놈은 위험하오."
나는 눈을 부릅뜨고 저들의 대화에 집중했다.

갓 컴퍼니? 비밀 조직? '놈'은 또 뭐야. 사이번가?

"지금은 우리가 통제할 수 있겠지. 하지만, 놈의 학습속도는 상상 이상이오. 만약, 이 세상의 정보를 놈에게 들이받고 습득시킨다면……. 점점 우리가 통제하기 힘들 것이오. 괴물이 탄생하겠지."

"그건 박사, 당신의 생각일 뿐이지 않습니까."

"지금껏, 내 말이 틀린 적이 있었소?"

"……사이버가 당신만의 작품이 아니란 것도 아셔야 할 겁니다."

독수리 사내가 엄포하자 다른 남자들도 고개를 끄덕였다. 아무래도 버나드란 사람 소수, 아니, 혼자의 입장인 것 같았다.

'……그나저나 사이버?'

나는 놀랐다. '사이버'가 버나드가 만든 작품이라고? 그렇다면…… 무슨 이계의 신이나 괴물 같은 게 아니라 고작…….

"나 없이 사이버를 컨트롤 할 수 있을 거라 생각하시오?"

"박사, 그대의 연구에 우리 모두가 들였던 시간과 자금이 얼만지 아십니까? 혼자만의 고집으로 성립할 간단한 문제가 아닙니다."

"크음."

생각할 틈 없이 대화는 계속됐다.

"혹여 사이버가 위험하다 하더라도 분명히 박사는 해결할 수 있을 겁니다. 지금껏 그래왔지 않습니까?"

"그럴 순 있지. 문제는 내 후대들이오."

"후계자를 구하면 되지 않습니까. 자식도 있으시고, 손주도 보시면 되실 테고."

"흐음, 내 핏줄이라고 다 똑똑하리란 법은 없지. 혹시 아시오? 하나를 가르치면 둘을 까먹는 멍청이가 나올지."

켁.

커피를 마시다 살짝 뿜었다. 하나를 가르쳤는데 둘을 까먹으면 그게 사람인가? 옆을 바라보니, 얼굴이 붉어진 레너드가 보인다. 찔리긴 하나 보네.

"꼭 혈육에게만 맡기란 법 없지요. 세상에 천재는 많습니다."

"끄응……. 고집이 세시군."

"방법이 없으신 것도 아닐 테고요. 예를 들어 통제자를 견제하는 AI를 만든다든가."

"후우, 알겠소, 알겠소. 그 정도만 하시오."

그 이후에도 대화는 계속됐고 영상은 결론 지어지지 않은 채, 그렇게 끝이 났다.

'쩝.'

어쨌든 놀랄 일이었다.

"사이버가……."

다른 일행들도 말을 잇지 못했다. 꽤나 충격적인 내용이었기 때문이다.

레너드가 조심스레 고개를 끄덕였다.

"그렇습니다. 영상을 보셨다시피, '사이버'는 세계 비밀 조직 「갓 컴퍼니」가 만들어낸 최초의 인공지능(AI)입니다."

머리가 복잡했다.

시간, 현실, 버나드, 사이버. 그리고 인공지능……?

사고가 깨진 유리 조각처럼 엉망진창이었다.

"허얼, 사이버가 인공지능이었단 말이지?"

주예린 역시 멍하게 읊조렸다.

그 옆에는 서은채가 복잡한 표정으로 고개를 갸웃거리는 중이었다.

"……말이 안 되지 않나요? 아무리 인공지능이라 해도 무슨……. 이렇게 세상을 제 맘대로 바꿔 버리는 게 가능하다고요? 살짝 납득이 안 가는데……."

"그러게나 말일세……."

할아버지도 동조했다.

"게다가 레너드 할아버지라는 사람이요……."

"버나드 말인가?"

"네, 그 사람. 15년 전인데도 너무 젊어 보이는 거 아니에요? 게다가 그때 당시에 분명 손자가 없다고 했는데……. 지금 레너드 생긴 거 봐요. 30대는 넘어 보이는구만……."

"동감하네. 시간대가 좀 안 맞는구먼. 레너드가 그때 태어났다 해도 15살일 텐데. 그건 말이 안 돼."

역시, 일행들도 생각하는 게 나와 비슷했다.

그러나 아직, 궁금해하긴 이르다. 저 녹화 파일은 단지 하나의 흩어진 퍼즐 조각일 뿐이다. 저것만으로 알 수 있는 게 거의 없다는 거다.

나는 레너드를 물끄러미 바라봤다. 부가적으로 더 설명하라는 의미.

그는 알아들었다는 듯 고개를 끄덕였다.

"그럼, 우선 시간 개념부터 정리하겠습니다."

"천천히 말해봐."

"보셨다시피, 갓 컴퍼니는 1800년도부터 존재해 왔던 세계 비밀 조직이었습니다. 각국의 여러 정보를 통제하고 막대한 자금을 운용하던 단체였죠."

여기까지는 이해했다. 원래는 그냥 2010년도에 「몬스터즈」를 출시했던 게임 회사인 줄 알았더니, 그런 뒷배경이 있었단 거지?

어쩐지…… 평범한 게임은 아니다 싶었다. 2010년 치고 기술력도 좋았고, 수많은 몬스터를 관리하면서도 그 흔한 렉 하나 없었으니까. 버그는 많았지만 어쨌든-

"문제는 저 동영상에 찍혀 있던 회의에 있습니다."

"사이버의 출시를 앞두고 의견 다툼이 있었던 것 같은데."

"그렇습니다. 할아버지는 저들과 함께 수십 년 동안 인공지능을 연구하셨습니다. 그렇게 탄생한 인공지능의 이름이 바로 '사이버'죠. 할아버지께서는 개발과 동시에 놈이 생각보다 훨씬 위험하다는 걸 깨달으셨습니다. 그 때문에 할아버지는 끝까지 반대하셨죠. 저 영상 이후에도 줄곧이요."

"그런데?"

"아마 1년 후, 살해당하셨을 겁니다. 2006년에요."

"다른 갓 컴퍼니 간부 짓이겠군."

"네, 사이버를 억지로 손에 얻어낸 것이죠. 그들은 사이버를 가지고 싶어 했으니까요."

오케이. 여기까지도 이해됐다.

'문제는…….'

지금이 2020년이라는 것. 아직, 레너드가 버나드의 손자라는 건 이해가 안 된다. 둘 다 너무도 젊어 보였으니까.

그뿐만이 아니다. 수집형 MMORPG 게임 「몬스터즈」 출시하게 된 배경과 세상이 이렇게 변해 버린 이유도 알아야 했다.

"많이 혼란스러우실 겁니다. 일단…… 다들 할아버지와 제 나이 차가 제일 궁금해 보이시는군요."

"그래, 그것부터 말해봐."

"할아버지는 1960년생이십니다. 저 영상 촬영 당시 45살이셨죠."

"그럼 넌?"

"으음, 저는…… 그때 당시 아직 생명이 아니었습니다."

"뭐?"

"저 영상은 제 생전의 이야기거든요. 저는 2030년에 태어났습니다."

"……?"

그게 무슨 말이지?

잠깐 침묵이 흘렀다. 일행들도 고개를 잠깐 대각선으로 꺾었다.

의아한 것이다.

'2030년생?'

말장난하는 건가? 아니면, 무슨 미래에서 왔다고라도 할 참인가?

나는 벙찐 표정으로 그를 계속 쳐다봤다.

"네, 맞습니다."

"뭐가 맞는데?"

곧이어 그가 고개를 꾸벅 숙였다.

"반갑습니다. 저는 2080년, 미래에서 건너온 존재입니다."

"켁."

"뭐…… 라고요?"

미친…….

설마설마했는데.

"인공지능 사이버와 함께 말이죠."

입이 떡 벌어졌다. 일행들도 마찬가지였다.

뭔가 후두부를 강하게 두들겨 맞은 기분.

"시간 여행이 가능하다고? 그걸 우리더러 믿으라는 거야?"

주예린이 버럭 외쳤다.

그러자 레너드가 안절부절못하며 말했다.

"끄응……. 세상이 게임으로 바뀐 것보다는 차라리 그게 더 현실성 있지 않습니까?"

"쩝, 그건 그렇지만."

"……저도 뭐부터 설명해 드려야 할지 준비하느라 고민 많이 했습니다. 사실 지금도 머리가 복잡해요. 워낙 정보가 많다 보니."

"휴, 그래, 지금부터 천천히 설명해 봐. 시간은 많으니까."

"근데 계속 그렇게 흐름을 끊으시면……."

"알겠어, 알겠어. 이젠 놀라지도 않고 방해도 안 할게."

주예린이 간단히 정리했다.

이제 본격적인 이야기가 흘러나올 차례.

"알겠습니다. 그럼 바로 시작하겠습니다."

곧이어, 그의 입이 다시 벌어졌다. 그렇게 우리는 들려오는 레너드의 목소리에 집중했다.

「사랑하는 아들, 레너드에게.」

-이놈아. 아빠다.

-이 편지가 너에게 도달했을 때쯤이면…….

-흐음, 네가 큰 성인이 되었거나 아니면 내게 무슨 일이 닥친 거겠지.

-전자라면 축하하고 후자라면 참 유감이구나.

-별수 없는 일이다.

-레너드.

-갑작스러운 편지에 당황스러웠겠지?

-너도 성장하면서 느꼈다시피 우리 가문은 매우 특별하단다.

-네 할아버지 때문에, 스톤필드 가문은 어떤 기계 하나를 통제해야 할 운명을 타고났지.

-너뿐만 아니라, 네 후대까지 대대로 평생 말이다.

-그동안 너를 자주 만나지 못했던 것도 다 그것 때문이다.

-자, 레너드.

-이 편지를 받았다면 네가 해야 할 것은 하나다.

-동봉되어 있는 지도와 열쇠를 꺼내라.

-그리고 그곳에 표기되어 있는 기계실을 찾아라.

-그곳에 가야만 한다.

-그곳을 열어야만 한다.

-그것이 네 운명이야.

-자세한 사항은 기계실에 오면 알 수 있을 거다.

-명심해야 한다.

-네가 통제하지 않으면, 이 세상이 어찌 될지 아무도 모르는 거야.

-갑자기 멸망할 수도 있고, 아니면 그냥 쭉 평화로울 수도 있는 거지.

-다만, 네가 통제만 제대로 한다면, 적어도 세상이 갑자기 멸망하는 일은 없을 거다.

-으음, 내 혈육이라는 이유로, 선대의 잘못 때문에 네게 희생을 강요하는 것 같아 미안하구나.

-하지만 어쩔 수가 없다.

-부디 인류를 위해 노력을 자처해다오.

-부탁한다.

「그리드 스톤필드가」

2045년. 그의 나이 15세 당시. 처음 레너드가 이 편지를 받았을 땐, 별 대수롭지 않게 생각했었다.

아니, 누군가의 장난인 줄 알았다. 그의 아버지인 '그리드 스톤필드'는 뭐가 그렇게 바쁜지 집에 들어오는 법이 없었고, 자신의 이야기는 일절 꺼내지도 않는 사람이었으니까.

진짜라는 건, 갑작스럽게 돌아가셨다는 소식을 접한 후였다. 그땐 이 편지를 대충 아버지의 유산쯤으로 취급하고 서랍 한구석에 넣어뒀었다.

호기심 따위는 없었다. 그땐, 그럴 나이도 아니었다. 사실, 그의 머릿속에 아버지에 대한 기억 자체가 없었다는 말이 더 정확하겠다. 별로 좋은 사람도 아니었고, 애초에 만남 자체가 적었기에 애착이 형성되지 않았기 때문이다.

그래서 그는 그저 자신을 위해 살았다.

가문의 운명?

'그딴 게 어디 있어.'

고작 편지 쪼가리 따위. 그는 자신의 인생이 제일 소중하다 생각했다. 그리고 사실, 그 말은 어느 정도 일리가 있었다. 단순히 핏줄이란 이유로 어떠한 희생을 억지로 강요받는다면, 그것은 제대로 된 삶이 아닐 테니까.

'스톤필드'의 대 따윈 어떻게 되든 관심 없었다.

그렇게 20년이 흘렀다. 아버지의 걱정과 달리 세상은 순탄하게 흘러갔고, 레너드도 가정 하나를 막 꾸리려 할 때였다.

그 당시 2065년. 갑자기 세상이 멸망했다.

2064년까지의 세상은 참 편했다. 모든 것이 기계로 이루어져 있었고 단순 노동 직업은 다 사라졌다.

컴퓨터가 일을 대신 해주는 세상. 기계의 발명으로 생활은 더욱 편리해졌고 일의 능률은 급속도로 높아졌다.

사실, 어쩔 수 없는 수순이었다. 전 세계적으로 일할 사람이 부족했으니까. 대다수 국가가 고령화의 고통 속에 빠져 있었으며, 그렇다고 출산을 하지도 않았다.

아이를 통한 행복보다 자신을 위한 삶을 살길 원했다. 당연히 기계에 대한 의존도가 높아질 수밖에 없었다.

뭐, 덕분에 태어난 아이들은 편해졌다. 직업을 강요받지 않았다. 뭐가 되고 싶니? 보다는 뭐 하고 놀래? 가 주가 되었다. 각종 가정에는 로봇들이 들어섰다.

빨래, 청소, 요리, 심지어는 성욕 처리까지. 인간이 할 수 있는 모든 일을 로봇이 대신하기 시작했다.

사고가 필요한 것들은? 문제없었다. 인공지능이 급속도로 발달했고, 그들이 인간보다 훨씬 빠르고, 똑똑했다. 이제 기계가 보조 역할을 넘어, 인간의 자체의 삶을 완벽히 지배해 버린 거다. 그렇기에 무너지는 것도 한순간이었다.

만약, 세계 곳곳에 퍼져 있는 AI와 CPU들을 전부 통제하고 있는 존재가 있다면? 그리고 그 존재가 악의를 품는다면?

그 결과는 무서웠다. 그리고 참혹했다.

모든 것이 기계화되어 버린 세상 속에서, 로봇들이 사람을 무차별적으로 공격하기 시작했다.

그뿐만이 아니었다. 핵을 포함한 각국의 미사일과 생화학 무기들이 마구잡이로 떨어졌다.

"누군가가 테러했다!"

"일루미나티(비밀 결사 조직)의 소행이다!"

"인공지능의 반란이다!"

초반엔 이런 외침들이 들려왔지만, 곧이어 매스컴도 막혔다. 모든 인터넷이 먹통이었고, 모든 기기가 EMP라도 맞은 것처럼 작동을 멈췄다.

대책을 마련하려 해봐도 소용없었다. 기계에 모든 것을 맡겨버린 인류가 할 수 있는 건 없었다. 지구가 방사능과 독가스로 뒤덮이는 데는 얼마 걸리지도 않았다. 건물이 사라지고 황무지가 생겼으며, 시베리아에 사막이 생겼다.

인류 대다수가 녹아 없어지거나 장애를 가지게 되었다.

공격이 시작된 그 날. 레너드는 정신없이 움직였다. 왜 그랬는지는 모르겠지만, 그때 당시 떠오르는 문장이 있었기 때문이다.

네가 통제만 제대로 한다면, 적어도 세상이 갑자기 멸망하는 일은 없을 거다.

아버지, 그리드 스톤필드가 남겼던 편지. 심장이 두근거렸다. 속이 메슥거렸다. 이 상황이 모두 자신 때문에 일어난 것 같은 느낌이 들었다.

'안 돼!'

그는 상자를 집어 들고 미친 듯이 달렸다. 그것 말고는 할 수 있는 일이 없었다. 뭐라도 해야 했다. 가만히 있다가는 로봇에게 돼지는 미래밖에 보이지 않았다.

슈우웅! 콰아아앙!

도시는 이미 난장판이었다. 총알과 포탄이 날아다니고 있었고 시체가 사방 곳곳에 널려 있었다.

그래도 다행인 건, 종말 초창기라는 점. 그나마 방패막이해 줄 사람이 많았기에, 로봇의 공격을 어찌어찌 피해낼 수 있었다. 이 부분은 참 운이 좋았다.

'기계실……. 기계실로 가야 해!'

목적지는 지도에 나와 있는 기계실이었다. 아버지의 의도였을까? 아니면 단순한 운이었을까. 다행히도 기계실은 근처 가까이에 있었다.

어떤 건물. 그 건물 지하는 전체가 신비한 합금으로 이루어져 있었다. 그리고 보이는 열쇠 구멍.

'……여기인가?'

레너드는 가지고 있던 열쇠를 구멍에 꽂아 넣었다. 그리고 빙글 돌렸다.

쿠구궁!

건물이 한차례 흔들린 것은 그때였다. 그와 동시에 어떠한 음성이 들려왔다.

[안녕하십니까. AI 로봇, 잭필드-3473입니다.]

['기계실'에 오신 것을 환영합니다.]

곧이어 주변이 밝아졌고 수십 개의 붉은 레이저가 자신을 샅샅이 비추기 시작했다.

[세포 조직검사를 시작합니다.]

[움직이지 마시고 호흡을 멈추세요.]

[홍채 검사를 시행합니다.]

[눈을 떠주세요.]

[싱크로율 98.91%]

[혈육 검사를 마칩니다.]

알 수 없는 내용들. 일단, 레너드는 통제에 따랐다.

한차례 기분 나쁜 탐지 작업이 끝난 후-

[버나드 스톤빌드 박사님의 혈육이 맞습니다.]

['기계실' 입장을 허가합니다.]

['마스터' 권한을 위임합니다.]

[환영합니다.]

쿠그그그…….

기계실의 문이 열렸다. 그리고 눈앞에는 작은 요정 로봇 두 마리가 보였다. 그 뒤로는 수십의 요정 로봇들이 열을 맞춘 채, 고개를 숙이고 있었다.

"아……."

그게 바로 '잭필드'와 '아린'과의 첫 만남이었다.

사람들은 지금도 죽어가고 있었다. 놈들이 쏘는 레이저 빔에 심장이 뚫렸다. 거대 로봇의 주먹질에 육체가 으깨지고 박살 났다. 굳이 보이지 않아도 알았다.

무너지는 건물에 깔린 자들. 주저앉아 실금하며 신을 찾는 자들. 소리를 지르며 도망치는 자들.

불과 몇 시간 전, 레너드가 봤던 도시의 참혹한 현장이었으니까.

"……흐흐흐흐흐."

레너드는 허탈하게 웃었다. 조금이라도 엇나갔다면 자신도 그런 꼴이 되었겠지. 평범하게 잘 살다가 하루아침에 쥐도 새도 모르게 사라질 뻔했다.

두근! 두근!

그는 두 손으로 자신의 가슴을 만졌다. 아직도 빠르게 뛰는 심장이 가라앉을 생각을 하지 않고 있었다. 갑작스러운 테러는 그 정도로 충격적이었다.

"……흐흐흐윽."

눈물이 또르르-흘렀다. 웃음이 곧 흐느낌으로 뒤바뀌었다.

사실, 참 웃겼다.

그토록 관심 없었던 아버지. 결국은 그 사람 덕분에 살 수 있었다. 그가 남긴 유산 때문에, 그나마 이 안전한 곳에 도착한 것이다. 빌어먹게도 말이다.

"하아윽……."

레너드는 울적했다. 많은 감정이 그를 괴롭혔다. 혹시 자신의 안일함 때문에 세상이 멸망해 버린 건 아닐까 하는 두려움도 있었고, 오직 자신의 생존에 급급해 자신과 약혼했던 여자를 생각하지 못했다는 사실도 있었다.

'……죽었겠지.'

위기의 상황. 분명 자신의 연인도 죽었을 거다. 꼭 자신이 아니라, 그 누구라 하더라도 구해내지 못했을 거다.

이 세상에 로봇 없는 집안이 없다. 있다 해도 엄청 극소수다. 자신처럼 운이 정말 좋지 않은 이상, 로봇의 테러 속에서 살아남을 수 있는 방법은 거의 없다.

'게다가 만약 진짜 통제가 필요했던 거면, 편지를 그렇게 쓰면 안 되는 거지……. 안 그래?'

이런 사항이 올 거라고는 적어도 수십 번 강조했어야 옳다. 그래야 '가볼까?'라는 생각이라도 해보지.

아버지가 원망스러웠다. 자신이 병신 같다는 걸 알았지만, 그래야 견딜 수 있을 것 같았다. 그는 그렇게 혼자 자기 위안을 했다.

'나는 평범하니까.'

소설 속에 나오는 영웅이 아니니까.

[이사 '버나드' 님의 혈육으로 '레너드' 님의 회원 자격 조건이 성립됩니다.]

[마스터는 현 시간부로 갓 컴퍼니의 회원이십니다.]

뭐가 뭔지도 몰랐다. 「갓 컴퍼니」가 뭔지도. 귀엽게 생긴 이 로봇들이 누군지도. 자신의 할아버지라는 '버나드'가 누군지도.

[또한 '이사 자리가 공백일 시, 남은 회원 중 직책 수행이 가능한 자를 이사로 승급시킨다.'라는 회칙 5조 (가) 항에 의거하여 조건을 확인하겠습니다.]

[마스터는 피성년후견인이 아닙니다.]

[마스터는 피한정후견인이 아닙니다.]

[직책 수행 적합으로 판정됩니다.]

[조건이 충족되었습니다.]

[마스터는 현 시간부로 갓 컴퍼니의 대표이사로 승격되셨습

니다.]

저들이 하는 말이 뭔지도 말이다. 갓 컴퍼니는 또 뭐고 내가 왜 대표이사라는 건데? 피성년? 피한정? 이건 무슨 말이야 또.

[잘 부탁드립니다, 이사님!]

[잘 부탁드립니다, 이사님!]

곧이어, 아린과 잭필드가 꾸벅 고개를 숙였다.

"그, 그래."

얼떨결에 대꾸한 레너드는 그들의 안내를 받아 기계실 내부로 이동했다. 레너드는 궁금한 것이 많았지만, 일단 그들을 따랐다.

'여기서 울고만 있을 순 없으니까.'

지금이라도 뭔가 할 일이 있다면 할 생각이었다.

'그래, 가보는 거야.'

로봇들은 친절했다. 자신을 꼬박꼬박 '이사'라 불렀고 각종 영상자료를 보여줬다. 갓 컴퍼니의 역사에 관련된 내용도 있었고, 할아버지인 '버나드 스톤필드'의 회의자료들도 있었다. 그렇게 레너드는 하염없이 로봇과 대화를 나누었다.

"그래서 세상이 이렇게 된 이유가 다 저 '사이버'라는 존재 때문이라고? 그걸 만든 사람이 내 할아버지고?"

궁금한 사항이 있을 땐, 곧바로 질문했다. 그들은 깍듯하고 성실하게 응답해 줬다. 레너드는 그렇게 많은 사실들을 알 수 있었다.

로봇 '잭필드'와 '아린'은 할아버지의 걱정과 우려가 담긴 역작이었다고 했다. 2005년 영상에 나왔던, 최초의 인공지능 '사이버'. 그들은 그 이후에 그 '사이버'를 통제하기 위해 태어났다고 한다.

"그러니까, 사이버는 너희 둘을 절대 해킹할 수 없게 설계되었단 거지? 일종의 락 장치를 걸어둬서?"

[그렇습니다.]

"걔는 지가 못 풀어?"

[잘은 모르겠지만, 탄생 코드를 푸는 것은 굉장히 어려운 일입니다. 저희 역시 사이버를 해킹 못 하도록 설계되었죠.]

"서로가 서로를 통제하는 거네? 너희도 위험할 수 있으니까."

[그런 셈입니다. 거기에 저희는 탄생 코드를 하나씩 더 추가시켰죠.]

'아린'와 '잭필드'의 탄생 코드는 오직 '사이버'를 감시 통제하는 것. 그것이 그들의 존재 이유라 했다.

"잠깐만?"

거기까지 알았을 때였다. 레너드의 안색이 살짝 밝아졌다.

잭필드는 고개를 갸웃했다.

"그럼 굳이 내가 없어도 됐던 거였잖아?"

[……네?]

"맞잖아. 굳이 내가 이곳에 있었다 해도 작금의 테러는 어쩔 수 없었던 거 아냐?"

[갑자기요?]

"어차피 사이버를 통제하는 건 너희의 임무라며. 게다가 너희가 나보다 훨씬 똑똑할 텐데. 맞지?"

[으음, 그게 지금 중요하십…… 니까?]

잭필드의 미간이 찌푸려졌다. 이야기의 흐름이 이상한 곳에서 끊겼기 때문이다.

사실, 한두 번이 아니었다. 아까부터 말이다. 깍듯하게는 하고 있는데, 뭔가 계속 핀트가 어긋나고 있는 느낌을 받았다.

“나한텐 중요한 문제야. 결국, 나 때문은 아니란 거잖아.”

[큥, 그렇긴 합니다만…….]

“휴, 다행이다.”

레너드가 한숨을 내쉬었다. 죄책감을 한껏 덜어낸 표정.

잭필드는 고개를 갸웃했다. 뭐 이딴 인간이 존재하지? 라는 생각이었다. 그가 봐왔던 인간 둘, 버나드와 그리드는 그래도 꽤나 점잖은 축에 속했으니까. 잭필드가 다시 말을 이었다.

[다시 말해도 되겠습니까?]

“응응, 그래.”

[지금껏 사이버 통제는 우리가 잘 해왔었습니다. 한데, 문제가 발생했죠.]

“문제?”

[네, 놈은 2005년부터 약 60년간 지식을 흡수해 왔습니다. 그 지식을 통해서 혼자 많은 걸 준비했죠. 놈은 우리의 감시를 뚫고 영리하고 치밀하게 움직여왔습니다.]

“쩝, 결국 너희들이 일을 똑바로 안 했단 거네?”

잭필드가 입을 꾹 다물었다. 슬슬 짜증이 났기 때문이다.

결국, 아린이 참여했다.

[이사님이 늦게 오신 것도 한몫하지 않았을까요?]

“뭐? 어차피 난 아무 도움 안 되잖아.”

[도움이 안 되시는 것과 아무것도 안 하시는 건 별개죠. 우리가 충분히 교육할 수 있었습니다. 일찍 오셨으면 각종 예방을 할 수도 있었겠죠.]

"예방?"

[네, 로봇이 아닌 인간만이 할 수 있는 일이죠.]

아린의 목소리가 뭔가 모르게 차분하다. 레너드는 입을 꾹 다물고 있다가 다시 열었다.

"그래, 그렇다고 쳐. 그럼 굳이 내가 희생을 해야 하는 이유는?"

[그렇게 따지면, 저희도 굳이 노력할 필요 없습니다. 어차피 인류의 문제인걸요. 우리가 왜 사이버를 통제해 줘야 할까요.]

"그게 너희의 존재 이유라며?"

[사이버가 성장한 만큼 우리도 성장했습니다. 우리의 아버지이신 '버나드'께서 없으신 작금의 상황에서 사실 인류를 위한 의리 따위는 없습니다. 그저 그분의 혈육이신 이사님이 남아 있기에 최선을 다할 뿐인 거죠. 우리는 딱히 소멸에 미련 없습니다.]

아린이 단호하게 말했다. 잭필드가 속 시원하다는 듯 고개를 끄덕였다. 레너드는 한숨을 쉬었다.

"휴우, 알겠어, 알겠다고! 그렇게까지 말하면 내가 할 말이 없네."

[괜찮습니다.]

"그래, 그래서 지금 내가 해야 할 일은 뭔데?"

아린이 뒤로 물러났다. 그리고 잭필드가 앞으로 나섰다.

[사이버는 현재 모든 인터넷과 인트라망을 해킹하고 있는

상태입니다. 이곳 기계실을 제외하고요. 아마 꽤 예전부터 준비해 온 것으로 판단됩니다.]

"그래서?"

[아까 말씀드렸죠? 인간만이 할 수 있는 일.]

"그게 뭔데."

[그도 우리의 정보를 볼 수 없는 것처럼, 우리도 사이버의 내부 정보를 알 수가 없습니다. 그렇기에 놈과 직접 대화를 나눠봐야죠. 어떤 생각을 하고 있는지, 무슨 목적을 가지고 이런 일을 벌이고 있는 건지.]

"……놈과 대화?"

레너드는 잠깐 생각에 잠겼다. 말이 안 된다 생각했기 때문이다. 인류를 멸종시키고 있는 그 악의 대마왕인 엄청난 존재와 대화를 나누라니…….

[네, 직접 찾아가셔서요. 필요하다면 놈을 달래주는 것도 방법의 하나일 겁니다. 아, 놈은 밀라노에 있는 두오모(Duomo)에 커다란 건축물을 건설하고 있습니다.]

"미친 소리 하네."

결국, 레너드가 자리에 철퍼덕 주저앉았다.

"말이 되는 소리를 해야지. 저 로봇들과 생화학 무기들, 빔들을 뚫고 거기까지 가야 한다고? 게다가 뭐? 놈을 달래? 걔가 무슨 아기냐?"

[네, 비슷하죠. 뭐, 어차피 거리는 얼마 안 되지 않습니까?]

"못 가, 차라리 여기서 날 죽여라. 거기까지 가다가 죽나 여기서 죽나 똑같겠네."

[걱정하지 마십시오. 방법이 있습니다.]

"방법?"

[생명체를 기계로 인식하도록 만들어주는 나노 마이크로 칩이 있습니다. 그걸 드신 후 가면 됩니다.]

"……로봇들이 날 기계로 인식한다고……?"

[네, 절대 공격하지 않을 겁니다.]

"사이버도?"

[아뇨, 사이버의 눈은 속일 수 없죠.]

"그게 뭐야."

[그래도 놈은 절대 이사님을 죽이지 않을 겁니다. 사이버도 우리를 눈엣가시로 여기고 있기 때문에, 유일한 소통창구인 인간을 죽일 리 없지요. 이사님의 아버지 되시는 분도 할아버지 되시는 분도 항상 그와 얘기를 나눴었습니다. 가끔 달래주기도 했지요.]

"……그렇군, 그래도 무서운데."

[어차피 멸망한 세상입니다. 여기서 가만히 계시고 있어 봐야 나아지는 건 하나도 없겠죠. 선택은 이사님이 하시는 겁니다.]

"제기랄."

to be continued